Jenny Jägerfeld
MEIN GENIALES LEBEN

Jenny Jägerfeld

MEIN GENIALES LEBEN

aus dem Schwedischen
von Birgitta Kicherer

Urachhaus

Die Originalausgabe erschien 2019 unter dem Titel *Mitt storslagna liv* bei Rabén & Sjögren, Stockholm.

Die Übersetzung dieses Buches wurde durch die freundlich gewährte Förderung des Swedish Arts Council finanziell unterstützt.

ISBN 978-3-8251-5270-3

Erschienen 2021 im Verlag Urachhaus
www.urachhaus.com

ⓔ Auch als eBook erhältlich

Für alle Tiere, die ich jemals geliebt habe – die Hunde
Benjamin, Siddhartha, Tjifen und Dolly,
die Meerschweinchen Tarzan und Frasse,
die Katzen Michael und Toulouse, die Kaninchen
Turbolina, Stampelina und Fritz, sowie
die Schildkröte Carolina!

NOCH 59 TAGE

EINE MAGISCHE HARPUNE

Einfach so. Da auf dem Tisch zwischen angestoßenen Tellern, alten DVDs und zerzausten Barbiepuppen – eine Harpune. Eine Harpune aus dunklem, lackiertem Holz. Eine, mit der man Wale und Fische erlegt. Sie sah aus wie ein Gewehr, mit einem langen Lauf, aus dem eine Pfeilspitze aus silberblankem Stahl herausragte. Am Pfeilende war ein dünner Strick befestigt, und unter der Harpune saß eine Art Rad, auf dem der restliche Strick aufgerollt war, damit man die getroffene Beute aus dem Wasser ziehen konnte.

Und dabei hatte ich gedacht, der Ausflug zum Flohmarkt wäre total sinnlos. Und jetzt entpuppte er sich als das genaue Gegenteil.

»Was kostet die?«, fragte ich.

Der Mann hinter dem Tisch sah auf. Er hatte Arbeitskleidung an und putzte gerade seine Brille mit einem schmutzigen Taschentuch. Als er die Brille aufsetzte, wurden seine Augen sehr klein, wie hellblaue Hemdknöpfe.

»Was?«, fragte er. »Die Harpune?«

»Ja.«

Er überlegte eine Weile.

»Fünfhundert.«

Fünfhundert. Das war viel Geld. Zwar hatte ich fünfhundert Kronen, aber nicht dabei. Ich starrte die Harpune an. Der Pfeil *glänzte* in der Sonne. Ich *musste* sie einfach haben, ganz klar. Das war nicht nur die schönste Harpune, die ich je gesehen hatte (okay, es war auch die einzige Harpune, die ich je gesehen hatte), sie passte außerdem perfekt zu meiner nächsten Erfindung.

»Darling! Hier treibst du dich also herum!«

Bevor ich antworten konnte, landete eine Hand schwer auf meiner Schulter. Armbänder klirrten. Oma.

»Hast du etwas gefunden?«

Ich deutete mit dem Kopf auf die Harpune.

»Flott! Ich selbst habe soeben dieses Meisterwerk erworben!«

Widerstrebend löste ich den Blick von der Harpune und drehte mich zu Oma um.

Auf dem Transportkarren neben ihr war ein Gemälde festgezurrt. Ein Riesengemälde, mindestens so groß wie unser Küchentisch. Es sollte wohl einen Fuchs in einer Winterlandschaft darstellen. Besonders professionell konnte der Künstler, der das gemalt hatte, aber nicht sein. Der Fuchs hatte irgendwie verrutschte Proportionen. Die eine Vorderpfote erinnerte an ein dickes Stuhlbein, der Schwanz hatte die Form eines Eichhörnchenschweifs, und obwohl der

Fuchs im Profil gemalt war, sah man beide Augen. Der Fuchs stand in einer Schneewehe und trank Wasser aus einem verblüffend rosaroten See.

»Wow!«, sagte ich.

»Nicht wahr!«, sagte Oma begeistert.

»Das ist wirklich …«

Ich suchte nach dem richtigen Wort.

»… einmalig.«

»Das ist ein Bruno Liljefors!«, erklärte Oma.

Der Mann hinter dem Tisch schnaubte.

»Wenn das ein Bruno Liljefors ist, dann bin ich Diego Maradona.«

»Guter Mann. Ich denke, ich habe vielleicht ein klein wenig mehr Ahnung von Kunst als Sie. Das hier *ist* ein Bruno Liljefors.«

»Und ich *bin* Maradona«, sagte der Mann. »Möchten Sie ein Autogramm?«

Oma ignorierte ihn, musterte das Bild mit einem zufriedenen Nicken und sagte:

»Sigge, du musst nämlich wissen, Bruno Liljefors ist der berühmteste Tiermaler Schwedens.«

»Echt?«, sagte ich.

»Der Fuchs sieht ja aus, als hätte er eine Handgranate verschluckt und wäre dann explodiert«, bemerkte der Mann.

»Es ist ein sehr früher Liljefors«, erklärte Oma gelassen. »Als der Künstler das gemalt hat, war er erst sechzehn. Das hat der Verkäufer gesagt. Wahrscheinlich beherrschte er sein Handwerk damals noch nicht so richtig.«

Der Mann kam hinter dem Tisch hervor und hockte sich vor das Bild hin.

»*Rune* Liljefors steht da!«

»Sind Sie blind, oder was? Sehen Sie nicht das große B?«, sagte Oma.

»Nie im Leben ist das ein B, das ist ein Fleck! Eine tote Fliege, die an der Farbe festklebt, oder was weiß ich!«

»Das ist ein B!«

»Na, von mir aus, aber Tatsache bleibt trotzdem, dass dieser Mensch dann *Brune* Liljefors heißt!«

»Er wird sich eben verschrieben haben, Herrgott noch mal!«, sagte Oma gereizt.

»Bei seinem eigenen Namen?«

»Mein lieber Mister Know-it-all«, sagte Oma, »das kann jedem mal passieren. Ich selbst hab Charlotte schon mal mit drei T geschrieben!«

Lächelnd drehte sie sich zu mir um.

»Jedenfalls ist das Bild bestens dafür geeignet, das Loch in der Wand damit abzudecken! Im Flipperzimmer. In deinem Zimmer, meine ich!«

»Perfekt«, sagte ich.

Ich streckte die Hand aus, berührte die Harpune vorsichtig. Das Holz unter meinen Fingern war blankpoliert und seidenweich.

»Oma, kannst du mir fünfhundert Kronen leihen? Du kriegst sie gleich zurück, wenn wir nach Hause kommen.«

»Fünfhundert! Ganz schön überteuert! So ein Wucherer! Er kriegt höchstens dreihundert.«

»Ich stehe hier«, sagte der Mann. »Ich höre alles.«

Ich wusste nicht genau, was Wucherer bedeutet, aber mir war klar, dass es nichts Gutes war.

»Sagen Sie mal«, sagte Oma und sah dem Verkäufer direkt in die kleinen Hemdknopfaugen. »Ist das hier eine magische Harpune?«

»Äh … nein.«

»Bekommt man als Dreingabe ein Motorrad?«

Der Mann hob fragend die Augenbrauen.

»Hat die Harpune etwa irgendwann mal Jesus gehört? Nein? Na dann! Ich gebe Ihnen dreihundert«, sagte Oma und begann in ihrer goldglitzernden Handtasche zu kramen.

Sie zog eine Brieftasche heraus und knallte drei Hunderter auf den überladenen Tisch. Drei Hundertkronenscheine, die sofort von einem Windstoß aufgefangen wurden und rasch durch die Luft davonwirbelten.

»Oh dear!«, schrie Oma. Ich rannte hinter den Scheinen her, die natürlich in drei verschiedene Richtungen davonflatterten. Als es mir gelang hochzuhüpfen und einen der Hunderter in der Luft zu fangen, war ich von mir selbst recht beeindruckt. Ich glaube, ich bin noch nie so hoch gesprungen! Ich musste an den Wettkampf in Leichtathletik denken, den wir vor einem Monat in meiner alten Schule gehabt hatten. Wie ich im Hochsprung die Latte schon bei siebzig Zentimetern gerissen hatte. Mein Sportlehrer hatte geseufzt und gesagt: »Was machen wir nur mit dir, Sigge? Hör auf zu denken! Spring einfach! Vergiss deinen Kopf und überlass alles deinem Körper!«

Jetzt hatte ich die Antwort! Geld! Wenn mein Lehrer auf der anderen Seite dieser stinkenden Turnmatte mit einem Hunderter gewedelt hätte, wäre ich mühelos mindestens über eins zwanzig rübergeflogen!

»Hör auf zu denken« ist übrigens einer der schlechtesten Ratschläge, die ich je bekommen habe. Ich hab es versucht, aber es ist einfach unmöglich, mit dem Denken aufzuhören.

Der zweite Hunderter war in einem stachligen Gestrüpp hängen geblieben und ließ sich leicht abpflücken, aber der dritte war davongeflogen und verschwunden.

»So. Ich hab es mir anders überlegt. Sie bekommen zweihundert«, sagte Oma, als das finanzielle Chaos sich gelegt hatte.

»Mindestens vierhundert will ich haben«, sagte der Mann.

»Sie bekommen zwei.«

»Dreihundertfünfzig.«

»Zwei.«

»Dreihundert.«

»Gebongt«, sagte Oma, nahm die Harpune vom Tisch und reichte sie mir.

Ich stellte erstaunt fest, wie schwer sie war, und wurde von einem so starken Glücksgefühl erfüllt, dass mir tatsächlich Tränen in die Augen kamen.

»Aber den letzten Hunderter müssen Sie sich selbst holen. Der ist irgendwo dort drüben«, erklärte Oma und wedelte mit ihrer ringgeschmückten Hand vage in Richtung Horizont.

NOCH 58 TAGE

WENN DIE HÖLLE ZU EIS GEFRIERT

»Du musst dir die Haare schneiden lassen«, sagte Mama.

»Nein, muss ich nicht.«

»Auf jedem Foto, das ich seit Mittsommer von dir gemacht habe, hängen dir die Haare übers Gesicht! Man sieht ja gar nicht mehr, wie du aussiehst!«

»Du weißt doch, wie ich aussehe?«

Ich saß auf dem Fußboden und bohrte meine Finger in Einsteins weiches Fell. Kraulte ihn hinter den Ohren und beobachtete, wie er genießerisch die Augen schloss, wie er den Kopf zurücklehnte und die große schwarze Schnauze in die Luft streckte, als wäre er ein Wolf, der gleich losheulen wollte.

»Man sieht deine Augen nicht mehr«, beschwerte Mama sich.

Rein technisch gesehen hatte sie nicht recht. Sie hätte sagen sollen: Man sieht *dein Auge* nicht mehr. Das andere Auge war nämlich ohne Weiteres zu sehen. Ich hatte die Haare schräg abgeschnitten, sodass sie mir nur über das eine Auge fielen.

Mama wischte sich die Hände an der Schürze ab und versuchte es auf die sanftere Tour:

»Und dabei hast du so schöne Augen.«

»Mhmm.«

»Darf man die denn nicht sehen?«

»Heißt das, du würdest mich in Ruhe lassen, wenn ich hässliche Augen hätte?«

Plötzlich ging die Küchentür auf und Oma trat ein, eine Zigarette im Mundwinkel und ein ausgestopftes Wiesel unterm Arm. Sie sah sich um, als würde sie etwas suchen, und stellte dann das Wiesel auf der Spüle ab.

»Also bitte, *liebste* Charlotte«, sagte Mama mit angeekelter Miene. »Musst du dieses räudige Vieh unbedingt hier abstellen, wenn ich beim Kochen bin?«

»Geduld, Darling! Ich will nur das Nähzeug holen. Hast du es irgendwo gesehen?«

Oma warf die Kippe ins Spülbecken und öffnete die Tür zur Speisekammer.

»Nein, und dort wird es ja wohl kaum zu finden sein.«

»Pavlovs Kopf ist oben ein bisschen aufgeplatzt. Ich brauche Sattlergarn oder sonst was Kräftiges, vielleicht eine Art Faden aus Metall? Dieser Faden, den du neulich besorgt hast, hat meinen Erwartungen nämlich *nicht* entsprochen.«

Oma beugte sich vor wie ein Klappmesser und öffnete einen Schrank, den sie durchwühlte. Ich glaube, sie kann gar nicht in die Hocke gehen. Jedenfalls habe ich das noch nie beobachtet.

»Tut mir *echt* leid«, sagte Mama säuerlich.

»Das war keine Kritik, Darling, das war nur eine Information.«

Ich trat vor zu Pavlov dem Wiesel und berührte vorsichtig seinen Kopf an der Stelle, wo die weißgraue flauschige Füllung hervorquoll, als würde sein Gehirn aus Fusseln bestehen. Mama hackte mit hastigen, gereizten Bewegungen weiter Zwiebeln und sagte:

»Jedenfalls habe ich morgen einen Termin zum Haareschneiden für dich ausgemacht.«

»Den kannst du gleich wieder absagen«, antwortete ich. »Ich lass mir nämlich nicht die Haare schneiden.«

Einstein knuffte mich mit seiner feuchten Schnauze am Arm, um mich daran zu erinnern, dass ich weiterkraulen sollte.

»Warum muss Sigge sich die Haare schneiden lassen?«, fragte Oma.

»Weil man sonst sein Gesicht nicht mehr sieht.«

»Warum sollte jemand sein Gesicht sehen wollen?« Oma lächelte und kniff mir in die Wange. »Das war ein Scherz, Darling, das begreifst du natürlich, wo du doch so intelligent bist. Dein Gesicht ist ganz entzückend. Müsste als Briefmarke erscheinen.«

»Wie auch immer, morgen um zwei hast du einen Termin

beim Friseur, Sigge. Bitte, Mama, kannst du ihn hinbringen? Ich habe morgen ein Vorstellungsgespräch.«

»*Charlotte*, wenn ich bitten darf.«

»Von mir aus, *Charlotte*«, sagte Mama mit ziemlich angespannter Stimme. »Kannst du ihn hinbringen?«

Oma will weder Mama noch Oma genannt werden. Sie behauptet, in diesen Worten liege die eingebaute Erwartung, dass sie sich um uns kümmern werde, und das habe sie nicht vor. Es sei ja nicht so, dass sie das gar nicht *wolle*. Das wolle sie durchaus – aber nur ab und zu! Es solle vor allem nicht als selbstverständlich gelten. Das hatte sie sich erst vor Kurzem ausgedacht, darum hatten wir uns noch nicht so recht daran gewöhnt.

Ihr Name wird mit englischem Akzent ausgesprochen: *Chaaarlott*. Oma ist zur Hälfte Britin, zu einem Viertel Deutsche und zu einem Viertel Norwegerin. Und zu hundert Prozent durchgeknallt, fügt Mama meistens hinzu. Aber Oma behauptet, Mischlinge wären schlauer als reinrassige Tiere. Für mich ist das nur gut. Ich bin zur Hälfte Australier, zu einem Viertel Schwede, zu einem Achtel Brite, zu einem Sechzehntel Deutscher und zu einem Sechzehntel Norweger. Aber wenn ich ehrlich sein soll, fühle ich mich vor allem als Schwede.

»Er kann doch allein zum Frisör gehen, er ist immerhin zwölf«, sagte Oma.

»Ich weiß, dass er allein gehen kann. Das Problem ist nur,

dass er nicht allein gehen *wird*, weil er sich die Haare nicht schneiden lassen will.«

»Aber Hannah, dann verstehe ich wirklich nicht, warum du ihn beim Friseur angemeldet hast?«

»Ich glaube, es tut ihm nicht gut, wenn er sein schwaches Auge nicht trainiert!«

»Oh dear! Ich wusste gar nicht, dass Haare so ein heikles Thema sein können.«

Plötzlich läutete das Telefon. Ein altes rotes Plastikding mit langem Ringelkabel, das im Flur an der Wand hing.

»Saved by the bell«, sagte Oma und zwinkerte mir zu, bevor sie abnahm und in ihre professionelle Stimme wechselte:

»The Royal Grand Golden Hotel Skärblacka, Charlotte speaking!«

Oma schwieg kurz, nickte und hörte zu.

»Nein, bedaure. Es tut mir wirklich leid, aber das Hotel ist momentan total ausgebucht. Den ganzen Sommer, ja. Alle Zimmer. Hoffentlich finden Sie etwas anderes. Vielen Dank, dass Sie an The Royal Grand Golden Hotel in Skärblacka gedacht haben! Bye-bye.«

Sie hängte den Hörer in die Gabel zurück.

Mama hob misstrauisch die Brauen.

»The Royal Grand Golden Hotel Skärblacka. Heißt es wirklich so?«

»Ja, ganz genau so. Ich habe vor Kurzem den Namen geändert. Hotel Skärblacka klang ja unerträglich spießig.«

»Aber«, sagte Mama, »The Royal Grand Golden Hotel … ist das nicht ein bisschen zu großartig? Fast eine Lüge?«

»Finde ich nicht. Es ist doch *tatsächlich* das größte Hotel in Skärblacka.«

»Es ist das *einzige* Hotel in Skärblacka!«

»Ganz genau!«, stellte Oma lächelnd fest. »Und damit auch das größte und das großartigste.«

Mama rollte mit den Augen, dann schob sie die Zwiebeln vom Schneidebrett in die Bratpfanne, wo sie sofort zu brutzeln anfingen.

»Übrigens«, sagte Oma. »Ich kann ihm die Haare schneiden, wenn das so wichtig ist. Das Geld kannst du dir sparen.«

»Ja, gute Idee«, meinte Mama, die immer scharf darauf war, Geld zu sparen. »Aber *kannst* du das denn überhaupt?«

»Selbstverständlich. Schließlich hab ich Einstein jeden Sommer getrimmt, das ist nicht besonders schwierig. Und dir fällt es bestimmt leichter als Einstein, stillzuhalten, nicht wahr, Sigge? Hinterher kriegst du dann auch ein bisschen Frolic, wenn du willst.«

»Bitte, Sigge?« Mama sah mich flehend an.

»When hell freezes over«, sagte ich, das hatte ich nämlich mal in einem Film gehört. Es bedeutet »wenn die Hölle zu Eis gefriert«. Was so viel heißt wie *nie*.

MEIN ZOMBIEAUGE

Ja. Ich habe ein schwaches Auge. Ich schiele. Das bedeutet, dass mein eines Auge immer auf meine Nase zu gucken scheint, obwohl ich das nicht will. Als ich kleiner war, hatte ich eine Augenklappe. Die saß vor dem starken Auge, weil das schwache trainiert werden sollte. Sonst bestand die Gefahr, dass das starke Auge alle Arbeit übernehmen und das Gehirn das schwache Auge abkoppeln würde, und dann wäre ich einäugig. Oder ich hätte zwar immer noch zwei Augen, aber das eine Auge wäre wertlos und fast blind.

Ich hasste die Augenuntersuchungen und ich hasste die Augenklappe. Jedes Mal, wenn die ausgewechselt wurde, fühlte es sich an, als würde man mir die ganze Augenbraue abreißen.

Die Klappe war beige, hautfarben. Wie ein Pflaster. Echt beschissen. Erstens bin ich nicht beige. Und zweitens war sie kein bisschen unauffällig. Genauso gut hätte ich sagen können: Hallo! Ich hab hier kein Auge! Sieht man doch, oder?

Als Oma einmal vor vielen Jahren meine Babysitterin war, bat ich sie, ein Auge auf die Klappe zu malen. Ich hoffte, dann würde die Klappe weniger auffallen. Oma nahm die Aufgabe ernst und holte Opas winzig kleine Farbdöschen hervor. Damit hatte er die kleinen Häuser und Figürchen für seine geliebte Modelleisenbahn bemalt, die im Keller stand.

Oma erlaubte sich einige künstlerische Freiheiten, das muss man schon sagen. Sie malte nämlich ein Zombieauge auf die Klappe. Ein Auge, rund wie ein Tischtennisball, das aus der Augenhöhle herauszukullern schien, nur von einem kleinen roten Hautfetzen festgehalten. Die Iris hatte die gleiche Farbe wie meine eigenen Augen, dunkelgrün mit einem goldbraunen Ring. Aber rings um die Iris hatte Oma rote Striche gemalt, als wäre das Auge blutunterlaufen. Mir gefiel es, obwohl es nicht ganz so wurde, wie ich es mir vorgestellt hatte. Dass ich mich so deutlich daran erinnere, hat damit zu tun, dass am folgenden Montag in meiner Vorschule Schulfotos gemacht wurden. Mama war nicht begeistert. Aber Oma umso mehr. Sie bestellte eine Unmenge Abzüge und außerdem noch Klebebildchen und Kühlschrankmagnete mit meinem Porträt und verschenkte sie an die Verwandtschaft. Das Weihnachtsgeschenk des Jahres, wie sie es nannte. In unserer früheren Wohnung in Stockholm saß so ein Magnet am Kühlschrank. Oma hat hier in Skärblacka drei Stück am Kühlschrank kleben und im Wohnzimmer ein großes gerahmtes Foto hängen. Es ist ihr Lieblingsbild von mir.

Nur eine Sache hasse ich mehr als die Augenklappe, und zwar die Tatsache, dass ich immer noch schiele. Wenn ich meine Brille aufsetze, schiele ich nicht. Jedenfalls nur sehr wenig. Das Dumme mit der Brille ist nur – sie ist affenscheußlich. Das Gestell ist aus beigefarbenem Kunststoff, und die Gläser sind so dick wie Flaschenböden und vergrößern die Augen ganz gewaltig. Ich sehe wie ein Minion aus, wenn ich die Brille aufhabe. Sorry. Ich mache Witze, das mach ich meistens, wenn ich über mein Schielauge spreche, aber eigentlich möchte ich nur heulen. Denn soll ich euch ein Geheimnis verraten? Ich würde später am liebsten mal fürs Fernsehen arbeiten. Als Moderator für zum Beispiel *Die Tierklinik*. Oder noch lieber für irgendeine Sendung, die mit Erfindungen zu tun hat. Wo Kinder sich Ideen für lustige Maschinen oder Apps ausdenken und sie dann auch ausführen dürfen. Aber habt ihr jemals einen schielenden Fernseh-Moderator gesehen? Nein. Das habt ihr nicht. So jemand kriegt beim Fernsehen nämlich keinen Job. Der muss denn eben beim Rundfunk arbeiten oder in irgendeinem beschissenen Büro, wo ihn niemand sieht. Das ist der Grund, warum ich mir die Haare bis weit übers Auge hab wachsen lassen – weil ich mein Auge verbergen will. Lieber hacke ich mir mit einer Axt ins Bein, als dass ich mir die Haare schneiden lasse.

NOCH 57 TAGE

GUJKE UND JELLYBEANS

Vor ICA, dem Supermarkt, nahm Oma einen Einkaufswagen und setzte Bobo hinein. Bobo wollte nie im Kindersitz sitzen, sondern immer ausgerechnet im Warenkorb. Oma rannte ein paar Schritte, dann hängte sie sich über den Wagen und hob die Füße hoch. So rollten sie in den Laden. Bobo lachte laut. Ich folgte in einigem Abstand. Es war ein bisschen peinlich, aber eigentlich kannte ich ja niemanden hier. Noch nicht. Oma dagegen kannte viele. Jedenfalls begrüßte sie jeden, der vorbeiging. Manche grüßten zurück, andere glotzten nur. Ich sah, wie sie einander etwas zuflüsterten. Aber so was lässt Oma kalt.

»Es gibt nur eine Sache auf der Welt, die schlimmer ist, als dass die Leute über dich reden, und zwar, dass sie *nicht* über dich reden«, hat Oma einmal bemerkt.

Wer Oma einmal begegnet ist, vergisst sie nicht so schnell. Sie sieht nicht unbedingt wie eine ältere Dame um die fünfundsechzig aus. An diesem Tag trug sie eine enge schwarze Hose aus Leder, hochhackige grüne Schuhe und eine Bomberjacke mit Silberpailletten. Lange graue Haare, mindestens fünf klirrende goldene Ketten um den Hals und roten Lippenstift.

»So«, sagte Oma, als sie die Füße wieder auf den Boden gestellt hatte. »Was brauchen wir?«

Bobo deutete auf die Erdbeeren.

»Erdbeeren, ja, die brauchen wir dringend«, bestätigte Oma.

Bobo deutete auf eine dunkelgrüne Wassermelone, die fast so groß war wie ein Strandball.

»Eine Wassermelone, die brauchen wir auch!« Oma wuchtete die Melone in den Wagen, wo sie mit einem schweren Plumps zwischen Bobos Beinen landete.

Ich fand es super, mit Oma einzukaufen. Das fanden wir alle, Majken und Bobo auch. Darum begleiteten wir Oma jedes Mal, wenn sie einkaufen ging. Majken, die ohne Weiteres den Titel »die flinkste Maus Schwedens« hätte gewinnen können, war schon in den Laden vorausgerannt. Wahrscheinlich stand sie jetzt bei den Süßwaren vor den Behältern mit den losen Süßigkeiten und futterte die Bonbons, die auf den Boden gefallen waren. Das machte sie oft. »DIE WERDEN JA SOWIESO WEGGEWORFEN!«, erklärte sie dann. Mama drehte fast durch, wenn Majken sich so benahm, aber Oma schien das kein bisschen zu stören.

Oma schreibt nie eine Liste, bevor sie zum Einkaufen fährt, sondern kauft einfach, was ihr gerade einfällt. Das finden wir ganz besonders toll. Mama dagegen hat immer eine äußerst wohlüberlegte Liste dabei. Die Sachen, auf die sie verzichten kann, falls es zu teuer wird, stehen in Klammern. Auf keinen Fall kauft sie etwas, das nicht auf der Liste steht, da kann man noch so viel betteln. Vor allem jetzt nicht, wo sie arbeitslos ist. Aber Oma braucht man gar nicht erst zu fragen. Man legt einfach das, was man haben will, in den Einkaufswagen. Und solange keine komischen Zusätze auf der Verpackung stehen, so was wie E-314 oder so, kauft Oma es.

Natürlich war ich früher schon mal in diesem Laden gewesen, aber immer nur, wenn wir Oma besucht hatten. Jetzt dagegen würden wir ja hier wohnen und in Zukunft immer in genau diesem Supermarkt einkaufen. Mir lief schon das Wasser im Mund zusammen, wenn ich an all die leckeren Sachen dachte, die es bei uns zu essen geben würde.

Das war ein weiterer Punkt auf meiner Liste über die Vorteile unseres Umzugs. PUNKT 1: Ein eigenes Zimmer. PUNKT 2: Nach Herzenslust einkaufen dürfen. Aber am wichtigsten war PUNKT 3: Neuanfang.

Der Umzug nach Skärblacka bedeutete nämlich auch: Ich würde mich selbst rebooten können. Ein neuer Mensch werden. Ich hatte vor, beliebt zu werden. Unglaublich beliebt. Die Leute sollten bei meinem Anblick kreischen und ohnmächtig umfallen, ich wollte Autogramme schreiben, meine Fans sollten Selfies mit mir machen und dann kichernd davonrennen. Ich wollte werden wie Kanye West oder Beyoncé.

Okay, das war vielleicht ein bisschen zu hoch gegriffen. Ich wäre ja schon zufrieden, wenn ich mit anderen Leuten reden könnte, ohne wie ein Freak angegafft zu werden. Oder wenn ich im Sportunterricht in eine Mannschaft gewählt werden würde. Es wäre auch nicht schlecht, wenn die anderen mir ab und zu zuhören würden, oder wenn sie sich im Speisesaal mal neben mich setzen wollten.

Das war in Stockholm nicht unbedingt der Fall gewesen. An und für sich hatte ich in Stockholm einen Freund gehabt, Valter, aber wenn ich etwas sagte, hatte er nicht direkt übertrieben aufmerksam zugehört. Manchmal waren wir nach der Schule zusammen nach Hause gegangen. Hatten uns dann und wann ein paar SMSe geschickt und ein seltenes Mal am Wochenende getroffen. Aber wenn ich ehrlich sein soll, glaube ich, er war vor allem darum mit mir zusammen, weil er sonst keinen Freund hatte, und nicht, weil er mich so unglaublich cool fand.

Mama behauptet immer, ich sei »ein einmaliger Junge«, ich sei »anders« und »speziell«. Aber eigentlich ist das wohl nur eine freundlichere Art zu sagen, dass ich irgendwie komisch bin.

Ich hatte genau sechzig Tage Zeit, um ein neuer Mensch zu werden. Oder inzwischen eher siebenundfünfzig Tage. Dann waren die Sommerferien zu Ende und ich würde in meiner neuen Schule anfangen. In der Mosstorpschule. Klar, es würde nicht einfach werden, das eigene Leben in siebenundfünfzig Tagen zu verändern, aber total unmöglich dürfte es eigentlich auch nicht sein. Wenn man zum Mond fliegen kann, sollte man doch auch beliebt werden können? Oder?

Wir hatten die Gemüseabteilung noch nicht einmal hinter uns gelassen, als Bobo bereits in den vielen Wassermelonen, Salatköpfen, Maiskolben und Erdbeerkartons zu ertrinken drohte, die Oma in den Wagen gelegt hatte.

»Gujke!«, rief Bobo und deutete eifrig auf einen großen Berg Gurken.

Bobo liebt Gurken, und das ist ehrlich gesagt auch eines der wenigen Wörter, die sie wirklich sagen kann. Für jemand, der im Dezember vier wird, ist das vielleicht nicht gerade eine Meisterleistung, aber wir freuen uns jedes Mal, wenn sie überhaupt spricht. Bobo liebt Gurken mehr als alles auf der Welt. Oder, nein, am meisten liebt sie natürlich Mama und Majken und mich. Aber dann kommen bestimmt Gurken. Manchmal glaube ich fast, sie liebt Gurken mehr als ihren eigenen Vater.

Bobo und Majken haben einen anderen Vater als ich. Svedrik. So heißt er. Hast du Fredrik gesagt? Nein, *Svedrik!* Und auch wenn Svedrik in Bobos und Majkens Leben häufiger präsent ist als mein Vater in meinem eigenen Leben (nachdem ich meinen Vater exakt null Mal getroffen habe), würde er wohl nicht gerade zum Vater des Jahres nominiert werden. Svedrik ist nett und immer gut gelaunt und umarmt einen wie ein großer lieber Bär. Aber irgendwie fehlt bei ihm die *action*. Er findet viele Dinge extrem schwierig. Sich einen Job zu besorgen, zum Beispiel. Den Abwasch zu machen ebenfalls. Und aufzuräumen. Und Essen zu kochen. Und einzukaufen und Bobo die Windeln zu wechseln und überhaupt von der Couch aufzustehen, um Majken von der Schule oder Bobo von der Vorschule abzuholen. Schließlich wurde es Mama zu dumm. Sie musste mehr oder weniger alles allein erledigen. Sie erklärte, es sei, als wäre sie die Mutter von vier Kindern, nur dass eins der Kinder einen Bart hatte und Bier trank.

Darum machte sie mit Svedrik Schluss. Was wohl in Ordnung war, nehme ich an. Nur gehörte die Wohnung, in der wir lebten, Svedrik, und eine eigene Wohnung konnte Mama sich nicht leisten. Als Krankenschwester mit drei Kindern, einem riesigen Hund, zwei Rosettenmeerschweinchen namens Tarzan und Frasse und einer Schildkröte kriegt man offenbar keinen anständigen Kredit bei der Bank. »Und das, obwohl man sein Leben lang alle Rechnungen pünktlich bezahlt hat!«, wie Mama enttäuscht ausrief.

Darum sind wir jetzt umgezogen. Zu Oma in ihr großes gelbes Haus in diesem Nest namens Skärblacka oder kurz »Blacka«, das in der Nähe von Norrköping liegt, wo alle … ja … wie soll ich sagen: ein bisschen eigenartig reden. Der komische Dialekt ist wahrscheinlich der einzige Nachteil von Skärblacka. Und dass es hier eine gigantische

Papierfabrik gibt, die das ganze Dorf manchmal in eine Wolke hüllt, die nach Kacke stinkt.

Als wir bei den Süßigkeiten ankamen, war Majken tatsächlich dort. Aber sie sammelte keine Bonbons auf. Stattdessen sahen wir, wie sie etwas aus einer kleinen Schachtel in eine der durchsichtigen Bonbonschütten leerte.

»Was machst du da?«, fragte ich.

Majken drehte sich zu uns um. Ihr sommersprossiges Gesicht strahlte. Sie versuchte zu flüstern, doch das liegt ihr nicht. Ihre Stimme eignet sich nicht für Geflüster.

»ICH MACHE EINEN STREICH!«

»Aha«, sagte Oma voller Interesse. »Was für einen Streich denn?«

Majken hielt kichernd die Schachtel hoch, damit wir lesen konnten: Bertie Botts Every Flavour Beans.

»Aber Majken!«, sagte ich.

»ICH HAB DIE ALLE ZU DEN JELLYBEANS GELEERT!«

»Was ist das überhaupt?« Oma streckte die Hand nach Majkens Schachtel aus.

»DAS IST AUS HARRY POTTER, DA GIBT ES ALLE GESCHMACKSSORTEN AUF DER WELT! EIN GRÜNES KANN NACH ROTZ ODER NACH APFEL SCHMECKEN, KOMMT GANZ DARAUF AN, WELCHES MAN ERWISCHT. DIE SEHEN ALLE GLEICH AUS. MANCHMAL SCHMECKEN SIE NACH REGENWURM,

OHRENSCHMALZ ODER KOTZE. ABER MANCHMAL HAT MAN GLÜCK UND KRIEGT EINS, DAS NACH ZITRONE SCHMECKT! ICH HAB SIE VON MEINER FREUNDIN IN STOCKHOLM BEKOMMEN. UND DIE HAT SIE IM HARRY POTTER-MUSEUM IN LONDON GEKAUFT!«

»Oh dear. Ohrenschmalz und Kotze, das klingt nicht allzu appetitlich«, sagte Oma und gab Majken die Schachtel zurück.

»ICH WEISS! DARUM HAB ICH SIE JA HIER REINGELEERT!«

»Du hättest sie mir geben können«, sagte ich. »Ich liebe Jellybeans. Die Ekligen kann man doch einfach ausspucken, oder?«

»ICH MACH MIT MEINEN JELLYBEANS, WAS ICH WILL!«

»Aber trotzdem«, sagte ich verärgert.

»Das hier ist ein total unnötiger Streit«, sagte Oma. »Ich kann dir neue kaufen, Sigge.«

Wir sahen in die durchsichtige Bonbonschütte, die bis an den Rand mit leuchtend bunten Jellybeans gefüllt war. Ich öffnete den Deckel und rührte mit einer Plastikschippe darin herum. Es war unmöglich, die Harry Potter-Beans von den anderen zu unterscheiden.

»Darf ich mir vielleicht eine andere Sorte Süßigkeiten aussuchen?«, fragte ich hoffnungsvoll und sah zu Oma auf.

»Tut euch keinen Zwang an, Darlings«, sagte Oma mit einem ermunternden Kopfnicken zum Süßwarenregal hin. Und dabei war heute nicht einmal Samstag, der offizielle Süßigkeitentag.

Majken und ich wurden ganz wild! Wir füllten unsere Tüten mit mindestens je einem halben Kilo Süßkram. Bobo dagegen war mit ihrer Gujke hochzufrieden.

Wie gesagt: Mit Oma einkaufen ist toll!

EIN HOFFNUNGSLOSER TYP

Mama traf meinen biologischen Vater, als sie in Australien und Neuseeland als Backpackerin unterwegs war. Backpack bedeutet Rucksack auf Englisch, und Backpacker sein handelt eigentlich nur davon, dass man mit einem Rucksack durch die Welt reist. Da wohnt man nicht in irgendwelchen Luxushotels, sondern eher in Jugendherbergen, wo es Wanzen gibt.

Damals hatte Mama einen Job als Kellnerin in einem Lokal auf der Insel Kangaroo Island, und dort lernte sie meinen Vater kennen. Er war Koch, und sie verliebte sich bis über beide Ohren in ihn. Er hatte schulterlange schwarze Locken und die schönsten Augen, die sie je gesehen hatte. Sie behauptet, die hätte ich von ihm geerbt.

Sie waren genau sieben Wochen zusammen, dann musste Mama wieder nach Schweden zurück. Kaum hatte sie in Stockholm das Flugzeug verlassen, musste sie sich übergeben. Wie eine Fontäne kam alles hoch. Zuerst dachte sie, sie hätte sich den Magen verdorben, aber als die Kotzerei nach ein paar Tagen nicht aufhörte, sah sie ein, dass sie schwanger war. Mit mir!

Sie war zwar erst zwanzig, wusste aber gleich, dass sie mich behalten wollte, obwohl keine ihrer Freundinnen ein Kind hatte.

Außer wie seine Haare und Augen aussehen, weiß ich genau fünf Dinge über meinen Vater. 1. Er heißt Jonathan Taylor. 2. Er ist ein hoffnungsloser Typ (das hat Mama mir nicht so direkt gesagt, aber ich hab gehört, wie sie am Telefon über ihn geredet hat). 3. Er hat ein Piercing in der Zunge, das sieht von oben aus wie ein blaues Bonbon und von unten wie eine runde Metallkugel. 4. Er ist nicht sehr groß. 5. An einem Tag, als das Lokal geschlossen war, hat er ein märchenhaftes Gericht für Mama gekocht. Sie durfte auf der Terrasse sitzen, mit Blick aufs Meer, während die gelben, roten und blauen Lampions im Wind schaukelten. Er tischte das beste Hühnchen auf, das sie je gegessen hatte (das war, bevor sie Vegetarierin wurde), und als Nachtisch gab es einen Apfelkuchen, den er mit ihrem Namen, »Hannah«, aus lauter Apfelstückchen verziert hatte, dazu ringsum ganz viele Herzen. Also scheint er ja auch ziemlich verknallt in sie gewesen zu sein.

Mein Vater weiß, dass es mich gibt. Das hat Mama mir gesagt. Aber er hat nie den Wunsch geäußert, mich kennenzulernen. Klar, er wohnt ja auf der anderen Seite der Welt, da kann man sich natürlich nicht alle zwei Wochen sehen, aber man könnte vielleicht skypen, mal eine Mail schicken oder so. Aber dazu hat er sich nie aufgerafft. Mama sagt, ich soll mir nichts daraus machen. Sie habe Liebe genug für zwei Eltern und sogar mehr.

Meine Lehrerin hat einmal gesagt, das, was man nie gekannt hat, kann man nicht vermissen. Sie erzählte, sie sei ohne Mutter aufgewachsen. Die sei nämlich gestorben, als sie selbst noch ein kleines Baby war. Aber mir war sofort klar: Das stimmt nicht. Ich habe meinen Vater vermisst. Oder, vielleicht nicht direkt *meinen* Vater, weil ich ja nicht weiß, wie er ist (bis auf diese fünf Dinge). Aber *einen* Vater habe ich auf jeden Fall vermisst. Zwar war Svedrik da, aber das ist nicht dasselbe. Wir haben nicht die gleichen Augen. Wir sind uns in keiner einzigen Sache ähnlich.

Vielleicht irre ich mich total, aber manchmal denke ich, wenn es in meinem Leben einen Vater gegeben hätte, hätte ich nie solche Probleme mit Freunden und so gehabt. Vielleicht hätte ich mich dann nicht so komisch gefühlt? Nicht so verkehrt. Vielleicht hätte er mir beibringen können, wie man alles richtig macht? Vielleicht.

DAS PARADIES UND EIN
AUSGESTOPFTER FISCHOTTER

Obwohl Mama behauptete, der Umzug zu Oma sei eine Notlösung, war er für mich ein Umzug ins reinste Paradies! Auch für die Tiere war es hier viel besser. Einstein durfte öfter frei herumrennen, Tarzan und Frasse bekamen einen viel größeren Käfig, und die Schildkröte Carolina konnte in ihrem Gehege draußen im Freien sein. Oma hatte es rechtzeitig bis zu unserem Einzug gebaut. Es war zwei mal zwei Meter groß und hatte keinen Boden, so konnte Carolina mit ihren Schildkrötenfüßchen direkt auf dem Gras laufen.

Bestimmt fanden Majken und Bobo den Umzug auch gut, obwohl sie in Stockholm garantiert nicht so sehr gelitten hatten wie ich. Außer dem guten Essen, das es bei Oma gab, fanden wir es alle super, dass jeder von uns hier sein eigenes Zimmer hatte. In Stockholm hatte Bobo bei Mama und Svedrik geschlafen, und Majken bei mir im Zimmer. Das Zimmer hatten wir zwar mit einem Bücherregal abgeteilt, aber das war nicht so ideal. Majken ist acht, also vier Jahre jünger als ich. Außerdem brachte sie immer ihre Freundinnen mit nach Hause, und wenn die im Zimmer waren, konnte man fast nicht denken. Majken redet *schrecklich* laut. Ihre Freundinnen in Stockholm redeten genauso laut, aber wahrscheinlich nur, weil sie Majken übertönen wollten. Wenn die Freundinnen allein waren, redeten sie ganz normal.

Als Majken klein war, ging Mama mit ihr zum Arzt, weil die Erzieherinnen in der Vorschule meinten, Majken wäre taub. Sie sprach nämlich nicht nur wahnsinnig laut, sondern schien auch kaum zu hören, was andere Leute sagten. Aber nach dem Test erklärte der Arzt, Majken hätte ein Gehör wie ein Walfisch. Walfische können offenbar Geräusche von der anderen Seite des Atlantiks hören. Der Arzt hat vielleicht ein bisschen übertrieben, aber Majken hört tatsächlich das Rascheln einer Bonbontüte über mehrere Zimmer hinweg. Das ist sozusagen ihre Superkraft. Majken selbst hat erklärt: »WAHRSCHEINLICH HÖRE ICH VOR ALLEM DANN NICHT SO GUT, WENN MIR JEMAND WAS VERBIETEN WILL.«

Wenn Majkens Stimme durch Mark und Bein geht, wie Oma immer sagt, ist es mit Bobo gerade umgekehrt. Sie spricht fast überhaupt nicht. Sie kann nur dreißig oder vierzig Wörter sagen. Ihre häufigsten sind: Gujke, Hallohallo, neinnein, Mama, Sigge, Maje (bedeutet Majken) und fetti (bedeutet fertig, das schreit sie, wenn sie auf dem Klo gewesen ist). Und dann kann sie noch viele Tiernamen, Tiere sind ihr größtes Interesse. Außer Gurke, natürlich. Aber obwohl sie nicht viel reden kann, scheint sie mit ihrem Leben zufrieden zu sein. Mama ist weniger zufrieden. Sie macht sich Sorgen, weil Bobo so »eine Spätentwicklerin« sei.

In Stockholm ging Bobo zu einer Logopädin. Das gefiel ihr, weil es da große Buchstaben aus Samt gab, die waren wie Schmusetiere, mit Augen und Mündern und allem Drum und Dran. Und außerdem machte die Logopädin immer so verrückte Töne, in der Hoffnung, dass Bobo die nachahmen würde. Was sie aber nicht tat.

Aber immerhin scheint Bobo zu verstehen, was man zu ihr sagt. Wenn es ums Sprechen geht, bin ich der einzig Normale. Tut gut, wenigstens auf *einem* Gebiet normal zu sein.

Wie dem auch sei. Zurück zum Thema. Nach Großvaters Tod vor vier Jahren erbte Oma ein kleines Hotel, The Royal Grand Golden Hotel Skärblacka, wie es inzwischen heißt. Die meisten Gäste waren Touristen aus Deutschland, aber seit wir hier eingezogen sind, ist damit Schluss.

Der einzige Hotelgast, der geblieben ist, heißt Krille Marzipan. Aber der macht sein Bett selbst und sorgt für sein eigenes Frühstück und so. Krille Marzipan ist ein sehr langer, sehr dünner und sehr eleganter Herr, der es liebt, über seine Filmideen zu reden. Jedes Mal, wenn man ihm begegnet, hat er eine neue Idee. Alle sind ähnlich ... wie soll ich sagen ... speziell. Die ersten siebenundvierzig Ideen, die er mir erzählte, fand ich einigermaßen spannend. Inzwischen fühle ich mich ehrlich gesagt etwas erschöpft. Zu dumm, dass man immer so höflich ist.

Mama ist weniger höflich. Sie unterbricht ihn sofort und sagt: »Krister, nein!« Ich selbst versuche lieber, eine Ausrede zu finden. Zum Beispiel: »Ich muss ... äh, Wäsche zusammenlegen.« Aber das führt dann nur dazu, dass ich dastehe und Wäsche zusammenlege, während Krille Marzipan danebensteht und labert. Ich muss mir unbedingt eine andere Lösung ausdenken.

Weiter im Text. Oma hat alle Zimmer im Stil der 1950er-Jahre eingerichtet, wie damals, als sie jung war. In Bobos Zimmer steht eine Jukebox. Das ist eine Maschine, die Schallplatten abspielt, wenn man eine Münze reinsteckt. Ein bisschen wie Spotify, nur mit echten Vinylplatten. Und man kann nur Hits aus den 1950er- und 1960er-Jahren abspielen.

In Majkens Zimmer steht ein alter Coca-Cola-Automat, der jetzt allerdings leer ist. Aber letzten Samstag hat Majken fünf echte Colaflaschen besorgt und ihn damit aufgefüllt. Bobo und ich durften uns eine Flasche teilen, die vier übrigen trank Majken aus. Hinterher lief sie den ganzen Nachmittag rülpsend durch die Gegend. Ich brauche wohl nicht extra zu erwähnen, dass Majken sehr laut rülpsen kann.

In meinem Zimmer gibt es das Beste von allem: einen Flipperautomaten! Er heißt Frau Fortuna, und ich liebe ihn! Jedes Spiel kostet eine Krone, aber das sind alte Kronen von früher, und Oma hat eine Dose voller alter Kronenmünzen neben das Spiel gestellt. Wenn die Münzen alle sind, öffnet man unten am Flipper einfach eine kleine Klappe, leert alle Kronen aus und kippt sie wieder in die Dose zurück. Na, ist das was?! Man fühlt sich echt, als wäre man im Paradies gelandet!

Mama findet wahrscheinlich nicht, dass sie im Paradies gelandet ist. Abgesehen vom Zigarettenrauch, der Oma immer in eine hellgraue Wolke hüllt, stört es Mama, dass Oma zu viel Krempel hat. Z. B.: ein elektrischer Rollstuhl (den Opa benutzte, bevor er starb), eine große Buddha-Statue aus grünem Marmor, eine Menge Uhren (in jedem Zimmer mindestens eine), die bei jeder vollen Stunde eine kleine Melodie spielen, und dann die vielen meterhohen Bücherstapel.

Aber am schlimmsten findet Mama die ausgestopften Tiere, die im ganzen Haus herumstehen: Füchse, Raben, Kaninchen, Vielfraße, Wiesel, Eichhörnchen, Nerze, einfach alles! Auf dem roten Perserteppich in der Eingangshalle steht sogar ein komplettes Zebra, direkt neben der Treppe zum Obergeschoss. Das Zebra dient Oma als Ablage für Kleider, Hüte und Einsteins Hundeleine. Oma sammelt ausgestopfte Tiere. Manchmal habe ich das Gefühl, beobachtet zu werden, und wenn ich mich dann blitzschnell umdrehe, steht da ein ausgestopfter Fischotter auf einer Kommode und glotzt mich an.

Aber eine Sache findet Mama echt gut, nämlich, dass wir umsonst hier wohnen dürfen. Natürlich nur vorübergehend, wie sie immer wieder betont. Bis sie einen Job hat und wir eine Wohnung gefunden haben. Hoffentlich dauert das noch richtig, richtig lange!

NOCH 55 TAGE

IN EINER MINUTE DREI TIEFKÜHL-WÜRSTCHEN AUFESSEN

Inzwischen wohnen wir seit genau fünfzehn Tagen hier bei Oma, und Majken hat schon einen neuen Kumpel gefunden. Ich kapier einfach nicht, wie sie das macht. Mir ist das noch nie so leichtgefallen. Majken scheint ein magisches Gespür dafür zu haben, was man sagen kann und was nicht. Aber woher *weiß* sie das? Schließlich ist sie ja nicht unbedingt immer nett. Ehrlich gesagt kann sie ziemlich ätzend sein. Wie heute Morgen zum Beispiel. Majken stand draußen neben dem Briefkasten nur so herum und glotzte kaugummikauend vor sich hin, und da tauchte plötzlich ein Junge auf, der hatte einen Waschbäranzug aus Fleece an, in dem es irre heiß sein musste, immerhin waren es mindestens siebenundzwanzig Grad im Schatten, und schon fingen sie an miteinander zu reden. Und zu spielen! Oder wie man das nennen soll. Jedenfalls rasten sie durch den Garten und brüllten.

Ich saß in der Fliederlaube (die ist wie ein kleines Zimmer im Garten, umgeben von Fliederbüschen) und machte gerade Skizzen für meine Harpunen-Erfindung, als das passierte, darum konnte ich alles, was gesagt wurde, notieren. Hier musste methodisch vorgegangen werden, um alles hinterher sorgfältig analysieren zu können, das war mir als Wissenschaftler klar.

Der Waschbärjunge (aus praktischen Gründen verkürze ich den Namen zu WBJ): »Hallo.«

Majken: »HALLO.«

WBJ: »Was machst du?«

Majken: »ICH STEH HIER.«

Schweigen.

WBJ: »Warum redest du so laut?«

Majken: »WARUM REDEST DU SO LEISE?«

Schweigen.

WBJ: »Ich kann auf unserem Trampolin Saltos machen.«

Majken: »AHA. ICH KANN IN EINER MINUTE DREI TIEFKÜHL-WÜRSTCHEN AUFESSEN.«

Schweigen.

WBJ: »Darf ich das mal sehen?«

Majken: »OKAY.«

Dann rannten sie davon.

Meine Analyse: Zuerst begrüßten sie einander, dann redeten sie darüber, wie sie redeten (Majken laut und der Waschbärjunge leise). Dann erzählten sie je eine Sache, die sie tun konnten (Saltos auf Trampolin / tiefgefrorene Würstchen aufessen), dann sagte der Waschbärjunge: Darf ich das mal sehen?, worauf sie zusammen wegrannten.

Erzählen, was man kann … ist das vielleicht eine

Möglichkeit, jemanden kennenzulernen? »Hallo, ich kann Inliner fahren!« Ist das eine coole Einleitung? Oder klappt das nur bei Achtjährigen?

Oh Mann, warum ist das so schwierig!

AUS DER RATTE WURDE EIN KANINCHEN

»Hallo, du …«

Ich sah vom Skizzenblock auf. Vor mir stand Krille Marzipan in hellgrauem Blazer und dazu passender Hose. Auch er mit einem Block und einem Bleistift in der Hand. Er kratzte sich mit der Bleistiftspitze am Kopf.

»Äh … Sigge. Heißt du eigentlich Sigvard oder Sigurd?«

»Nichts von beidem. Einfach Sigge.«

»Einfach Sigge? Komisch.«

»… nicht besonders komisch.«

»Einfach Sigge, sagst du.«

»Ja.«

»Aha.«

Hm. Diese Konversation führte nirgends hin. Ich schaute wieder auf meinen Block. Mein Entwurf sah sehr gut aus, wie ich zufrieden feststellte. Vielleicht würde das hier meine erste voll funktionierende Erfindung werden! Ich hatte ja schon vorher Sachen erfunden, aber das waren einfache Dinger gewesen. Kinkerlitzchen. Nicht wie das hier!

Meine Idee war, dass man mit der umgeschnallten

Harpune Inliner fahren sollte. Die Harpune wäre mit zwei Riemen vor den Bauch geschnallt. Dann könnte man den Pfeil der Harpune zum Beispiel in einen Baumstamm schießen. Am Ende des Pfeils wäre eine Schnur befestigt. Als Schnur würde ich Einsteins Roll-Leine nehmen. Die bestand aus einer Kapsel, in der eine aufgerollte Leine war. Wenn Einstein schnell davonrannte, wurde die Leine aus der Kapsel gezogen. Es gab auch einen Knopf, mit dem wurde die Leine gestoppt, dann konnte sie weder raus- noch reingezogen werden. Aber wenn man ein zweites Mal auf den Knopf drückte, fuhr die Leine blitzschnell wieder in die Dose zurück. Weil Einstein so groß und stark war (er wog fünfundfünfzig Kilo!), hatte er eine sehr kräftige Roll-Leine, was für meine Erfindung echt gut war.

Die Kapsel würde ich an der Harpune befestigen. Und wenn der Pfeil der Harpune in den Baum geschossen wurde, würde die Leine aus der Dose hinausflutschen. Und wenn man dann auf den Knopf drückte, glitt die Leine schnell wieder hinein, und man wurde ohne die geringste Anstrengung zum Baum gezogen! Das würde mir bei Steigungen helfen und bei langen, geraden Strecken. Ich war ein Genie!

Nach reiflicher Überlegung hatte ich die Erfindung auf den Namen Arrow sparrow getauft! Arrow bedeutet Pfeil auf Englisch, und sparrow bedeutet Sperling. Der Sperlingspfeil. Wenn man ihn benutzte, sollte es ein Gefühl sein, als würde man fliegen wie ein Vogel.

»Hast du eine Ahnung, wo Charlotte ist?«, fragte Krille.

»Die ist im Schuppen.«

Ich deutete auf den Geräteschuppen, aus dem dumpfes Poltern drang. Dann wurde offenbar etwas Schweres über den Schuppenboden gezogen.

»Aha?«

»Ja.«

Im selben Moment ging die Tür des Schuppens auf und eine alte weißgestrichene Holztür wurde herausgewuchtet. Ich sah Omas Hände mit den langen rosa Fingernägeln, aber die ganze übrige Oma war hinter der Tür versteckt. Dann ließ sie die Tür plötzlich los, worauf die mit einem lauten RUMMS auf dem Boden landete und Staub und Holzsplitter hochwirbelten. Dahinter stand Oma in einem leuchtend blauen Pulli und zebragestreiften Leggings. Oma weiß echt, wie man einen perfekten Auftritt hinlegt, das muss man ihr lassen.

»Good morning, Krister! In zehn Minuten bin ich fertig! Setz dich solange hin und erzähl Sigge von deinem aufregenden Leben!«

Bitte nicht. Ich schloss die Augen und verdrehte sie. Das mache ich nie bei offenen Augen. Möchte nicht, dass jemand das sieht und dann traurig wird.

Krille trat ein paarmal hin und her und nahm dann auf dem Stuhl mir gegenüber Platz. Eine verwelkte lila Fliederblüte hing hinter ihm aus dem Busch und legte sich wie eine kleine Baskenmütze auf seinen Kopf. Er wischte ein wenig Pollenstaub vom Tisch.

»Ich habe gerade eine fabelhafte Idee für einen Film gehabt«, sagte er.

»Aha.«

»Willst du sie hören?«

Am liebsten hätte ich gesagt »lieber nicht«, aber das kam mir unhöflich vor.

»Okay.«

Er strahlte übers ganze Gesicht.

»Großartig! Also. Die Hauptperson in dieser Geschichte soll Basil Hollinghurst heißen.«

Plötzlich kam Bobo angetrottet.

»Hallohallo«, sagte sie und kletterte neben mich auf die Bank.

Krille fuhr fort:

»Basil Hollinghurst lebt in London und arbeitet für eine der wichtigsten Nachrichtensendungen im englischen Fernsehen. Er ist Nachrichtenmoderator.«

»Ratte?«, sagte Bobo neugierig.

»Nein, Boel, Nachrichtenmoderator«, sagte Krille. »Das ist eine der wichtigsten Personen in einer Nachrichtensendung. Sie schenkt der Sendung Glaubwürdigkeit und Gewicht.«

Bobo sah Krille Marzipan mit großen Augen an.

»Das ist einer, der im Fernsehen arbeitet«, erklärte ich.

»Ratte?«, sagte Bobo.

»So ungefähr«, sagte ich und schaute auf meine Zeichnung. Radierte zwei der Räder an den Inlinern aus und fing neu an.

Bobo nahm einen Stift und wollte auch auf meinem Papier zeichnen.

»Nein, Bobo, das hier ist meins. Du kriegst ein eigenes Blatt.«

Ich riss eine Seite aus dem Skizzenbuch und gab sie ihr. Bobo begann zu zeichnen: einen großen runden Kreis, der Augen bekam, dazu Hände mit abgespreizten Fingern. Krille Marzipan redete weiter.

»Basil Hollinghurst ist ein seriöser Mann. Eine Säule der Gesellschaft.«

Ich hob den Kopf. Krilles Augen leuchteten.

»Er war nie in einen Skandal verwickelt. Er trinkt keinen Alkohol, er raucht nicht.«

»Klingt nach einem *fürchterlich* langweiligen Kerl!«, bemerkte Oma, die mit ihrer Arbeit inzwischen wohl fertig war. Sie setzte sich neben Krille Marzipan und steckte sich eine Zigarette an.

»Ich erzähle Sigge von meiner Filmidee«, erklärte Krille.

»Nun, da möchte ich nicht stören. Erzähl ruhig weiter!«

»Soll ich noch einmal von vorne anfangen?«

»Nein, nein, das ist wirklich nicht nötig!«, wehrte Oma rasch ab.

»Bist du sicher? Okay. Also. Nachts …«

Krille erhob sich und breitete die Arme aus. Seine Stimme wurde dramatisch.

»Da führt Basil Hollinghurst ein anderes Leben! Da ist er unterwegs und trifft schöne Frauen! Geht mit ihnen aus, ins Theater, in die Oper. Er ist ungeheuer beliebt.«

Plötzlich erwachte mein Interesse.

»Aha«, sagte ich. »Warum ist er so beliebt?«

»Nun«, sagte Krille. »Er sieht gut aus, er ist reich. Und kolossal charmant.«

Neben meine Skizze notierte ich: Sieht gut aus. Reich. Charmant.

»Aber Basil Hollinghurst ist ein Lügner!«, fuhr Krille fort. »Er verspricht den Damen ein Luxusleben. In Saus und Braus! Teure Reisen, Schmuck, Autos. Er macht drei Frauen gleichzeitig den Hof. Zufällig sind alle drei Ärztinnen. Chirurgen. Aber sie wissen nichts voneinander.«

»Gujken«, sagte Bobo.

»Nein, nicht Gurken«, sagte ich. »Chirurgen. Das sind Ärzte, die operieren, wenn Leute sich verletzt haben und so.«

Krille Maräng streckte seinen langen, dünnen Zeigefinger in die Luft.

»Hört jetzt zu! Basil Hollinghurst verspricht jeder Einzelnen von den dreien, sie zu heiraten, verspricht ihnen, sie in seinem Schloss wohnen zu lassen, ein Schloss, das nur in Basils Fantasie existiert. Er verspricht ihnen alles! Aber durch einen Zufall erfahren sie, was Basil wirklich treibt, und da werden sie vollkommen rasend vor Wut! Sie beschließen, sich zu rächen.«

»Aber«, sagte ich, »ist es nicht ein bisschen seltsam, dass alle drei Chirurginnen sind? Aus purem Zufall?«

»Genau!« Oma deutete so eifrig mit der Zigarettenhand auf mich, dass Asche auf mein Papier fiel. »Guter Einwand, Sigge!«

Ich grinste und wischte die Asche weg. Das Rad an dem einen Inliner wurde trotzdem ganz gut. Ich begann es mit Gelb auszumalen.

»Ja, ja, aber jetzt ist es nun mal so!«

Krilles Stimme klang leicht angespannt. Ich ahnte, dass er keine weiteren kritischen Fragen wünschte.

»Jedenfalls«, fuhr er sehr laut fort. »Eines Abends, als Basil Hollinghurst mit einer der chirurgischen Damen bei einem romantischen Dinner sitzt, betäubt sie ihn. Sie presst ihm eine in Chloroform getränkte Serviette gegen Nase und Mund! Schwer wie ein Stein fällt er zu Boden. Zu dritt befördern die Frauen ihn ins Auto. Sie fahren direkt ins Krankenhaus, in die Chirurgie, und legen ihn auf eine Pritsche! Man sieht, wie das erste Skalpell gezückt wird, dann die rachelüstern lächelnden Gesichter.«

Krille schwang ein unsichtbares Skalpell durch die Luft.

»Als Basil aufwacht, ist sein ganzer Kopf bandagiert! Er fängt an, den Verband abzuwickeln, und muss feststellen, dass er umoperiert worden ist! In ein Kaninchen! Die Ohren! Die Zähne! Ein winziges Schnäuzchen! Das ganze Gesicht voller Fell!«

»Kaninsche!«, verkündete Bobo lachend und sah von ihrer Zeichnung auf.

Vom Mund des Kopffüßlers ging inzwischen ein Strich ab, aus dem wirbelnder Rauch aufstieg.

»Aus der Ratte ist ein Kaninchen geworden«, erklärte ich.

»Oh dear!« Oma tat einen langen Zug an ihrer Zigarette.

»Warum ausgerechnet ein Kaninchen?«, fragte ich.

Krille sah mich mit gerunzelter Stirn an.

»Also«, fuhr ich fort, »ich meine ja nur, warum nicht ein weniger niedliches Tier? Ein Otter oder ein Alligator, zum Beispiel, oder vielleicht eine Ratte? Die wollen ihn doch bestrafen. Da sollte er wohl nicht unbedingt niedlich aussehen?«

»Hm ... ja, hast an und für sich recht.«

Krille zog den Block aus der Gesäßtasche und machte sich ein paar Notizen.

»Wie soll Basil jemals wieder als Moderator arbeiten können? Wer kann einen Sprecher, der wie ein Otter aussieht, ernst nehmen?«

»Ottej?«, sagte Bobo.

»Vielleicht ist die Ratte kein Kaninchen geworden, sondern ein Otter«, flüsterte ich.

»Ratte«, sagte Oma. »Ratte ist am besten. Unsympathisches Aussehen, du weißt schon. Wer mag schon eine Ratte?«

»Und was passiert dann?«, fragte ich.

Krille starrte mich an.

»Nachdem Basil operiert worden ist?«

Kurz wurde es ganz still.

»Äh … tja, darüber hab ich noch nicht so richtig nachgedacht«, sagte er dann.

»Trotzdem ein guter Anfang«, sagte ich ermunternd und begann die Harpune zu kolorieren.

»Ratte?«, fragte Bobo neugierig.

»Das ist noch nicht ganz geklärt«, sagte Oma. »Vorläufig unklar.«

Sie beugte sich über Bobos Zeichnung.

»Na so was! Hast du mich da gezeichnet, Boel? Mit Zigarette und allem Drum und Dran? Das müssen wir rahmen! Du bist ja ein künstlerisches Genie, Darling! Aber bei so einem Modell kann es natürlich nur ein Meisterwerk werden, nicht wahr!«

Sie zwinkerte Bobo mit einem Auge zu, und Bobo lächelte so begeistert, dass ihr der Schnuller aus dem Mund fiel.

NOCH 52 TAGE

EINSTEIN, MEIN GELIEBTES PELZMÜTZCHEN

Eine kurze Sekunde lang sah ich Einsteins schwarze glänzende Schnauze im Türspalt, dann drängte er sich ganz und gar ins Zimmer. Die Tür gab ein langgezogenes Quietschen von sich. Er lief an mein Bett und wedelte so begeistert mit dem Schwanz, dass sein ganzes Hinterteil wackelte. Sein Maul war geöffnet, und er zeigte seine spitzen wolfsähnlichen Zähne in einem breiten Lächeln. Er war immer so happy! Morgens, mittags, abends! Immer gut aufgelegt. Machte sich keinerlei Sorgen um das Leben. Einfach toll!

»Hallo, Einstein«, murmelte ich schläfrig. »Ja, ja, ich seh dich.«

Ich kitzelte ihn hinterm Ohr, er leckte mir die Hand und die Backe und ich musste schnell den Mund fest zukneifen, um keinen Zungenkuss abzubekommen. Dann hörte ich Schritte auf der Treppe. Ein paar Sekunden später schaute Mama herein. Sie hatte ihre Jeansjacke an und ihre hellbraunen Haare zu einem Pferdeschwanz gebunden.

»Hallo, Schatz! Bist du schon wach?«

»Nö, ich schlafe«, sagte ich.

»Du, hör mal, ich fahr jetzt nach Norrköping, möchte ein paar Bewerbungen schreiben. Ich hab vor, mich mit dem Laptop in ein Café zu setzen, um ungestört zu sein. Hier im Haus ist das ja nicht so ganz einfach …« Sie lachte kurz. »Oma hat versprochen, auf euch aufzupassen.«

»Okay«, sagte ich.

»Aber ich wollte dich fragen, ob du mit Einstein rausgehst? Nicht jetzt gleich, aber bald. Ich schaffe das einfach nicht. Der Bus fährt in zehn Minuten.«

»Kann Majken das nicht machen? Die macht doch nie was.«

»Aber Schatz, sie ist zu klein, um mit ihm rauszugehen, das weißt du doch. Wenn er plötzlich ein Eichhörnchen sieht, fliegt sie wie ein Handschuh an der Leine durch die Luft. Außerdem hört er nicht auf sie.«

»Was eigentlich komisch ist, wo sie doch so laut spricht!«

Mama legte den Kopf schief und warf mir einen flehenden Blick zu. Dabei sah sie ungefähr so aus wie Einstein, wenn er neben dem Esstisch sitzt und bettelt.

»Von mir aus.«

»Danke, danke, Sigge-Schatz! Du bist der Beste!«

Sie beugte sich übers Bett und gab mir einen Kuss. Einstein leckte ihr schnell das Gesicht ab. Sie richtete sich rasch wieder auf.

»Einstein, dein Mundgeruch, aber ehrlich! Was hast du gefressen? Abfall?«

Sie wischte sich den Mund mit dem Handrücken ab.

»Übrigens, Oma schafft es heute vielleicht, dir die Haare zu schneiden. Das wäre doch gut, oder?«

»Du nervst.«

Bevor Mama antworten konnte, begann eine von Omas vielen Uhren eine Klimpermelodie zu spielen. Oma hatte erzählt, das sei das gleiche Lied, das der Big Ben, dieser große Glockenturm in London, jede Stunde spielt.

»Mist, ist es schon neun? Wir sehen uns in ein paar Stunden oder so. Muss schnell los!«

Sie verschwand durch die Tür, dann hörte ich ihre eiligen Schritte die Treppe hinunterklappern.

Gähnend setzte ich mich auf. Ich würde Majken trotzdem wecken, sie konnte mir wenigstens Gesellschaft leisten.

Einstein folgte mir dicht auf den Fersen, als ich in Majkens Zimmer trat. Ein paar Lämpchen leuchteten in der Dunkelheit, ich hörte den Cola-Automaten brummen. Der Automat durfte nicht angeschlossen sein, wenn keine Cola zum Kühlen drin war. Er funktionierte ja wie ein Kühlschrank und verbrauchte eine Menge Strom. Das kümmerte Majken offenbar wenig. Sie hatte sich die Bettdecke abgestrampelt und lag mit ausgebreiteten Armen und Beinen schnarchend im Bett. Als Nachthemd hatte sie ein T-Shirt von Oma an, auf dem eine gelbe Corvette drauf war. Ihre rotblonden Haare lagen wie ein wirres Vogelnest auf ihrem Kopf. Mama und sie zankten sich mindestens einmal täglich, weil Mama Majkens Haare bürsten wollte und Majken sich dagegen wehrte.

»Majken«, sagte ich und knuffte sie am Arm. »Majken, wach auf!«

Majken rollte sich auf die Seite und schnarchte weiter. Absolut crazy, sie schnarchte tatsächlich schlimmer als Svedrik!

»Majken! Majken! MAJKEN!«

Ich schüttelte sie an der Schulter, stupste sie unterm Arm und pustete ihr ins Ohr, mit dem einzigen Ergebnis, dass sie sich zur Wand drehte. Ich gab auf. Einstein sah mich erwartungsvoll an.

»Dann gehen wir eben zu zweit raus, du struppiger Kerl.«

* * *

Wir überquerten den Waldweg und die Wiese, dann sah ich mich vorsichtig um, bevor ich mit Einstein über die große Landstraße rannte, wo die mit langen Holzstämmen schwer beladenen Fernlaster auf dem Weg zur Papierfabrik vorbeidonnerten.

Als wir auf dem Schotterweg gegenüber ankamen, musste ich Einsteins Leine nicht mehr so kurzhalten. Hier fuhren fast keine Autos und nur ganz selten ein paar Fahrräder. Der Weg führte an einem Acker vorbei und an einer Pferdeweide mit zwei braunen Pferden, dann an einem abgebrannten Haus, von dem nur der gemauerte Schornstein noch stand, und an einem Bauernhof mit einem Garten voller bunt leuchtender Blumen.

Einstein trottete hin und her, bei jedem Schritt hüpften seine Ohren. Er schnupperte im Graben und pinkelte alle fünf Meter auf irgendwelche zerzausten Grasbüschel. Ab und zu drehte er sich um und checkte, dass ich noch da war.

Ich musste daran denken, wie er als kleiner Welpe gewesen war. Echt anstrengend war das damals! Nachts hatte er gejault, weil er nicht allein schlafen konnte, also durfte er schließlich bei mir im Bett schlafen. Da legte er sich prompt über meinem Kopf aufs Kissen, die Beine links und rechts ausgestreckt, und das fühlte sich an, als hätte ich eine kleine Pelzmütze auf. In der ersten Woche fraß er fast nichts, und das machte uns große Sorgen. (Jetzt, wo er mehr oder weniger alles verschlingt, was er sieht, sofern es nicht aus Metall oder Glas ist, kann man sich das kaum noch vorstellen.) Aber das alles war unwichtig, er war nämlich der niedlichste Welpe, den ich je gesehen hatte. Klein und rund, vor allem schwarz, Pfoten und Hals aber sahnebonbonbraun. Seine Augenlider waren auch sahnebonbonbraun, als hätte er Lidschatten aufgelegt. Er war ein Rottweiler-Schäferhund-Mix. Drei Viertel Rottweiler und ein Viertel Schäferhund. Ein Mischling, genau wie ich.

Obwohl er der ganzen Familie gehörte, war er doch vor allem mein Hund. Mama hatte ihn mir geschenkt, und ich hatte ihn aufgezogen. Ich hatte mit ihm Agility-Kurse besucht, mit ihm trainiert, über und unter Hindernisse zu hüpfen und zu kriechen, auf Brettern zu balancieren und durch Tunnels zu rennen. Mir gehorchte er am meisten, danach Mama, dann Oma und zuletzt Majken. Auf Svedrik hatte er nie gehört, und Bobo war in seinen Augen wohl nur ein unbedeutender kleiner Welpe, obwohl er es schätzte, dass sie immer Essen auf den Boden fallen ließ.

Ich bekam ihn im Herbst, als ich neun war, und er wurde sofort mein allerbester Freund. Mein einziger Freund. Damals ging ich in die Dritte, in meiner Erinnerung ein einziges verschwommenes Dunkel. Die Schulstunden waren okay, die Pausen dagegen wahre Albträume. Ich blieb so lange wie möglich im Klassenzimmer, um nicht mit den anderen in den Garderobenflur zu müssen. Fürchtete, was die Jungs sagen würden, was sie machen würden. Würden sie meine Mütze nehmen und sie ins Klo werfen? Oder an mir herumschnuppern und behaupten, ich würde nach Pisse stinken? Meine Brille an sich reißen, sie aufsetzen und mich nachäffen, indem sie mit piepsiger Stimme sprachen, wie eine Balletttänzerin herumtrippelten und die Augen verdrehten, bis sie schielten? Budde war der Schlimmste von allen. Ja, so wurde er genannt. *Budde*. Was für ein idiotischer Scheißname. Ich hasste ihn.

Sie ärgerten mich nicht immer, eher nach Lust und Laune. Manchmal spielten wir in den Pausen sogar zusammen. Aber schon am nächsten Tag konnte es kippen, dann waren sie wieder superfies. Man wusste nie, woran man war. Am schlimmsten war es, als ich ein Video auf YouTube hochgeladen hatte. Damals ging ich noch zum Eiskunstlauf und hatte ein eigenes Programm erstellt, auf das ich stolz war. Ich kreuzte übers Eis, machte einen »Bielmann«, wo man den einen Fuß so hoch wie möglich nach hinten streckt und den Schlittschuh dann mit den Händen umfasst, die Arme schräg hinter den Kopf hochgestreckt. Und es gelang mir sogar, eine echt schwierige Pirouette fast perfekt auszuführen. Ich liebte das Eislaufen. Ich liebte das Eis, die Kleidung, die Musik und das Adrenalin, das einem durch die Adern schoss. Und die Geschwindigkeit. Es war ein Gefühl, als würde ich fliegen.

Ich weiß immer noch nicht, wie Budde meinen YouTube-Kanal entdecken konnte, der hieß nämlich nur *Blades of glory*, mein Name kam gar nicht darin vor. Aber manchmal habe ich mich gefragt, ob es nicht Valter war, der mich verriet, denn er war der Einzige, abgesehen von meiner Familie und den anderen im Eislaufverein, der davon wusste. Egal wie, jedenfalls fand Budde es heraus. Und ein paar Tage nachdem ich das Video hochgeladen hatte, führte er es den anderen in der Pause vor. Spottete über die glitzernde Hose, die ich angehabt hatte, über das Hemd und die Hosenträger. Sagte, ich müsse schwul sein, weil ich so einen Schwuchtelsport machte. Ich hätte natürlich nicht antworten sollen, doch das konnte ich einfach nicht lassen.

»Und was ist daran so schlimm? Am Schwulsein?«

Das sagte ich ganz leise, fast unhörbar. Aber Budde hörte es. Danach stand es für ihn fest, dass ich eine Schwuchtel sei. Er nannte mich kaum noch anders.

Ich schämte mich so sehr, dass es mir auf der Haut brannte. Schämte mich, weil ich dieses Video hochgeladen hatte und auch noch stolz darauf gewesen war. Das Schlimmste war, dass sich das Schamgefühl auf das Eislaufen abfärbte. Schlittschuhlaufen machte keinen Spaß mehr. Und dabei hatte ich mich immer so auf jede Trainingsstunde gefreut. Aber jetzt musste ich jedes Mal an Budde denken. An seine Worte. An sein fieses Lachen. Ich hatte Angst, dass er mich sehen könnte. Obwohl es keinen Grund gab, warum er in der Eislaufhalle auftauchen sollte. Das war kaum anzunehmen. Trotzdem. Ich hörte bald danach auf. Mama begriff gar nichts mehr. »Aber du liebst das Eislaufen doch so sehr?« Ich zuckte nur mit den Schultern. Erzählte nie, warum.

Ein oder zwei Monate später bekam ich Einstein. Obwohl Mama nicht genau wusste, wie es um mich bestellt war, verstand sie natürlich, dass ich nicht gern in die Schule ging. Ich brachte nie einen Freund mit nach Hause.

Manchmal regte ich mich über Majken auf, weil bei ihr alles so glattlief. Weil sie so viele Freunde hatte. Sonntags bekam ich regelmäßig Magenkrämpfe, weil ich mich so vor dem Montag fürchtete. In der Fünften wurde es ein wenig besser. Wir bekamen einen neuen Lehrer, Ronny, und ein paar Neue kamen in die Klasse, und irgendwie änderte das die Stimmung. Es wurde ruhiger. Aber richtig gut wurde es nie. Für mich nicht. Ich war immer noch allein.

Dank Einstein wurde es leichter. Er war so warm und fest. Verschenkte Küsse und Liebe. Er mochte mich, so wie ich war. Jetzt gerade trottete er vor mir her, schnüffelte im Gras und schob die Schnauze tief in ein Grasbüschel. Er begann, an etwas zu kauen.

»Einstein«, sagte ich streng. »Was hast du da? Woran kaust du?«

Einstein drehte sich um und sah mich schuldbewusst an. Ein Stück von einer Reiswaffel ragte ihm aus dem Mundwinkel.

»Na, von mir aus«, sagte ich. »Das darfst du auffressen.«

Einstein sah so zufrieden aus, dass ich lachen musste. Innerhalb von einer Sekunde war die Reiswaffel verschwunden.

»Du weißt, dass ich dich liebe, du Spinner!«

Auch für Einstein lief alles im Leben ganz leicht, wie für Majken. Wenn einem nichts Schlimmeres passieren konnte, als eine uralte Reiswaffel vielleicht nicht auffressen zu dürfen, dann musste das Leben ja ziemlich unkompliziert sein.

Aber über Einstein regte ich mich seltsamerweise nie auf.

NOCH 51 TAGE

NUR MIT EINER LEDERHOSE BEKLEIDET AUF DER STRASSE SITZEN UND WÜRFELN

Majkens neuer Waschbärkumpel hatte uns jetzt mehrere Tage hintereinander beehrt. Der Nachteil war, dass er und Majken fast die ganze Zeit brüllend durch die Gegend rannten. Der Vorteil war, dass er mich an meine wichtige Aufgabe erinnerte: beliebt zu werden. Wenn meine Zukunft in Skärblacka hell werden sollte, musste ich jetzt anfangen, daran zu arbeiten. Obwohl Sommerferien waren, durfte ich nicht faulenzen. Ich setzte mich in meinem Zimmer aufs Bett und holte den Notizblock hervor, aber ich hatte noch nicht einmal angefangen zu schreiben, als aus dem Nachbarzimmer ohrenbetäubender Lärm drang. Es dauerte ein paar Sekunden, bis mir aufging, dass es Musik war. Rockmusik. Ich rannte aus meinem Zimmer und rüber zu Bobo.

Aus der Jukebox kam:

Let's rock everybody, let's rock, everybody in the whole cell block, was dancin' to the Jailhouse Rock.

»Bobo! Was hast du gemacht?«, schrie ich.

Bobo stand mitten im Zimmer und tanzte mit einem graubraunen ausgestopften Hasen, den sie im Arm hielt. Sie sah zu mir auf und sagte:

»Hallohallo!«

»Wie stellt man das leiser?«, brüllte ich und lief auf der Suche nach einem Lautstärkeregler um die Jukebox. Aber ich fand keinen.

The drummer boy from Illinois went crash, boom, bang. The whole rhythm section was the Purple Gang.

Da musste ich eben abwarten, bis das Stück zu Ende war. Das konnte ja nicht allzu lang dauern, dachte ich. Nach einer Minute oder so verstummten die letzten Gitarrenklänge, und wunderbare Ruhe senkte sich über den Raum.

»Mach jetzt keine Musik mehr an«, sagte ich zu Bobo, aber in dem Lärm, der jetzt ausbrach, ging meine Stimme sofort unter.

Es war dasselbe Stück wie vorhin. Ich schaute durch die Glasscheibe der Jukebox auf die runden schwarzen Schallplatten. Eine Platte drehte sich. Es war *Jailhouse Rock* mit Elvis Presley.

»Wie viele Münzen hast du eigentlich reingesteckt?«, fragte ich und warf einen Blick auf den Fußboden. Dort stand die Gelddose. Nur dass es keine Gelddose mehr war, sondern nur eine Dose. Ohne Geld. Bobo machte ein zufriedenes Gesicht.

Also ehrlich. Manchmal hatte ich meine kleinen Geschwister ganz entsetzlich satt. Jetzt blieb mir keine andere Wahl, ich musste mich woanders hinbegeben. Ich verließ Bobo und wanderte durchs Haus, auf der Suche nach einem Ort, wo es ein bisschen still und friedlich wäre. Ich guckte in Majkens Zimmer hinein, aber genau da machte Mama dort den Staubsauger an, um die dicken Staubmäuse zu vertreiben, die sich in den Ecken versteckten. Nein, die versteckten sich übrigens überhaupt nicht, sie machten es sich gut sichtbar auf dem Boden gemütlich. Oma war nicht unbedingt eine Ordnungsfanatikerin.

Als ich in die Küche hinunterkam, sah ich, dass Oma gerade einen Stuhl reparierte. Die Hammerschläge brachten die Wände zum Erzittern und Omas Armbänder zum Klirren. Das Wohnzimmer war meine letzte Hoffnung, aber in dem Moment, als ich mich dort aufs Sofa gesetzt hatte, kamen Majken und der Waschbär hereingestürmt, dicht gefolgt von einem bellenden Einstein. Sie schrien im Chor:

»OHRWUSLER, HUMMEL, KÄFER UND BLINDSCHLEICHE! OHRWUSLER, HUMMEL, KÄFER UND BLINDSCHLEICHE!«

Es war echt total abartig, dass sich kein ruhiges Plätzchen in diesem Haus finden ließ, obwohl es so groß war! Ich öffnete die Haustür und trat hinaus auf die Garageneinfahrt.

Sah mich um. Die Fliederlaube vielleicht? Ich machte ein paar Schritte auf die Büsche zu, aber ... nein, das ging nicht, denn da saß Krille Marzipan mit aufgekrempelten Hemdsärmeln und schlürfte eine Tasse Kaffee. Garantiert war er ebenfalls aus dem Irrenhaus geflohen. Ich duckte mich hinter Omas roter Corvette, um nicht von ihm gesehen zu werden. Ich wollte meine Zeit nicht damit vergeuden, eine weitere »einmalige« Filmidee anzuhören.

Geduckt schlich ich hinter den Autos vorbei und musste fast eine ganze Runde ums Haus zurücklegen, bis ich einen möglichen Platz sah. Das Dach! Von einer Tanne aus, die direkt neben dem Haus wuchs, müsste ich hinüberklettern können.

Ich steckte mir den Block in die Shorts, packte einen Ast und begann zu klettern. Meine Finger wurden klebrig von Harz, und ich stach mich an spitzen langen Tannennadeln, aber schließlich klappte es. Ich war oben! Das Dach war leicht abschüssig, aber nicht allzu sehr. Hier würde ich ungestört sitzen können. Am liebsten hätte ich vor Erleichterung »JUHUUU!« gebrüllt, ich ließ es aber bleiben, weil mich dann womöglich jemand entdeckt hätte.

Ich holte meinen Block heraus. Schrieb: *Beliebt! Wie wird man das? Und was bedeutet es eigentlich, beliebt zu sein?* Auf dem Handy schlug ich das Wort bei Wikipedia auf. Da stand: *Beliebtheit oder Popularität hat mehrere Bedeutungen, aber meistens meint man damit das Interesse und die*

Begeisterung, die gewisse Personen oder Sachen bei vielen Menschen wecken.

Interesse und Begeisterung! Das musste ich also bei den anderen wecken. Eigentlich gar nicht so schlecht. Ich wusste, dass ich die Fähigkeit hatte, bei den anderen Interesse zu wecken. Dieses Interesse war bisher jedoch meistens negativ gewesen. Die anderen fanden zum Beispiel oft, dass ich was Durchgeknalltes gesagt oder getan hatte oder dass ich irgendwie bescheuert aussah. Aber trotzdem. Interesse hatte ich geweckt. Jetzt fehlte nur noch die Begeisterung.

Ich beschloss, Lehren aus meiner bisherigen Schulzeit aufzuschreiben. Dinge, die nicht gut ankamen:

– *Beim Reden auf keinen Fall mit Armen und Händen herumfuchteln. Beim Gehen nicht trippeln. Alle Körperteile unter Kontrolle haben! Sich langsam und ein bisschen steif bewegen.*
Eventuell mit der ganzen Hand auf etwas deuten.
– *Nicht schreien oder hüpfen, auch wenn man sich noch so sehr freut. (Sich am besten vielleicht gar nicht erst so sehr freuen?) Cool bleiben.*
– *Nicht verraten, dass man Eiskunstlauf toll findet.*

Okay. Damit hatte ich drei Dinge aufgeschrieben, die ich *nicht* tun sollte. Das war an und für sich gut, half mir aber nicht dabei, herauszufinden, was ich eigentlich tun *sollte*.

Ich kaute so lange am Bleistift, bis ich Bleigeschmack in den Mund bekam. Ich zwinkerte in die Sonne. Die Sonne war gelb wie Eigelb und heizte das Dach so auf, dass ich mir fast meine Schenkel verbrannte. Nächstes Mal musste ich daran denken, eine Sitzunterlage mitzunehmen.

Um hinter das Geheimnis zu kommen, wie ich mich verändern sollte, musste ich Informationen sammeln. Ich konnte googeln, andere beobachten (so wie neulich mit Majken und dem Waschbären) und Leute interviewen, die beliebt waren oder gewesen waren. Und dann brauchte ich bloß anzufangen und an Sigge 2.0 zu arbeiten!

Ich rief Google auf und suchte unter *Wie wird man beliebt?* WOW! Ich war offensichtlich nicht der Einzige, der das hatte wissen wollen! Es gab eine wahre Flut von You-Tube-Clips und Texten! Alle mit den verschiedensten Tipps. Manche waren echt krass. Zum Beispiel, um beliebt zu werden, solle man sich mit nacktem Oberkörper und nur mit einer Lederhose bekleidet auf die Straße setzen und um Geld würfeln. Also echt. Das konnte doch wohl nicht wahr sein???

Wenn ein Tipp öfter als fünfmal bei meiner Google-Suche vorkam, nahm ich ihn als allgemeingültig in meine Liste auf. Folgende Ratschläge müsste ich demnach befolgen:

- *Mich gut anziehen. Am besten mit Markenklamotten.*
- *Eine coole Frisur haben.* (Vielleicht sollte ich trotz allem zulassen, dass Oma mir die Haare schnitt. Mir war

nicht so ganz klar, was eine *coole Frisur* eigentlich war, aber jedenfalls waren das nicht Haare, die einfach so auf dem Kopf wuchsen. Nein, das waren irgendwie gestylte Haare. Hoffentlich durfte es auch zu einer coolen Frisur gehören, dass einem lange Stirnfransen übers Auge fielen.)

- *Keine Brille tragen.* (Kontaktlinsen anschaffen und bis dahin Sonnenbrille tragen, um das Schielen zu verbergen.)
- *Durchtrainiert aussehen.*
- *Schlechten Mundgeruch vermeiden. Die Zähne sorgfältig putzen und Kaugummi benutzen.* (Kaugummikauen hatte auch den Vorteil, dass man damit cool aussah, außerdem konnte man den anderen Kaugummi anbieten und auf die Art beliebt werden.)
- *Sozial sein! Fragen stellen und alles Mögliche über sich selbst erzählen. Mit Leuten reden, mit Lehrern und mit anderen Schülern. Witzig sein und die andern zum Lachen bringen.* (Aber gleichzeitig nicht vergessen, immer schön cool zu bleiben.)

Ein Problem bei all diesen Punkten war ja ganz klar das Geld. Wie kauft man Markenklamotten, wenn man eine Mutter hat, die als Krankenschwester arbeitet und drei Kinder hat? Antwort: Man kauft keine, weil sie es sich nicht leisten kann. Und jetzt gerade war sie außerdem arbeitslos.

Als ich jünger war, hatte ich solche Wünsche manchmal geäußert. Aber in letzter Zeit habe ich gemerkt, dass Mama davon nur traurig und mitunter auch verärgert wird. Außerdem führte es sowieso fast nie dazu, dass ich das bekam, was ich brauchte. Einmal kaufte sie mir eine Adidas-Jacke, aber danach mussten wir einen halben Monat lang Haferbrei essen, weil die Jacke so teuer gewesen war, und dadurch ging es mir noch schlechter.

Oma würde ich auch nicht überreden können. Im Supermarkt kaufte sie uns gern alles, was wir wollten, aber Markenklamotten kaufen, das war in ihren Augen idiotisch. »Warum willst du Klamotten anziehen, die fünfmal so viel kosten, wie sie wert sind, und die außerdem alle anderen auch anhaben?« war ihre Frage.

»Gerade weil sie fünfmal so viel kosten und weil alle anderen sie haben!« war meine Antwort.

Nein. Dieses Problem würde ich alleine lösen müssen.

NOCH 49 TAGE

EIN JONGLIERENDES ÄFFCHEN

Ich hatte soeben meine Inliner angeschnallt und die Hundeleine vom ausgestopften Zebra in der Eingangsdiele runtergeholt und um Einsteins breite Brust festgemacht. Einstein kläffte ungeduldig und schnupperte eifrig an der Tür.

»Gleich, mein Braver! Warte noch kurz!«

Sicherheitshalber band ich mir die Hundeleine um den Bauch, für den Fall, dass ich Einstein nicht würde festhalten können. Er wog immerhin über fünfzig Kilo und ich knapp fünfunddreißig, eigentlich müsste es eine Kleinigkeit für ihn sein, mich zu ziehen. Hauptsache, ich konnte ihn dazu bringen, das auch zu tun. Und außerdem in die Richtung, die ich selbst wollte.

Kurz vorher hatte ich einen Hallenhockeyschläger mit einer Schnur versehen, an die ich eine Wurst gebunden hatte. Den Schläger hatte ich vor die Tür gestellt. Der war jetzt so was wie eine Angel, nur ohne Haken. Diese Angel würde ich Einstein vor das gefräßige Maul halten. Eine bombensichere Technik, meiner Meinung nach! Einstein liebte Wurst nämlich über alles.

Ein paar Extrawürste hatte ich mir auch noch für alle Fälle in die Jackentasche gestopft.

Plötzlich ging die Haustür auf und Einstein begann wild zu bellen. Krille Marzipan trat ein, ganz in Beige gekleidet, von dem perfekt gebügelten Hemd bis hinunter zu den Bootsschuhen mit Troddeln. Hilfe!

»Hallo, Sigge! Hast du Charlotte irgendwo gesehen?«

»Ja, sie ist oben und repariert die Treppe. Schon gut, Einstein, alles gut, braver Hund!«

Einstein überschlug sich fast vor Begeisterung, die rosa Zunge hing ihm aus dem Maul, und vor lauter Freude machte er kleine Luftsprünge auf der Stelle. Krille streichelte ihn unbeholfen, und Einstein nahm die Gelegenheit wahr, ihm die Hand zu lecken.

»Aha. Du willst mit dem Hund raus, wie ich sehe. Tja, ich glaube fast, ich selbst könnte auch einen Spaziergang brauchen.«

Oh Mann! So hatte ich mir das ganz und gar nicht vorgestellt. Mein Plan war, mich von Einstein auf den Inlinern ziehen zu lassen. Einerseits, weil es Spaß machte, und andererseits, um zu üben, bevor ich Arrow sparrow testete. Ich musste erst lernen, das Gleichgewicht auf den Inlinern zu halten, wenn der Hund mich zog. Und dann, wenn die Leine eines Harpunenpfeils mich mit rasender Geschwindigkeit einholen würde.

Ich trat an Krille vorbei auf den Treppenabsatz hinaus

und hielt den ungeduldigen Einstein dabei immer ganz kurz an der Leine.

»Oma freut sich bestimmt über Besuch. Geh einfach rauf!«

»Bewegung soll ja angeblich so gesund sein«, meinte Krille Marzipan.

»Oma braucht bestimmt auch Hilfe. Du kannst doch garantiert supergut schreinern und so?«

Krille schien mich nicht zu hören.

»Es heißt, man soll zehntausend Meter täglich gehen«, sagte er nachdenklich.

»Mama hat Kaffee gekocht. Der steht in der Küche. Hol dir doch eine Tasse und bring Oma auch gleich eine mit.«

»Oder waren es vielleicht Schritte? Hm, waren das jetzt zehntausend Meter oder Schritte?«

Ich gab's auf.

»Kannst du das hier mal halten? Aber versuch die Wurst so zu verstecken, dass Einstein sie nicht sieht.«

Ich gab Krille den Hockeyschläger.

»Kein Problem! Bei der Gelegenheit kann ich dir von einer Filmidee erzählen, die ich mir ausgedacht habe. Letztes Mal bekam ich von dir ja so ein großartiges Feedback.«

»Oh ... äh, danke. Einstein, bleib stehen!«

Einstein durfte nicht losrennen, bevor ich auf den Asphalt hinausgekommen war. Sonst würde er mich nur wie einen Sack Nüsse hinter sich herschleifen.

Ich steckte ihm ab und zu ein Stückchen Wurst zu, während ich über den gepflasterten Weg stolperte, und so blieb er immerhin bei Fuß. Einsteins große braune Augen waren die ganze Zeit auf mich gerichtet, oder vielmehr auf meine Wurstverteilerhand. Krille kam mit dem Hockeyschläger hinterher.

»Also, pass auf! Als die schöne Opernsängerin Elise Schuhmacher Bornmouth zur Arbeit unterwegs ist, hat sie einen entsetzlichen Verkehrsunfall!«

Jetzt sprach Krille wieder mit diesem besonderen dramatischen Tonfall.

»Wie ist es denn mit diesem Fernsehfritzen weitergegangen? Wie hieß er gleich wieder? Basil?« fragte ich.

»Du meinst Basil Hollinghurst? Na ja, diese Idee habe ich ehrlich gesagt aufgegeben. Sie hatte gewisse Mängel. Die hier ist viel besser. Pass auf! Als Elise Schuhmacher Bornmouth gerade die Straße überqueren will, wird sie von einem Bus angefahren und fliegt fast zehn Meter durch die Luft, bevor sie auf einer Mauer landet. Bewusstlos wird sie ins Krankenhaus gebracht. Dort liegt sie im Koma, und die Ärzte können sie nicht aufwecken.«

»Oje«, sage ich. »Das klingt ja schlimm.«

»Kann man wohl sagen«, kam es von Krille. »Ihr ganzer Kopf ist bandagiert!«

Krille scheint ehrlich gesagt ziemlich auf bandagierte Köpfe fixiert zu sein.

»Hat man sie etwa auch in ein Kaninchen umoperiert?«, fragte ich.

»Nein, nein! Auf keinen Fall. Aber als die Verbände entfernt werden, wird klar, dass ihr früher so schönes Aussehen total zerstört ist. Überall nichts als Narben. Das Gesicht ist entstellt! Als sie nach ein paar Monaten aus dem Koma aufwacht, wird das ein Schock für sie. Sie sieht aus wie Frankensteins Monster und wird nie mehr als Opernsängerin auftreten können! Als sie schließlich das Krankenhaus verlassen darf, bittet sie ihre Mutter, alle Spiegel in ihrem Haus zu entfernen, weil sie es nicht erträgt, sich selbst so zu sehen. Bei ihrem ersten Ausflug ins Freie entdeckt sie plötzlich, dass sie auf der Stirn der Menschen Zahlen sehen kann!«

Ich legte die letzten Stolperschritte zurück, vorbei an Omas Briefkasten, und erreichte endlich den Asphalt.

»Sitz, Einstein, sitz!«

Einstein setzte sich brav hin und wurde mit einem Stück Wurst belohnt.

»Gibst du mir bitte den Hockeyschläger?«

Krille reichte ihn mir, und kaum hatte Einstein die Wurst erblickt, begann er hinter ihr herzuhüpfen.

»Nein, nein! Sitz! Sitz!«

Ich steckte ihm ein kleines Stück Wurst aus meiner Jackentasche zu. Krille Marzipan baute sich vor mir auf, um meine Aufmerksamkeit zu bekommen.

»Aber die Opernsängerin Elise Schumacher Bornmouth

stellt bald fest, dass nur sie als Einzige diese Zahlen sehen kann.«

»Entschuldige, Krille, aber ich muss...«

Ich deutete mit dem Kopf auf Einstein, der kaum noch still sitzen konnte. Also holte ich den Hockeyschläger hinterm Rücken hervor und hielt ihn Einstein vor die Schnauze. Er flippte total aus! Sprang hoch und schnappte nach der Wurst, die an der Schnur baumelte. Ich musste sie, so hoch es nur ging, über seinem Kopf halten. Krille Marzipan schien das Chaos, das sich vor seinen Augen abspielte, nicht zu bemerken.

»Als Elise Schumacher Bornmouth auf der Stirn ihres greisen Großvaters eine gewisse Zahl sieht und der Großvater am Tag darauf *stirbt*, begreift sie, dass diese Zahlen in Wirklichkeit ein Datum bedeuten. Verstehst du, Sigge? Sie kann das Datum des jeweiligen Todestages an der Stirn der Menschen ablesen!«

Krille Marzipan klopfte sich fest an die Stirn.

Einstein hörte inzwischen nicht mehr auf mich, sondern hüpfte nur noch hinter der Wurst her. Ich fuhr ruckartig Stück für Stück vorwärts und musste dabei breitbeinig stehen, um nicht umzufallen.

Plötzlich hüpfte Einstein höher, als er jemals gesprungen war, erwischte die Wurst und verschlang sie, ohne zu kauen. Nachdem er sie verschluckt hatte, sah er erwartungsvoll zu mir hoch.

»Hör mal, Einstein. Das hatte ich mir ganz anders vorgestellt!«, sagte ich.

Krille Marzipan redete weiter, als ob nichts passiert wäre.

»Die Opernsängerin Elise Schumacher Bornmouth erschrickt! Wie soll sie mit diesem Wissen umgehen?«

Er hob die Arme zum Himmel.

»Äh, weiß nicht so recht«, sagte ich. »Du, Krille. Könntest du mir vielleicht ein wenig helfen?«

Krille sah verwirrt aus.

»Äh, ja klar. Absolut.«

Dann befahl ich Einstein streng, hinzusitzen, holte eine neue Wurst aus dem Wurstpaket und band sie an die Schnur, die am Hockeyschläger hing. Einstein starrte die Wurst hingebungsvoll an. Ich starrte möglichst grimmig zurück, damit er sich keine Dummheiten erlaubte.

»Krille, kannst du mit dem Hockeyschläger und der Wurst vor Einstein herrennen? Ich glaube, das ist die einzige Möglichkeit. Aber du musst schnell rennen, und die Wurst musst du weit genug vor ihm herhalten, damit er sie nicht auffrisst.«

»Kein Problem.«

Ich reichte Krille Marzipan den Hockeyschläger.

»Lauf los, wenn ich es sage!«, sagte ich und presste die Hand auf Einsteins Hintern, um deutlich zu machen, dass er sitzen bleiben und erst davonstürzen sollte, wenn ich es erlaubte.

Krille Marzipan stellte sich ein paar Meter vor mir mit dem Hockeyschläger hin. Die Wurst baumelte an der Schnur. Einsteins Nase zuckte vor Erregung. Er konnte sich kaum beherrschen. Ich warf Krille einen Blick zu, machte einen ersten gleitenden Skaterschritt und schrie:

»Lauf, Krille, lauf!«

Krille streckte den Hockeyschläger aus und lief los. Einstein schoss sofort hinterher. Die Leine zuckte in meiner Hand und wurde zu einem langen Strich, aber weil ich darauf vorbereitet war, hielt ich mich auf den Beinen. Eine Millisekunde später begann ich zu rollen. Eigentlich hätte ich Krille Marzipan nicht unbedingt für einen Schnellläufer gehalten. Bei allem anderen, wie er sprach und sich bewegte, war er immer langsam. Aber Krille Marzipan rannte wie ein Panther! Schnell und geschmeidig. Zuerst kamen Krille Marzipan, der Hockeyschläger und die Wurst, dann kam Einstein an der Leine und dann ich auf den Inlinern. Anfangs lief es ein bisschen wacklig, doch als ich die Fahrt mit eigenen Skaterschritten unterstützte, ging es gleich viel besser. Plötzlich schoss ein sprudelnder, funkelnder Energieschub in mir hoch, ich fühlte mich ganz und gar anwesend, genau jetzt und genau hier! Ich sah Bäume und geparkte Autos vorbeifahren, wich Stecken und Steinen aus. Lachte laut auf! Ich fühlte mich euphorisch!

In der Schule hatten wir Achtsamkeitsübungen gemacht. Weil wir so gestresst wären und mehr »im Jetzt anwesend«

sein müssten, wie unser Klassenlehrer Ronny sagte. Ich war nicht besonders daran interessiert gewesen, im Jetzt anwesend zu sein, weil das Jetzt ehrlich gesagt ziemlich mies war. Ich interessierte mich mehr für die Zukunft, sozusagen. Für alles, was ich dann machen wollte. Aber hier, auf meinen Inlinern, hinter Krille Marzipan und Einstein hersausend, fühlte ich mich plötzlich unglaublich im Jetzt anwesend! Und das fand ich super! Mit dieser Art der Anwesenheit kam ich bestens klar.

Einstein hüpfte plötzlich zur Wurst hoch, und die Leine machte einen heftigen Ruck. Ich schwankte, hielt mich aber senkrecht.

Krille riss den Hockeyschläger in letzter Sekunde hoch, und die Wurst schaukelte heftig vor und zurück. Einstein rannte im Zickzack und bellte aufgeregt.

»Also!«, keuchte Krille. »Elise Schumacher Bornmouth begreift, dass sie (keuch, keuch) eine Verantwortung hat, weil sie das Todesdatum kennt. Vielleicht kann sie (keuch, keuch) den Tod dieser Menschen verhindern? Sie geht täglich durch die Stadt. Wenn sie ein Datum sieht, das kurz bevorsteht (keuch, keuch), folgt sie dieser Person, in der Hoffnung, sie oder ihn retten zu können.«

»Tut mir leid, Krille, aber ich kann mich nicht so recht konzentrieren!«, schrie ich, während ich in halsbrecherischem Tempo voranglitt.

»Ja, klar, ich verstehe!«

Wir sausten an Häusern und Gärten vorbei, an Laternenpfählen und Verteilerkästen.

Plötzlich machte es stopp, und ich merkte, dass ich durch die Luft flog. Es fühlte sich an wie mehrere Sekunden. Ich sah Laub und Äste vorbeisausen. Das Gebüsch, das mich auffing, war voller stechender Zweige, die unter meinem Gewicht abbrachen. Dann rollte ich auf weiches, feuchtes Gras hinaus. Ich hörte Einstein bellen und Krille Marzipan schreien. Plötzlich wurde erst mein Gesicht und dann mein ganzer Körper kalt berieselt. Regen?, überlegte ich. Nein, der Himmel war blau. Das Rieseln hörte auf. Ich blinzelte ein paarmal. Sah mich um. In einiger Entfernung standen drei kleine Bäume, höchstens zwei, drei Meter hoch. Der Abstand zwischen ihnen war so exakt, als hätte ihn jemand mit dem Lineal abgemessen. Und noch ungewöhnlicher war, dass sie in verschiedene Formen gestutzt waren. Einer wie ein Würfel, einer wie eine Pyramide und einer wie ein Ball. Hinter den Bäumen lag ein weißes Haus, und vor dem Haus waren Beete voller weißer Blumen. In einem der Beete stand ein Gartenzwerg mit roter Zipfelmütze und blauer Jacke, der mich betrachtete. Das Rieseln setzte wieder ein und regnete sanft auf mich herab. Ich drehte mich um. Ein Rasensprenkler.

Dann tauchte Krilles Kopf hinter der Hecke auf. Einstein bellte wie besessen.

»Er hat die Wurst aufgefressen, Sigge!«

»Okay«, ächzte ich und versuchte mich aufzusetzen. Die Leine straffte sich und schnitt mir in den Bauch, als Einstein sich mit aller Kraft zu befreien versuchte.

Ich bemühte mich, den Knoten aufzulösen, doch das war unmöglich, solange Einstein so heftig an der Leine zerrte.

»Krille, halt bitte Einstein fest. Ich muss das hier loswerden.« Die Worte kamen wie Stöhnen aus meinem Mund.

Kaum hatte ich die Leine losgebunden, raste Einstein davon. Krille Marzipan stürzte hinterher.

»Fortsetzung folgt!«, schrie er, bevor er um die Ecke verschwand.

Dann schlug der Schmerz zu – in Hüfte, Knie und Kinn. Vorsichtig befühlte ich mein Gesicht. Sah meine Finger an. Blut. Ich hatte mir den Zeigefinger aufgerissen. Der Rasensprenkler ließ seine rieselnden Strahlen wieder auf mich herabregnen. Das Blut auf der Hand wurde durch das Wasser verdünnt.

So ein Mist!

Ich stand auf, was mit den Inlinern an den Füßen nicht ganz unkompliziert war. Mein Knie schmerzte. Ich sah, dass meine Jeans nicht nur total grün war, sondern auch zerrissen. Das Knie war aufgeschürft, blutete aber nicht. Also, ehrlich, das war jetzt echt zu viel! Mama würde dermaßen sauer werden. Sie würde so tun, als wäre sie nicht sauer, weil ich mich ja auch noch verletzt hatte, aber sie würde stinksauer sein. Diese Jeans war fast neu.

Als ich wieder aufsah, stand ein Mädchen vor mir, als wäre sie einfach direkt aus der Luft entstanden. Lange türkise Haare fielen ihr über die Schultern, und sie trug eine Art Morgenrock mit japanischen oder chinesischen Zeichen, der ihr bis an die Füße ging. Sie hob ihr Handy hoch und fotografierte mich.

»Was machst du da?«, fragte ich.

»Ein Foto.«

»Von mir?«

»Nein, von einem jonglierenden Äffchen, das hinter deinem Rücken steht.«

Automatisch drehte ich mich um. Aber da war natürlich kein Affe.

»Du darfst mich nicht fotografieren!«

»A, das hab ich schon getan, B, ich darf das, und C, du kannst mich nicht daran hindern.«

Ich verstummte, total geschockt von ihrer Unverschämtheit. Dann machte ich einen wackligen Schritt auf sie zu.

»Brauchst dir keine Sorgen zu machen«, sagte sie und trat einen Schritt zurück. »Ich leg einen vorteilhaften Filter darüber.«

»Was denn? Du willst es posten?«

»Wenn jemand, von einem zottigen Monster gezogen, auf Inlinern über meine Hecke fliegt, betrachte ich es als meine gesellschaftliche Pflicht, dies zu berichten. Ich schreibe über alles, was in Blacka passiert. Ich bin Journalistin.«

Stolz reckte sie das Kinn.

Ich trat noch ein paar Schritte auf sie zu. Sie wich weiter zurück. Dann grinste sie und sagte:

»Ich hab ja nur zweitausend Follower, das ist also kein Problem.«

»*Zweitausend?*«

Ich hatte zweiundzwanzig, und davon waren sieben Majken, die regelmäßig ihre Passwörter vergaß und darum immer neue Konten erstellen musste.

»Ich verbiete es dir!«, sagte ich.

»Willst du etwa eine unabhängige Journalistin stoppen? Bist du gegen Pressefreiheit? Bist du gegen *Demokratie?*«

»Äh … nein.«

»Na dann. Du kannst alles auf *Blacka News* nachlesen. Tschüss, du Blödmann.«

Damit drehte sie sich um, ging zu einer Terrasse und verschwand durch eine offene Tür ins Haus.

Bevor ich entscheiden konnte, ob ich ihr folgen sollte oder nicht, schlug die Terrassentür hinter ihr zu. Ich sah ihre türkisen Haare hinterm Glas, aber weil die Sonne ausgerechnet dort auf die Fensterscheibe fiel, konnte ich ihr Gesicht nicht erkennen. Trotzdem war ich mir sicher, dass sie mich beobachtete.

Ein roter Komet aus Wut zischte mir durch den Kopf, fegte mit seinem feurigen Schweif durchs Gehirn und steckte alles in Brand, was er berührte. Verdammte Idiotin! Ich wollte etwas zerstören, ich wollte Beschimpfungen brüllen oder sie dafür bestrafen, dass sie so superfies gewesen war.

Stattdessen biss ich die Zähne zusammen und ging auf die kugelförmig gestutzten Büsche zu, die längs der Garageneinfahrt angepflanzt waren. Plötzlich sah ich aus dem linken Augenwinkel etwas Kleines, Rotes. Ich senkte den Kopf, und da stand der Gartenzwerg mit seiner roten Zipfelmütze und seinem langen grauen Bart.

Ohne lang zu überlegen, packte ich ihn. Mit dem Zwerg in den Armen legte ich die wenigen Schritte zum Asphalt zurück. Dort klemmte ich mir den Zwerg vorsichtig unter einen Arm und begann zu skaten. Die Inliner glitten ganz leicht über die Straße. Ich lachte laut über meine Racheaktion. Laut und wild, den ganzen Heimweg lang.

RACHE IST SÜSS!

Erst spät abends, um halb elf, gelang es mir, mein Handy zu finden, das irgendeine verwirrte Person in die Speisekammer gelegt hatte. Möglicherweise ich selbst. Mein Knie, auf dem sich inzwischen ein großer blauroter Fleck ausgebreitet hatte, klopfte schmerzhaft. Der Gartenzwerg starrte mich vom Schreibtisch aus an.

»Zugegeben, das mit dir war vielleicht ein bisschen unüberlegt«, sagte ich zu ihm. »Aber es muss doch Grenzen dafür geben, wie unverschämt man sein darf?«

Ich rief Instagram auf, suchte unter *Blacka News* und fand sofort das Konto. Es war mit einem Namen unterschrieben: Juno.

Ich rief das letzte Posting auf. Oh my god. Es bestand aus einer ganzen Bilderserie. Juno musste uns schon lange gesehen haben, bevor ich in ihrer Hecke gelandet war. Eines der Bilder war nämlich vor dem Aufprall aufgenommen. Krille Marzipan kam zuerst, plus Hockeyschläger und Wurst, danach ein galoppierender Einstein mit irrem Blick und zuletzt ich auf den Inlinern und mit offenem Mund. Ich sah aus wie der letzte Hinterwäldler, total bescheuert. Warum nur hatte ich keine Sonnenbrille aufgesetzt?! Leider musste ich zugeben, dass Mama mit meiner Frisur recht hatte. Meine Haare waren viel zu lang und standen in alle Richtungen vom Kopf ab. Auf dem nächsten Bild flog ich über die Hecke. Auf dem dritten lag ich auf dem Boden. Diese verflixte Juno hatte gezeichnete Vögelchen hinzugefügt, die mir um den Kopf flogen. Wie in einem Comic.

Sie hatte zweitausendeinhundertdreiundzwanzig Follower, die das alles sehen konnten. Das machte mich echt stinkwütend.

Ich hoffte *wirklich*, dass keine Schüler aus meiner neuen Schule ihr Konto verfolgten. Und falls sie das doch taten, hoffte ich, dass sie mich am Schulanfang nicht wiedererkennen würden. Bis dahin waren es immerhin noch neunundvierzig Tage.

Aber da war noch etwas, etwas anderes. Auf den Bildern war deutlich zu erkennen, dass ich schielte, und das hasste ich. Ich *hasste* es! Wie konnte sie, diese verdammte Juno, meine größte Schwäche einfach allen vorführen, ohne mich vorher zu fragen? In mir wurde es ganz heiß. Ich glaube, vor Scham. Denn, überlegt doch mal! Wisst ihr, wie man zeigt, dass eine Person verrückt ist oder durchgeknallt oder einen Dachschaden hat – zum Beispiel im Film oder in Comics? Ganz einfach – man lässt diese Person schielen. Die Scham heizte der Wut ein, ließ sie noch heftiger aufflammen. Jetzt, meine Liebe! Jetzt war *Krieg*, verdammte Scheiße noch mal!

Ich erstellte ein neues Instagram-Konto, dem ich den Namen *Runawaygnome* gab. Das bedeutet ungefähr »durchgebrannter Gartenzwerg«. Dann ging ich in Bobos Zimmer, das tatsächlich, man sollte es nicht für möglich halten, noch chaotischer war als meines. Die Discolampe war an und warf grüne, blaue und rote Lichtstrahlen an die Wände. Bobo schlief meistens in Mamas Zimmer, darum konnte ich in aller Ruhe nach brauchbaren Requisiten stöbern, ohne gestört zu werden. Ich fand eine kleine rote Tasche aus harter Pappe und eine Sonnenbrille, die einer blonden kraushaarigen Puppe gehörte. Damit ging ich in den Garten. Dort stellte ich den Gartenzwerg unter einen Himbeerbusch, setzte ihm die Sonnenbrille auf und legte die Tasche daneben.

Etwas fehlte. Ich sah mich um. Da entdeckte ich den Aschenbecher mit den vielen Kippen. Oma hatte wahrscheinlich vergessen, ihn zu leeren. Ich stocherte kurz darin herum, bis ich eine Kippe ohne Lippenstift fand. Nachdem ich eine Tube Superkleber geholt und einen Tropfen auf die Zigarette gedrückt hatte, presste ich sie dem Zwerg in den Mundwinkel. Yes! Der Gartenzwerg bekam dadurch einen ganz anderen Look. Sah nicht mehr so brav aus.

Ich fotografierte ihn, mit Blitz, weil es inzwischen dunkel geworden war, legte einen guten Filter darüber und schrieb:

Ich hau ab! Hab dieses Kuhnest satt. Persönliche Nachricht an @blackanews mit Familie: Tschüss, ihr Loser! Talk to you never! / Bilbo.

Ich lachte laut vor mich hin, als ich das Bild postete.

Rache ist nicht nur Blutwurst, Rache ist auch süß! Diese Rache war süßer als süß! Sie war, als würde man einen Chor aus kleinen molligen Engelchen so schön singen hören, dass es wie das Klingeln silberner Glöckchen klang, während gleichzeitig sieben Einhörner über eine schöne Blumenwiese angaloppiert kamen und dazu auf goldenen Harfen spielten und bei alldem ein Regenbogen in zarten Pastellfarben sich über den tiefblauen Himmel wölbte. Ungefähr so fühlte es sich an.

Wow, ich sollte Dichter werden!

NOCH 48 TAGE

ZIGARETTEN ANBIETEN

»Bist du bereit?«, fragte Oma.

»So bereit wie ein zum Tode Verurteilter vor der Guillotine«, sagte ich.

»Hat hier jemand etwa einen Hang zum großen Drama?«, bemerkte Oma und schaltete den Trimmer ein, der sofort laut und drohend zu brummen begann.

Nur mit einer Badehose bekleidet, saß ich auf einem Stuhl im Garten. Irgendwann hatte ich in Sachen Haareschneiden nachgeben müssen. Mamas Generve und das Bild auf *Blacka News* hatte mich schließlich ein trotziges »Von mir aus!« knurren lassen.

Obwohl die Sonne gerade von einem knallblauen Himmel schien, bekam ich in dem kühlen Wind eine Gänsehaut. Oma schob mir die Haare mit einer roten Plastikklammer aus dem Gesicht.

»Hast du schon mal eine coole Frisur geschnitten?«, fragte ich unruhig.

»Und ob!«, behauptete Oma selbstsicher. »Schließlich schneide ich Krister jeden Monat die Haare.«

»Ja, schon. Aber ich hab gefragt: Hast du schon mal eine *coole* Frisur geschnitten?«

Krille Marzipans Haarschnitt mochte für einen älteren Herrn ganz okay sein, aber ich glaube kaum, dass wir unbedingt dieselbe Vorstellung von einer coolen Frisur haben. Oma presste mir den Trimmer an den Nacken und zog ihn nach oben über den Hinterkopf. Ich fühlte, wie das erste Haarbüschel kitzelnd auf meinen Rücken fiel.

»Mach dir keine Sorgen, Sigge. Außer Krister und Einstein habe ich auch so manches ausgestopfte Tier getrimmt. Du weißt ja, wie räudig und schäbig ihr Fell manchmal aussieht.«

Ich fuhr so heftig hoch, dass der Stuhl hinter mir umkippte.

»Hast du diesen Trimmer etwa an *toten* Tieren benutzt?«

Lebendige Tiere waren okay, Krister war okay, aber *tote* Tiere?!

»Daarling! Beruhige dich! Ich hab ihn hinterher selbstverständlich gewaschen. Für wen hältst du mich? Lord of the pigs?«

Oma bückte sich, wie immer ohne die Knie zu beugen, und stellte den Stuhl wieder auf.

»Setz dich«, sagte sie und klapperte mit ihren langen blauen Fingernägeln auf der Stuhllehne.

Ich fühlte mich plötzlich schrecklich unschlüssig.

»Also, ich weiß nicht, ob ich das hier wirklich machen will.«

»Deine Entscheidung!« Oma zuckte mit den Schultern. »*Ich* hab keine Mama, die garantiert hysterisch wird.«

»HALLO!«

Das war Majken. Sie hielt eine offensichtlich gefrorene Sojawurst in der Hand und mampfte schmatzend daran.

»Du hast wirklich eine Stimme, die Tote aufwecken kann«, sagte Oma und hielt sich das Ohr zu.

»ICH WEISS!«, sagte Majken vergnügt und fuhr fort: »DU SIEHST SUPERWITZIG AUS!«

Sie holte ihr Handy heraus, fotografierte meinen Kopf von hinten und lachte.

»Lass mal sehen«, sagte ich säuerlich.

Sie hielt das Handy hoch. Über den Hinterkopf lief ein langer, fast haarloser Pfad, links und rechts davon hingen die Haare lang und braun herab. Mitten auf dem Kopf ragten die Strähnen, die von der roten Haarklammer festgehalten wurden, wie ein Pinsel in die Luft.

»Wie gesagt«, bemerkte Oma. »Deine Entscheidung.«

»Na gut, machen wir halt weiter.« Ich setzte mich mürrisch auf den Stuhl. »Aber sei vorsichtig mit den Haaren, die mir in die Stirn fallen!«

Der Trimmer brummte wieder los.

Dann fauchte ich Majken an: »Und das Bild da löschst du gefälligst!« und drückte einen warnenden Finger gegen ihre sommersprossige Stupsnase, die dadurch noch mehr nach oben zeigte.

»MAL SEHEN.«

»Löschen! Sonst!«

»VIELLEICHT.«

Majken steckte sich die Wurst wie eine Zigarre in den Mund und schlenderte in den Garten hinaus. Warum musste jeder Mensch mich unbedingt dann fotografieren, wenn ich wie ein totaler Vollpfosten aussah?

Oma presste den Trimmer an meinen Hinterkopf. Meine Haare glitten mir am Rücken hinunter, eine Strähne nach der anderen. Da, wo der Trimmer entlanggebrummt war, wurde die Kopfhaut ganz warm.

»Om..., ich meine Charlotte«, sagte ich.

»Ja?«

»Warst du beliebt?«

»Wie meinst du das? Bei den Männern? Kann man schon sagen! Wenn du wüsstest, wie umschwärmt ich in Paris war! Die Männer waren wie wild. Ich konnte sie um den Finger wickeln. Was das betrifft, auch die eine oder andere Frau!«

Das war vielleicht ein bisschen mehr Information über Omas Liebesleben, als ich brauchte.

»Nein, nein«, sagte ich schnell, »ich meine, bei Freunden? Hast du viele gehabt? In der Schule und so? Auf der Arbeit?«

»Ja, Freunde habe ich schon gehabt. Aber die meisten waren so entsetzlich langweilig, dass sämtliche Uhren stehen geblieben sind. Du hast ja keine Ahnung, wie *unglaublich* langweilig manche Leute sein können. Ich hatte mal einen

Job, da haben die immer nur übers Essen geredet. *Übers Essen!* Nein, da musste ich natürlich schnellstens kündigen, das ist doch logisch.«

»Aber in der Schule?«

»Ja, da hatte ich Freunde. Aber, ich weiß nicht, eigentlich fühle ich mich mit mir selbst ziemlich wohl. Viele Leute sind wie … wie Kletten. ›Du kommst mich ja nie besuchen!‹, nörgeln sie, kaum dass man durch die Tür tritt und sie doch gerade besucht! Und dann geht das Geplapper über absolut gar nichts los!«

»Hast du dich darum in Opa verliebt? Weil er so schweigsam war?«

Oma lachte.

»Ja, das kann man vielleicht sagen. Opa ließ mich so sein, wie ich bin. Das war eine seiner besten Eigenschaften.«

Oma legte den Trimmer weg und griff nach Kamm und Schere. Dann kämmte sie eine meiner Haarsträhnen hoch und schnitt die Spitzen ab. Und dann noch eine. Kleine Büschel aus braunen Haaren fielen mir auf den Schoß. Ich dachte darüber nach, was Oma gesagt hatte. Das klang ja eher so, als hätte *Oma* die Menschen abgewählt, und nicht so, als hätten die sie abgewählt.

Als Oma fertig war, hielt sie einen Spiegel mit Goldrahmen vor mich hin. Ich drehte mich hin und her, um mein neues Aussehen zu checken. Die Stirnfransen waren jetzt viel kürzer, aber ich konnte sie mir immer noch über das eine Auge kämmen. Seitlich waren die Haare nur ein paar Millimeter lang. Ehrlich gesagt, war ich angenehm überrascht. Das sah gut aus! Ich sah viel besser aus als vorher.

»Wow«, sagte ich. »Danke, Charlotte. Das ist ja echt super geworden.«

»Ich weiß«, sagte Oma »Jetzt bist du vielleicht froh, dass ich schon mal an Fuchs und Otter geübt habe.«

»Und ob!«, sagte ich.

Sie stellte den Spiegel ab und hob den Trimmer auf. Pustete ein paar braune Haare von ihm ab. Ihr goldfarbenes Shirt glitzerte in der Sonne.

»Aber was soll man deiner Meinung nach machen, wenn man beliebt werden will?«

»Tja, als ich jung war, wurde man beliebt, wenn man den anderen Zigaretten anbot und tanzen konnte.«

»Okay, danke, Om … Charlotte.«

Vielleicht nicht unbedingt der brauchbarste Rat, aber ich würde ihn trotzdem notieren.

»Aber warum will man eigentlich unbedingt so beliebt sein?«, überlegte Oma. »Ist das nicht ein bisschen überbewertet? Wenn man sich selbst liebt, dagegen! Das ist doch der Beginn einer lebenslangen Romanze!«

EINE GEHEIME MILLION AUF DER BANK

Als Opa starb, hörte Oma auf zu arbeiten. Sie erbte nämlich eine nettes Sümmchen, das Opa geheim gehalten und niemandem verraten hatte.

Das Geld kam von einer Erfindung, die Opa gemacht hatte. Opa war Erfinder. Genau wie ich. Jedenfalls in seiner Freizeit. Tagsüber arbeitete er in der Papierfabrik, wo er, wie ihr wohl schon vermutet habt, Papier herstellte. Aber abends und am Wochenende schloss er sich im Keller ein und machte Erfindungen oder spielte mit seiner Eisenbahn. »Sozial« – dieses Wort würde nicht unbedingt auf Opa zutreffen. Auch nicht die Bezeichnung »sozial kompetent«. Im Laufe eines Tages sagte er nicht viel. Im Durchschnitt fünf oder sechs Wörter pro Tag. »Hallo«, »Vielen Dank für den Kaffee« und »Gute Nacht«. Oma behauptete einmal, Opa hätte alles gesagt, was er sagen wollte, bevor er dreißig wurde, und danach sei er verstummt. Ich bin mir immer noch nicht ganz sicher, ob sie das nur im Spaß sagte.

Opa erfand jede Menge unnötiger Dinge, zum Beispiel den Butterstift. Das ist ein Behälter für Butter, der wie ein

Klebestift aussieht. Anstatt ein Messer zu nehmen, nimmt man den Stift, um die Butter damit aufs Brot zu streichen. Das sieht dann aus, als wollte man das Brot bekleben. Opa ist auch der Erfinder des Flaschenhalterhalskette, die, wie das Wort sagt, eine Art Halskette aus Leder ist, mit der man eine Limo- oder Bierflasche um den Hals tragen kann, ohne sie in der Hand halten zu müssen. Superpraktisch beim Inlinefahren! (Aber ja nicht vergessen, dass der Deckel fest zugeschraubt sein muss. Das hab ich auf die harte Tour gelernt, würde ich sagen.)

Die Erfindung, die mir am meisten gefällt, ist wahrscheinlich die Schneeballkelle. Die sieht aus wie die Kellen für Eiscreme, die Eisverkäufer im Sommer verwenden, nur ein bisschen größer, und man kann damit perfekt runde Schneebälle machen. Oma hat ungefähr Tausend von der Sorte im Keller. Rote. Die haben sich wohl nicht gerade megamäßig gut verkauft. Die Leute hatten irgendwie kein größeres Problem damit, ihre Schneebälle selbst zu pressen. Außerdem war die Herstellung so teuer, dass Opa für jede Schneeballkelle vierhundert Kronen verlangen musste.

Aber immerhin, Opa hat auch den legendären Eierschneider erfunden! Das ist so ein kleines Plastikding, wo man das Ei in eine eiförmige Mulde legt. Um das Ei aufzuschneiden, klappt man dann so eine Sache mit ungefähr zehn dünnen Metalldrähten herunter, und dadurch wird das Ei säuberlich in dünne Scheiben zerteilt. Man kann natürlich auch einfach ein Messer nehmen und damit schneiden, aber der Eierschneider sorgt dafür, dass man keine klebrigen Hände kriegt und dass alle Scheiben exakt gleich dünn werden. Damit hat Opa wohl ganz ordentlich Geld verdient. Das wusste Oma zwar, aber sie war der Meinung gewesen, er hätte das Geld für seine anderen Erfindungen ausgegeben. (Butterstifte, Flaschenhalsketten und Schneeballkellen zu entwickeln und herzustellen kostet nämlich so einiges. Um von Liegefahrrädern und Haartrocknerhüten nicht erst zu reden oder von diesem Bauarbeiterhelm mit einem Saugnapf am Hinterkopf, der es ermöglicht, unterwegs zur Arbeit im Stehen zu schlafen, wie »festgesogen« an die Wand der U-Bahn. In Japan wurde das offenbar ein Megahit, dort ist es ja so eng in der U-Bahn, dass fast niemand sitzen kann.)

Dank Opas geheimem Geld konnte Oma nach seinem Tod einfach zu ihrem Job gehen und das glänzende Namensschild aus Messing abmontieren, das vor ihrer Tür angebracht war. Sie kehrte nie zurück. Das Schild ist jetzt über der Toilette im großen Badezimmer angeschraubt. Charlotte Wilde. Wird »Waild« ausgesprochen.

Vor ein paar Wochen erst hat Mama gefragt, ob Oma ihre Arbeit oder ihre Kollegen nicht vermisst. Oma sah sie an, als wäre sie übergeschnappt.

»Die vermisse ich ungefähr so, wie ich die Fußwarze vermisse, die ich letzten Sommer hatte.«

Oma und Mama sind so verschieden, wie zwei Menschen

überhaupt sein können. Mama geht gern zur Arbeit, sagt oft Sätze wie »Was werden da die Nachbarn sagen?« und will »ein normales Leben« führen. Oma hält nichts von einem festen Job, scheint nicht danach zu fragen, was die Leute sagen, und begreift nicht, was an »einem normalen Leben« erstrebenswert sein soll. Sie will, dass das Leben »royal, grand and golden« ist. Kurz gesagt, grandios. Das will ich auch.

Ich vermisse Opa. Ich vermisse es, im Keller neben ihm zu sitzen, während er etwas in sein Notizbuch zeichnete, am Computer Sachen entwarf oder kleinere Erfindungen zusammenbastelte, solche, die nicht in der Fabrik hergestellt werden mussten. Er sagte ja fast nie etwas, aber es war gemütlich, das Geräusch seines Bleistifts auf dem Papier zu hören, wenn er zeichnete, oder das Knarren des Ledersessels, wenn Opa sich anders hinsetzte oder sich nach etwas ausstreckte.

Er konnte megagut zeichnen – zum Beispiel perfekte Abbildungen seiner Erfindungen, aus verschiedenen Blickwinkeln. Als ich acht wurde, schenkte er mir ein eigenes dickes Notizbuch, darin sollte ich meine Ideen notieren. Es war unliniert, und das sei wichtig, erklärte er, denn dann könne man die eigenen Ideen auch gleich skizzieren. Ich glaube, damals fing ich an, richtig gern zu zeichnen. Bis dahin hatte ich mich nicht allzu sehr dafür interessiert.

Aber als es darum ging, meine eigenen Ideen aufzuzeichnen, machte es plötzlich Spaß. Und ich übte und übte, weil ich auch so ein Profi werden wollte wie Opa. Ich lernte, aus verschiedenen Perspektiven zu zeichnen, von oben, von unten, von der Seite. Lernte, wie man etwas schattiert und wie es aussieht, wenn das Licht auf Metall funkelt oder, im Unterschied dazu, auf einem Gegenstand aus Plastik glänzt. Genau dieses Notizbuch trage ich immer noch mit mir herum.

Ich zeigte Opa alle meine Erfindungen. Damals war es noch kindliches Zeug, wie zum Beispiel Lautsprecher aus Plastikbechern, oder ein Saugnapf, den man im Badezimmer an der Kachelwand befestigte und an dem ein langes Gummiband mit einer Wäscheklammer hing. Mit der Wäscheklammer ließ sich ein Comic-Heft festklemmen, das man dann in der Badewanne lesen konnte, ohne es nass zu machen.

Opa sah sich meine Zeichnungen immer genau an. Schaute und brummte. Manchmal deutete er auf etwas, das verbessert werden könnte, aber meistens lächelte er nur, fuhr mir durch die Haare und sagte: »Gut!« Ich hätte ihm zu gern meinen Arrow sparrow gezeigt. Meine erste richtige Erfindung von Opaformat. Hätte hören wollen, was er davon hält.

Ab und zu vergesse ich, dass Opa nicht mehr lebt, und denke, er sitzt unten im Keller und erfindet etwas oder spielt mit seiner Eisenbahn. Bestimmt macht er das im Himmel auch.

HALLO, POLIZEI! MAN HAT MIR MEINEN GARTENZWERG GEKLAUT!

Jedes Mal, wenn ich das Haus verließ, befürchtete ich, Juno könnte hinter irgendeinem Busch hervorhüpfen und mir das Verschwinden des Gartenzwergs vorwerfen. Doch das geschah nicht. Und je mehr Tage vergingen, desto mehr entspannte ich mich. Entweder hatte sie es nicht bemerkt oder sie hatte nicht gecheckt, dass ich dahintersteckte.

Aber eines Tages, als ich auf dem Sofa lag und zuschaute, wie Bobo einen hohen Turm aus gelben und roten Duplostücken baute, sah ich, dass Juno, oder vielmehr *Blacka News*, mein Gartenzwergporträt auf Instagram kommentiert hatte.

Zuerst fragte ich mich, wie sie das Konto wohl entdeckt haben mochte, doch dann fiel mir ein, dass ich ihr Instagram-Konto ja getaggt hatte, also war das nicht unbedingt ein unlösbares Mysterium.

Mit angehaltenem Atem las ich:

Blacka News: *Dies ist Diebstahl! Gib den Gartenzwerg sofort zurück!*

Ich setzte mich auf. Mein Herz klopfte heftig. Das waren

gute Neuigkeiten! Sie schien nicht kapiert zu haben, dass ich dahintersteckte!

Ich überlegte kurz. Dann schrieb ich:

Runawaygnome: *Ich bin freiwillig abgereist. Ich hatte genug vom Leben in der Kleinstadt. Fühlte mich gefangen. Irgendwie unfrei. Als würde ich mich als Mensch nicht entwickeln.*

Das Letztere löschte ich, stattdessen schrieb ich: *Als würde ich mich als Zwerg nicht weiterentwickeln.* Dann fuhr ich fort: *Jetzt geht es mir viel besser. Sucht nicht nach mir. Wo ich jetzt bin, geht es mir gut. / Bilbo*

Blacka News: *BRING DEN ZWERG ZURÜCK!!! IDIOT! ÜBRIGENS HEISST ER NICHT BILBO! ER HEISST TOM THELANDER!*

Runawaygnome: *Ich denke, ich weiß selbst am besten, wie ich heiße. Und woher willst du wissen, dass ich entführt worden bin? Ist es so ungewöhnlich, dass man verreisen und was anderes erleben will? Seit Jahren stehe ich in eurem Garten herum und glotze immer denselben Fleck an. Du hast ja keine Ahnung, was das mit einem Gartenzwerg macht. Jetzt fühle ich mich frei! Kriege wieder Luft!*

Blacka News: *ICH RUFE DIE POLIZEI AN!!!*

Ich starrte auf den Text. Die Polizei! Hilfe! Wenn die jetzt entdeckten, dass ich derjenige war, der den Gartenzwerg gestohlen hatte? Was war die Strafe für einen gestohlenen Gartenzwerg? Bußgeld? Gefängnis konnte es wohl nicht sein? Kinder wurden doch nicht ins Gefängnis gesteckt? Was diese Juno wohl sagen würde, wenn sie anrief? »Hallo, Polizei! Man hat mir meinen Gartenzwerg geklaut!«

Kurz musste ich kichern. Bobo sah auf und lächelte, den Schnuller im Mundwinkel. Ich begann zu lachen. Bobos Lächeln wurde immer breiter. Dann musste sie auch kichern. Sie war zu niedlich, wenn sie kicherte. Die lockigen Haare, die blauen Augen. Ich lachte noch mehr, und Bobo auch. Schließlich wälzte ich mich auf dem Sofa hin und her und bekam kaum noch Luft vor Lachen. Ich hörte nicht einmal auf, als ich vom Sofa fiel, direkt auf den zotteligen Wollteppich, und auf einem spitzen Duplostück landete.

NOCH 45 TAGE

EIN SCHEISSHAUFEN-EMOJI

Ich fuhr mit Oma durch eine Autowaschanlage. Wir saßen mit offenem Verdeck in ihrer roten Corvette. Das ganze Auto wurde überschwemmt, und ich sah die großen blauen Bürsten bedrohlich näherwirbeln. Verzweifelt versuchte ich Oma zu sagen, sie solle das Verdeck schließen und die Scheiben hochdrehen, aber sie lachte bloß und sagte, das sei doch nur gut! Auf die Art würden sowohl das Auto als auch wir endlich sauber. Wir würden viele Tage nicht mehr duschen müssen! Ich versuchte zu protestieren, konnte aber plötzlich nicht sprechen, weil eine dieser rotierenden Bürsten auf mein Gesicht traf. Die Bürste war warm und ein bisschen rau, fast so wie … wie Einsteins Zunge.

Ich schlug die Augen auf. Es *war* Einsteins Zunge! Ich versuchte Einstein wegzuschubsen, das ging aber nicht. Alles, was ich sah, war seine große schwarze Schnauze und die hellrosa Zunge, die mir hartnäckig weiterhin über die Nase, unter die Nase und in eines meiner Nasenlöcher fuhr.

»Nein, Einstein, nein, nein. Hör auf, du Quatschkopf! Ich bin wach! Hör auf.«

Ich richtete mich auf und sah mich nach etwas zum Abtrocknen um. Das Einzige, was ich fand, war mein Notizbuch, das auf dem Nachttisch lag. Ich riss eine Seite heraus und wollte mir schon damit übers Gesicht fahren, als ich sah, dass ich etwas darauf geschrieben hatte. Das Notizbuch lag immer neben mir, wenn ich schlief, falls mir mitten in der Nacht eine neue Erfindung einfallen sollte. Manchmal hatte ich geradezu blendende Ideen, wie die Sache mit der Harpune zum Beispiel. Aber oft verstand ich selbst nicht mehr, was ich geschrieben hatte. Da stand dann zum Beispiel: *Gorg blarg görg.* Oder so ähnlich. Im Traum war das vielleicht ein genialer Einfall gewesen, aber als ich aufwachte, hatte ich null Ahnung, was das sollte.

Diesmal hatte ich keine Erfindung aufgeschrieben, sondern etwas ganz anderes. Da stand: *Mit fünf Personen reden.*

Einstein stupste mich am Arm.

»Ja, ja, bist ja mein Bester«, sagte ich und kraulte ihn hinterm Ohr.

Er presste den Kopf an meine Hand und schnaufte mit offenem Maul und heraushängender Zunge. Jemand müsste ihm mal die Zähne putzen. Sein Atem roch nicht direkt nach Veilchen. Ich guckte wieder auf die herausgerissene Seite. *Mit fünf Personen reden.* Jetzt fiel mir ein, was ich damit gemeint hatte. Ich sollte mich in die Stadt hinausbegeben, oder, na ja, Skärblacka war ja nicht unbedingt eine Stadt, also, ich sollte mich in den *Ort* begeben, um mit irgendwelchen Leuten zu reden, als Übung, sozusagen. Sachen über mich selbst erzählen, Fragen stellen, ein paar Witze reißen. Ich holte tief Luft. Würde ich das wagen? Ja. Wenn ich ein neuer, beliebter Mensch werden wollte, musste ich ins kalte Wasser springen. Ich sah Einstein tief in die Augen.

»Wenn es darum geht, das eigene Leben zu verändern, reicht es nicht, nur darüber nachzudenken, verstehst du, Einstein? Man muss es auch ausprobieren, um zu lernen, was hinhaut und was nicht.«

Mit den Erfindungen war es genauso. Das hatte Opa immer gesagt. Man muss eine Idee ausprobieren, und wenn man dann merkt, dass es nicht klappt, muss man ändern und ausprobieren und noch mal ändern, bis man endlich eine perfekte Erfindung hat!

Als Dank für meine enorme Weisheit leckte Einstein mir die Hand.

* * *

Nach dem Frühstück putzte ich mir gründlich die Zähne, sieben Minuten lang, um einen richtig angenehmen Mundgeruch zu haben, zog ein weißes T-Shirt an und eine schwarze Jeans. Schließlich steckte ich meine Füße in die Inliner, zog die Schnallen fest an und schob eine Packung Kaugummi in die Gesäßtasche. Kaugummi mit Orangengeschmack. Wer so etwas ablehnt, muss verrückt sein, redete ich mir ein.

Es dauerte, bis ich den Helm fand – also sah, dass das Zebra ihn auf dem Kopf hatte. Dem Tag zu Ehren trug es auch einen glitzernden Schal um den gestreiften Hals und Majkens gelbe Gummistiefel an den Vorderhufen.

Während ich mir den Helm aufsetzte, hörte ich die Stimmen von Mama und Oma aus der Küche. Sie diskutierten angeregt darüber, wie man eine Spülmaschine am besten einräumt. Nicht unbedingt eine Diskussion, deren Ende ich dringend hören musste.

Ich setzte die Sonnenbrille auf, schrie:»Tschüss!« und wackelte nach draußen. Vorsichtig stapfte ich an den Autos in der Garageneinfahrt vorbei, an dem weißen Jeep und dem BMW, der roten Corvette warf ich einen besonders prüfenden Blick zu. Zufrieden stellte ich fest, dass sie nicht voller Wasser war wie im Traum, sondern total trocken.

Als ich Asphalt unter den Füßen hatte, konnte ich endlich losskaten. Ich *liebte* das Skaten mit den Inlinern. Zu Fuß gehen war langweilig. Rennen war noch schlimmer. Aber Skaten! Das Tempo, der Wind, das Gleiten! Es fühlte sich fast so an, als würde man fliegen.

Mein Plan war einfach. Ich würde mit den ersten fünf Personen, die ich sah, ein Gespräch anfangen.

Person Nummer 1.

Ich war kaum um die Straßenecke gebogen, als eine Frau mir entgegenkam, mit einem wuscheligen weißen Hund an der Leine, der ungefähr wie ein Wattebausch auf vier Beinen aussah. Wie ein sehr großer Wattebausch. Die Frau war älter als Mama, aber jünger als Oma, und trug einen hellgelben Sonnenhut, der ihr Gesicht beschattete.

Ich bremste.

»Hallo«, sagte ich.

»Hallo«, antwortete sie überrascht.

»So ein hübscher Hund! Was für eine Rasse ist das?«

Sie sah auf den Hund hinunter und lächelte.

»Danke, ja, sie ist hübsch, stimmt. Das ist ein Westie.«

»Wie heißt sie?«

»Dolly.«

»Aha. Und wie alt ist sie?«

»Sie ist fünf.«

»Hatten Sie sie schon, als sie ein Welpe war?«

Die Dame runzelte die Brauen und zögerte mit der Antwort.

»… ja, das hatte ich.«

»Und wie ist sie denn so? Als Hund, meine ich. Wie würden Sie Dollys Persönlichkeit beschreiben?«

»Warum willst du das alles wissen?«

»Äh … weil ich mich sehr für Hunde interessiere.«

Au, verflixt! Wohl zu viele Fragen. Am besten, etwas über mich selbst zu erzählen.

»Ich hab auch einen Hund. Er heißt Einstein.«

»Ach so? Weil er so schlau ist?«

Ich musste kurz lachen.

»Nein, weil er so gut schläft. Er schläft wie ›ein Stein‹.«

Ich war mit mir zufrieden. Das hier müsste doch als Witz durchgehen? Ich wartete darauf, dass die Frau lachen würde, aber sie lachte nicht. Sie sah mich bloß komisch an. Scheiße. Genau das wollte ich ja vermeiden! Ich schluckte. Wie sollte ich jetzt weitermachen? Dann fiel es mir ein. Ich holte meine Kaugummis aus der Gesäßtasche.

»Möchten Sie einen Kaugummi? Mit Orangengeschmack!«

»Nein danke. Ich muss jetzt weiter.«

Sie zog an der Leine, damit Dolly mitkam. Dolly machte ein paar trippelnde Schritte, drehte sich dann aber um und sah zu mir zurück. Ich winkte ihr zu. Doch sie warf nur den Kopf in den Nacken und trippelte weiter. Eingebildete Pute!

Person Nummer 2

Es dauerte eine Weile, bevor ich mein nächstes Opfer entdeckte. Oder wie ich es nennen sollte. Skärblacka war ja nicht gerade wie Stockholm, wo man auf Schritt und Tritt neuen Menschen begegnete. Dieser Typ steckte von Kopf bis Fuß in schwarzen Klamotten und kam wie ein Panda auf dem Gehweg angetrottet. Allerdings ein Panda mit Kopfhörern. Ich beschloss, die Taktik von Majken und ihrem Waschbärkumpel auszuprobieren. Irgendwie eher auf die lässige Tour. Also glitt ich zu ihm hin.

»Ey, Alter, was geht?«

»Hä?«

»Äh … ey, was geht ab?«

»Warte, ich hör nichts.«

Er nahm den Kopfhörer ab und sah mich an.

»Was hast du gesagt?«

Er musste den Sound unglaublich laut eingestellt haben, ich konnte die Musik nämlich hören, obwohl ich ein paar Meter weiter weg stand.

»Hm, hab nur gefragt, was so abgeht?«

»Äh … ja?«

»Ich selbst geh ja nicht«, sagte ich. »Ich skate. Wie du siehst.«

Ich lachte und deutete auf meine Inliner, aber er glotzte mich nur verständnislos an. Ein paar Sekunden standen wir uns stumm gegenüber und starrten einander an. Schließlich sagte er:

»Wolltest du sonst noch was?«

»Nein, eigentlich nicht.«

Er setzte die Kopfhörer wieder auf und trottete weiter.

»Tschüss!«, rief ich hinter ihm her.

Aber wahrscheinlich hörte er mich nicht.

Person Nummer 3 und 4

Plötzlich sah ich eine Person, die ich wiedererkannte. Eine mit türkisem Haar und finsterem Blick. Juno. Sie schien auf dem Heimweg zu sein. Mit dieser Person wollte ich nun *auf keinen Fall* reden. Lieber gestattete ich mir selbst, den Plan, mit den fünf ersten Personen zu reden, abzuändern. Was zu viel ist, ist echt zu viel.

Stattdessen fuhr ich weiter, runter zum ICA-Supermarkt. Dort hingen immer eine Menge Leute herum. Ich glitt in den Laden und sah mich um. Überall Menschen, klar. Aber diesmal würde ich überlegen, bevor ich mir eine Person zum Reden aussuchte.

Gleich links neben dem Eingang gab es zwei rote Automaten, nur zwei, drei Meter von den Kassen entfernt. Wenn wir Oma zum Einkaufen begleiteten, baten wir sie oft um eine Münze zum Reinstecken. Aus irgendeinem geheimnisvollen Grund machte es einen Riesenspaß, das Geld in den Schlitz zu schieben und dann den Griff umzudrehen. Für eine Fünfkronenmünze bekam man an dem einen Automaten eine Handvoll bunter Kaugummikugeln, und wenn man an dem anderen eine Zehnkronenmünze reinschob, kam ein roter oder grüner Plastikball heraus, in dem ein Spielzeug steckte, zum Beispiel ein Schlüsselring mit einem grinsenden Emoji, eine Minidose mit Glibber oder vielleicht eine klebrige Hand aus leuchtend blauem Gummi, die man wie ein Lasso herumwirbeln und an die Wand werfen konnte.

Vor den Automaten standen zwei Mädchen, ungefähr in meinem Alter oder ein bisschen älter. Die eine hatte lange braune Locken, die andere war blond. Ich holte tief Luft, glitt auf die beiden zu und machte direkt vor ihnen eine Vollbremsung. Die Blonde hatte soeben den Griff am Spielzeugautomaten umgedreht. Sie bückte sich, öffnete die Klappe und pulte dann vorsichtig den Ball heraus.

»Hello«, sagte ich und hoffte, dass es lässig und cool klang.

Die Mädchen guckten mich an, guckten einander an und begannen dann so laut zu kichern, dass die Kassiererin und auch ein Mann, der neben der Kasse stand, sich umdrehten. Ich ließ mich nicht entmutigen.

»Was hast du gekriegt?«, erkundigte ich mich und deutete mit dem Kopf auf den Plastikball.

Meine Frage löste eine erneute Kicherattacke aus. Du lieber Himmel, was war daran so komisch? Die mit den braunen Locken beugte sich zur Blonden und flüsterte ihr etwas ins Ohr, wobei sie mich ununterbrochen anstarrte.

»Weiß nicht«, sagte die Blonde schließlich. »Werd mal checken.«

Sie versuchte, den Plastikball zu öffnen, schaffte es aber nicht. Da reichte sie ihn mir.

»Versuch du's!«

Ich nickte selbstsicher. Dann drehte und drückte und schraubte ich. Aber obwohl ich mit aller Kraft zupackte, war es total unmöglich, das Ding zu öffnen. Es war, als hätte jemand es mit Atomkleber zusammengefügt.

»Sorry, tut mir leid«, sagte ich. »Fragt mal an der Kasse, ob sie einen Hammer haben oder so was.«

Das war als Scherz gedacht, sie lachten aber nicht. Also:

Wenn ich mal was Witziges sagte, lachte kein Mensch, aber wenn ich mich nicht einmal darum bemühte, witzig zu sein, lachten sie sich halb kaputt!

Als ich der Blonden den Plastikball reichen wollte, ließ ich ihn versehentlich fallen, oder vielleicht nahm sie ihn auch nicht entgegen, keine Ahnung, was oder wie. Der Ball hüpfte ein paar Meter über den Boden und fiel dann in zwei Teile auseinander. Die eine Hälfte rollte unter einen Tisch, wo zwei Männer standen und Lottoscheine ausfüllten. Die andere Hälfte dagegen drehte sich im Kreis und blieb dann liegen. Ich glitt vor, bückte mich und hob sie auf. Fast wäre mir die Sonnenbrille runtergerutscht, aber ich konnte sie noch rechtzeitig festdrücken.

»Was ist es?«, fragte die Blonde neugierig.

»Ein Schlüsselring«, sagte ich. »Mit einem Scheißhaufen-Emoji.«

Ich reichte ihr den Schlüsselring und den halben Ball. Sie sah das Scheißhaufen-Emoji an und danach ihre Freundin. Und dann mussten sie so heftig lachen, dass sie sich gegenseitig in die Arme sanken. So verließen sie den Laden. Halb gebückt, unter lautem Gelächter. Ich blieb stehen und starrte verständnislos hinter ihnen her.

Person Nummer 5
Ich wollte schon aus dem Laden hinausfahren, als ich eine bekannte Stimme hörte.

»Sieh mal an, Sigge! Was machst du denn hier?«

Es war Krille Marzipan. Er hielt eine Plastiktüte voller Lebensmittel in den Armen, hatte ein weißes Hemd und graue Hosen an und schien in der Wärme zu schwitzen.

»Tja, ist nicht ganz einfach zu erklären«, sagte ich. »Ich versuche, beliebt zu werden. Aber das will nicht so recht klappen.«

Ich weiß nicht, warum ich so ehrlich war. Ich hatte es sonst niemandem erzählt. Aber die Worte hüpften mir nur so aus dem Mund.

»Beliebt, aha, so, so, und warum willst du denn beliebt werden?«, fragte Krille.

»Ja, wollen denn nicht alle das werden? Beliebt, meine ich?«

»Keine Ahnung«, sagte Krille. »Daran habe ich nie gedacht.«

Ich antwortete nicht. Es musste sehr schön sein, nie an so etwas denken zu müssen, aber andererseits hatte Krille sich ja auch nicht anzuhören brauchen, was ein Vollidiot wie Budde täglich herumposaunte, nämlich dass man eine Schwuchtel sei und nach Pisse stinken würde.

Krille sah mich nachdenklich an.

»Bist du nach Hause unterwegs? Soll ich dich begleiten?«

»Warum nicht«, sagte ich, weil ich ehrlich gesagt ziemlich groggy war.

Diese Übung, mit verschiedenen Menschen zu reden, war

wirklich nicht einfach. Ich beschloss, dass Krille mein fünftes Opfer werden sollte.

»Superzufall übrigens, dass ich dich getroffen habe«, sagte Krille. »Da kann ich dir gleich von einer fantastischen Filmidee erzählen, die mir gerade eingefallen ist! Also, pass mal auf: Der Forschungsreisende Rory Baumgarten Castillo hat soeben erfahren, dass tief in den finstersten Regenwäldern Brasiliens ein seltsames urzeitliches Tier lebt!«

Oh, Himmel hilf! Jetzt würde vielmehr ich das Opfer von Krille werden.

GARTENZWERG AUF WELLNESS-URLAUB

Am Abend stand ich am Flipper und verbesserte meine Scores. Ich liebte es, die silberne Flipperkugel abzuschießen und sie zwischen den Wänden und Hindernissen hin und her prallen zu lassen. Ich liebte das Pling-Pling, das Blippen und das laute Klong, das fast wie ein Gong klang, wenn es mir gelang, die Kugel in einen engen Tunnel hineinzuschießen und einen roten Knopf zu treffen, wodurch ich fünfzigtausend Extrapunkte bekam. Und ich liebte die Herausforderung, die Flipperkugel so lange wie nur möglich in Gang zu halten. Aber schließlich fuhr sie zwischen den Flippern davon, und das Spiel war aus. Als das Spiel verstummt war, hörte ich die Jukebox aus Bobos Zimmer.

Please, let's forget the past
The future looks bright ahead
A-don't be cruel to a heart that's true

Die Stimme kannte ich. Schon wieder Elvis Presley. Bobo war wirklich besessen von diesem alten Knacker. Ich trat ans Fenster und sah in den Garten. Im grauweißen Dämmerlicht fiel ein Nieselregen. Das hinderte Majken und ihren Waschbärkumpel nicht daran, draußen herumzurennen und dicke Sträuße Löwenzahnblätter zu pflücken, die sie dann in Carolinas Gehege warfen. Carolina hatte es echt viel besser seit unserem Umzug. Hier durfte sie im Freien an der frischen Luft sein, anstatt in einem Käfig in einem Zimmer zu hausen, wie in Stockholm. Eigentlich gehörte sie Svedrik, aber der hatte sich nie richtig für sie interessiert, darum hatte Mama die Schildkröte mitgenommen, als sie wegzog. Mama ertrug es nicht, wenn Tiere schlecht behandelt wurden, und Svedrik hatte nur zu oft vergessen, Carolina Futter, Wasser und Liebe zu geben. Mamas Tierliebe war auch der Grund, warum wir die Meerschweinchen hatten. Die hatten ursprünglich den Kindern von Mamas Freundin gehört, waren ihnen aber schon nach wenigen Monaten langweilig geworden. Das fand Mama so traurig, dass sie die Meerschweinchen vom Fleck weg adoptierte.

Darin war Mama anders als die meisten anderen Eltern. Viele in meiner Klasse wünschten sich sehnlichst ein Haustier, aber fast alle Eltern weigerten sich, diesen Wunsch zu erfüllen. Mama nicht. Wenn ein Tier nur bedauernswert genug war, nahm sie fast jedes bei uns auf. Wahrscheinlich hatte sie darum auch so große Probleme mit Omas ausgestopften Tieren. Ein lebendiges Zebra in der Eingangsdiele hätte sie bestimmt leichter ertragen als das Exemplar, das jetzt dort stand.

Inzwischen spielten Majken und ihr Waschbärkumpel Verstecken. Vom Fenster aus konnte ich sehen, dass Majken sich hinter der Hollywoodschaukel versteckt hatte. Aber ihr Waschbärkumpel wusste das nicht. Er lief ziellos herum und suchte hinter dem Zelt, hinterm Holzstapel und in den Himbeerbüschen. Ich fühlte mich irgendwie genervt. Vor Neid, nehme ich an. Nicht unbedingt, weil ich auch Verstecken spielen wollte, sondern weil Majken einen Freund hatte. Weil ich üben musste, beliebt zu werden, während sie es sofort war, einfach so.

Der Gartenzwerg stand auf dem Schreibtisch, mit seiner roten Zipfelmütze, seiner Sonnenbrille und der Zigarettenkippe, die in seinem lächelnden Mundwinkel klebte. Ich dachte an Juno, daran, wie sie neulich ausgesehen hatte. Die türkisen Haare. Die saure Miene. Ich beschloss, etwas Neues auf *Runawaygnome* zu posten.

Also ging ich mit dem Gartenzwerg ins Badezimmer und holte die gelbe Plastikwanne hervor, in der wir alle gebadet hatten, als wir klein waren. Mama auch, obwohl man sich nur schwer vorstellen konnte, dass sie jemals hineingepasst hatte. Ich füllte die Wanne mit Wasser und Badeschaum und stellte den Zwerg hinein. Er wäre fast ertrunken, darum nahm ich ihn wieder heraus und kippte etwas von dem Badewasser aus. Jetzt schaute nur sein Kopf aus dem weißen

Schaum. Aber eine Sache fehlte. Ich lief in Bobos Zimmer rüber, wo Elvis immer noch aus der Jukebox tönte.

Mama zog Bobo soeben den Schlafanzug an. Während sie Bobo das hellblaue Oberteil über den Kopf streifte, sagte sie:
»Weißt du, Bobo, abends darfst du nicht so viele Münzen in die Maschine stecken. Dann hört Elvis nie auf zu singen, und wenn Elvis so laut singt, kann man nicht einschlafen. Verstehst du das?«

Bobo nickte, als würde sie tatsächlich begreifen, was Mama meinte. Dabei hatte ich am gestrigen Abend genau das gleiche Gespräch mitangehört.

»Ist es okay, wenn ich etwas ausleihe, Bobo? Von deinem Puppenherd?«, sagte ich.

»Was hast du vor?«, fragte Mama.

Sie musste laut sprechen, um die Musik zu übertönen.

»Will nur was ausprobieren«, sagte ich und öffnete die Herdklappe. Sofort ergossen sich rosa Plastikteller, Porzellantassen mit Blumenmuster und kleine Kochtöpfe auf den Fußboden.

Ich durchwühlte die Sachen, bis ich einen durchsichtigen Plastikbecher fand. Perfekt! Als ich aufstand und gehen wollte, warf Mama mir einen Blick zu.

»Was denn?«, fragte ich.

»Nun, du musst natürlich alles aufräumen, was du herausgeholt hast.«

Ich lief zurück, stopfte alles wieder in den Herd und

schloss schnell die Klappe, damit nichts herausfallen konnte. Als ich am Bett vorbeiging, streckte Bobo ihre molligen Ärmchen zu mir aus und sagte »Hallohallo!«, darum hob ich sie hoch in die Luft, drückte sie und strich ihr über die weichen Locken.

Elvis verstummte, fing aber gleich wieder von vorne an. Mama seufzte. Ich trat an die Jukebox und zog den Kabelstecker aus der Steckdose. Von Elvis war nichts mehr zu hören. Mama strahlte.

»Ooh, danke, Sigge! Warum bin ich nur nie selbst auf diese Idee gekommen?«

Ich zuckte die Schultern.

»Vielleicht weil ich das wahre Genie in der Familie bin?«

»So muss es natürlich sein«, sagte Mama. »Machst du die Tür hinter dir zu?«

In Majkens Zimmer fand ich in einer Flasche neben dem Bett einen Rest Coca-Cola. Ich füllte den kleinen Plastikbecher damit und stellte ihn auf den Rand der Wanne neben ein paar brennende Teelichter, die für eine stimmungsvolle Beleuchtung sorgten. Dann rannte ich hinunter in die Küche und schnitt ein paar Scheiben von einer Gurke ab. Denn so was legten sich die Leute im Wellnessbad doch gern auf die Augenlider, oder? Also bekam der Gartenzwerg Gurkenscheiben auf die Augen. Sie verbargen fast sein ganzes Gesicht. Damit sie nicht gleich ins Wasser rutschten, musste ich ihn leicht nach hinten kippen.

Der Schaum funkelte, während ich eine Reihe Bilder aufnahm, die ich auf *Runawaygnome* postete. Zu meiner Überraschung sah ich, dass ich inzwischen hundertdrei Follower hatte! Wo waren die hergekommen? Ich schrieb: *Mache gerade Wellness-Urlaub. Habe mir eine Luxus-Massage mit aromatischen Ölen gegönnt und bade jetzt in ökologischem Rosenwasser. Mein Leben lang habe ich mich so steif gefühlt, jetzt aber kann ich mich endlich entspannen. / Bilbo.*

NOCH 44 TAGE

EIN FUCHS, DER MILKSHAKE TRINKT

Mit Leuten zu reden, das war wirklich nicht einfach. Ich beschloss, erst mal eine Pause einzulegen und mich lieber auf das Thema Geld zu konzentrieren. Wenn ich mich selbst rebooten wollte, würde ich nämlich Geld brauchen, einen Haufen Geld! Ich setzte mich aufs Bett und checkte meine Finanzen. Im Sparschwein, das eigentlich ein gelber Sparelefant war, hatte ich 667 Kronen. Das war recht viel, aber für Kontaktlinsen, die Sache, die ich am allerdringendsten brauchte, würde es vermutlich nicht reichen. Mein Schielen war nämlich die Ursache dafür, dass ich mich bei Leuten, die ich nicht kannte, komisch benahm. Ich traute mich nicht, ihnen in die Augen zu schauen, sondern stierte stattdessen auf den Boden. Oder ich stellte mich im Profil hin, wenn wir uns unterhielten, dann sah man nicht, dass ich schielte. Und dazu die Sache mit den Haaren, die mir immer ins Gesicht hingen. Trotzdem war es mir lieber, dass man mich komisch fand, als für einen schielenden Idioten gehalten zu werden. Mit Kontaktlinsen würde ich den Leuten in die Augen schauen können. Darum waren Kontaktlinsen die Nummer Eins auf meiner Liste.

Vielleicht war es dumm gewesen, die Harpune zu kaufen, die hatte immerhin dreihundert Piepen gekostet. Doch dann sagte ich mir, dass es gut gewesen war. Wie sollte ich mich denn als Erfinder weiterentwickeln, wenn ich keine Sachen hatte, mit denen ich etwas erfinden konnte? Fünfzig Kronen die Woche bekam ich als Taschengeld: für die verbleibenden sechs Wochen, bevor die Schule anfing, brachte das zusätzliche dreihundert Kronen. Immer noch zu wenig. Wie sollte ich nur zu mehr Geld kommen? Hm. Ein Job war ja die klassische Möglichkeit, Geld zu verdienen. Gab es überhaupt jemanden, der Zwölfjährigen Jobs gab? Würde Mama mir erlauben, einen Job anzunehmen? Würde ich einen Job überhaupt schaffen? Und wenn ich daran dachte, wie schwierig es für Mama zu sein schien, einen Job zu bekommen, wurde mir klar, dass die Jobangebote nicht unbedingt auf mich herabregnen würden.

Plötzlich ging die Tür auf. Oma. Heute trug sie einen grünglitzernden Hosenanzug und dazu mindestens ein Kilo silberner Halsketten. Sie stöhnte und sagte:

»Hilf mir mal!«

Ich hüpfte vom Bett und half ihr, das riesige Fuchsgemälde vom Flohmarkt in mein Zimmer zu wuchten. Das Bild sollte ja das Loch in der Wand neben dem Flipper abdecken. Dieses Loch hatte ein deutscher Hotelgast hinterlassen, der sein Klavier hinausbefördern wollte. Er muss sich für Supermann oder so was gehalten haben, denn wer macht sonst auch nur den Versuch, ganz allein ein Klavier von der Stelle zu bewegen? Und wer nimmt überhaupt ein Klavier in ein anderes Land mit? Jedenfalls hatte er sich kurz davor mit Sonnenöl eingeölt und hatte darum total glitschige Hände gehabt, und bei dem Versuch, das Klavier aus dem Zimmer zu bugsieren, war es ihm aus den Händen gerutscht, und dann RUMMS! Ein krass großes Loch in der Wand. Ein Loch von der Größe eines Kinderschlittens. Zum Glück kam der deutsche Gast mit dem Schrecken und einem blauen Daumen davon.

Das Loch geht nicht ganz durch die Wand, zum Glück, denn dann müsste ich Majkens Stimme jetzt genauso klar und deutlich hören wie früher, als wir uns ein Zimmer teilten. Nein, die Wand hat nur eine mehrere Zentimeter tiefe Delle davongetragen. Mich störte das eigentlich überhaupt nicht, aber Mama sagte, das würde »unschön« aussehen. Zuerst hatte Oma ein Tischchen davorgeschoben, auf dem zwei dicke rotbraune ausgestopfte Nerze herumturnten. Aber eins kann ich euch sagen, auch wenn man sich normalerweise nicht im Dunkeln fürchtet, ist es ziemlich gruselig, nachts, wenn man schlafen will, von zwei kugelrunden Augenpaaren angefunkelt zu werden. Die Nerze flogen gleich am nächsten Tag raus. Jetzt stehen sie auf einem Regal in Bobos Zimmer. Sie scheint sie nicht umheimlich zu finden, sondern behandelt sie wie ihre Schmusetiere und nennt sie Gujko und Minko.

Nachdem das Bild glücklich im Zimmer war, holte Oma ihre Werkzeugkiste und schraubte über dem Loch einen großen Haken in die Wand. Dann hoben wir gemeinsam das Bild hoch und hängten es auf.

Oma schubste noch ein bisschen daran herum, bis es gerade hing. Perfekt. Jetzt war das Loch gar nicht mehr sichtbar.

»High five, Darling«, sagte Oma und klatsche ihre Handfläche so fest gegen meine, dass es brannte.

Ich rieb mir die Hand, aber Oma merkte nichts.

»Es gibt nicht viele, die ein Meisterwerk des großen Künstlers Bruno Liljefors in ihrem Zimmer haben dürfen«, sagte Oma.

»Ja, das stimmt«, sagte ich, obwohl ich ehrlich gesagt immer noch davon überzeugt war, dass unten im Bild eigentlich Rune Liljefors stand.

Wir setzten uns aufs Bett und betrachteten das Bild: das verrutschte Tier mit dem Eichhörnchenschweif und der dicken Vorderpfote, die wie ein Holzbein aussah.

»Ist das ein Fuchs, was meinst du?«, fragte ich.

»Klar ist das ein Fuchs!«, sagte Oma.

»Irgendwie komisch, überall auf dem Bild liegt doch Schnee, ja, der Fuchs steht mitten in einem Schneehaufen, aber trotzdem kann er aus einem See Wasser trinken?«

»Was ist daran komisch?«

»Also, wenn Schnee liegt, müsste das Wasser im See doch gefroren sein?«

»Hm … aber das ist ja hellrosa. Vielleicht ist es gar kein Wasser? Vielleicht ist das Milkshake?«, schlug Oma vergnügt vor. Dann stand sie auf und griff nach der Werkzeugkiste.

»Du, Charlotte«, sagte ich. »Hast du eventuell irgendeinen Job für mich?«

»Einen Job?«

»Ja, irgendetwas, das ich für dich erledigen könnte? Und für das ich dann ein bisschen Geld kriegen würde?«

»Aha. Verstehe. Lass mich überlegen! Das ist durchaus möglich.«

Als sie durch die Tür hinausging, knallte sie versehentlich mit dem Werkzeugkasten gegen den Türrahmen, sodass ein kleines Loch entstand.

»Oh dear!«, rief sie aus. »Kaum hat man das eine Loch repariert, sorgt man schon für das nächste!«

»Aber das hier ist ja viel kleiner«, sagte ich. »Das sieht man kaum.«

»Ist aber trotzdem äußerst ärgerlich«, sagte Oma und steckte sich eine Zigarette an.

»Dann hängen wir an der Stelle eben ein winzig kleines Bild auf«, schlug ich vor.

Da musste sie lachen, dabei wirbelte weißgrauer Rauch aus ihrem Mund.

»Das ist keine schlechte Idee, Sigge! Wirklich keine schlechte Idee!«

KRILLE MARZIPAN

Ihr fragt euch vielleicht, warum Omas einziger Hotelgast den Namen Krille Marzipan bekommen hat? Also, das war so: Als Krille im Frühjahr gerade bei Oma eingezogen war, kamen wir aus Stockholm auf einen kurzen Besuch nach Skärblacka. Am Nachmittag machten Majken und ich uns auf die Suche nach Süßigkeiten und stöberten tatsächlich eine ganze Tüte voller Marzipankartoffeln auf. Wir setzten uns ins Wohnzimmer und fingen an zu futtern. Eine leckere Kartoffel nach der anderen. Da kam Mama plötzlich angerannt.

»Ihr dürft doch die Marzipankartoffeln nicht aufessen!«, rief sie. »Das ist das Einzige, was Krister essen kann! Auf alles andere ist er allergisch!«

Mama war etwas nervös, weil dieser Besuch kein normaler Besuch war. Nein, bei dieser Gelegenheit wollte Mama Oma nämlich fragen, ob es okay wäre, wenn wir vorübergehend bei ihr einziehen würden. Das war eine ziemlich große Sache, um die Mama sie da bitten wollte, denn das würde bedeuten, dass dann keine Hotelgäste mehr im Grand

Royal Golden Hotel Skärblacka übernachten konnten. Aber Mama hätte sich keine Sorgen machen müssen. Oma überlegte fünf Sekunden, dann sagte sie:»But of course, Darling! Ihr dürft so lange hier wohnen, wie ihr wollt.«

Oma war nicht direkt ein Superfan von Svedrik, den sie als»langsamer als ein Faultier«,»träger als ein Panda« und »schlaffer als ein Luftballon ohne Luft« bezeichnete.

Im Nachhinein stellte sich heraus, dass Marzipankartoffeln die einzige Süßigkeit sind, die Krister zum Nachmittagskaffee essen kann, weil er eine Glutenallergie hat. Kuchen und anderes Gebäck verträgt er nicht, weil da Mehl drin ist. Und Mehl enthält Gluten. Das kapierten Majken und ich nicht. Wir glaubten, Marzipankartoffeln wären das Einzige, was Krister überhaupt essen konnte. Zuerst wurden wir neidisch. Welch ein Luxus, für immer gezwungen zu sein, nichts außer Marzipan zu essen!

Doch als wir uns die Sache dann genauer überlegten, sahen wir ein, dass man Marzipan nach ein oder zwei Tagen wahrscheinlich ziemlich satthat. Noch bis zum Abendessen tat uns Krister ganz schrecklich leid. Wir folgten ihm auf Schritt und Tritt und versuchten, ihm das Leben ein bisschen zu erleichtern. Zum Beispiel half ich ihm bei der Suche nach seinen Hausschuhen, und Majken bot ihm an, ihm die Haare zu kämmen. (Das lehnte er dankend ab.)

Als Mama uns aufforderte, den Esstisch zu decken, stellten wir einen Teller mit Marzipankartoffeln an Krilles Platz.

Mama schüttelte nur den Kopf und nahm den Teller weg, aber wir stellten ihn gleich wieder hin.

»HAST DU DAS SCHON VERGESSEN?«, sagte Majken. »ER VERTRÄGT DOCH NICHTS AUSSER MARZIPAN!!!«

Da erzählte Mama, wie es sich verhielt, und das Missverständnis konnte geklärt werden. Seit jenem Tag ist er für das ganze schwedische Volk einfach Krille Marzipan. Okay, vielleicht nicht für das ganze schwedische Volk, aber für einen Teil des schwedischen Volkes. Für einen sehr kleinen Teil des schwedischen Volkes. Aber für mich und Majken und Bobo bleibt er Krille Marzipan. Für alle Ewigkeit. Amen.

EINFACH SO SEIN, WIE MAN IST

Die Sonne war immer noch nicht untergegangen, obwohl es schon nach zehn Uhr abends war. Ich hatte das Rollo heruntergezogen, aber das Licht sickerte trotzdem seitlich herein und tauchte das Zimmer in ein schwaches Hellgelb. Einstein war aufs Bett gehüpft und lag schwer und warm auf meinen Füßen. Kleine Schnarcher drangen aus seiner Wolfsschnauze. Eigentlich durfte er nicht auf dem Bett sein, weil er so sehr haarte, aber ich erlaubte es trotzdem. Es war einfach zu gemütlich. Und man fühlte sich dann nie allein.

Die Tür quietschte, und Mama streckte den Kopf herein.

»Hallo, Schatz! Wollte bloß nachschauen, ob du wach bist. Und Gute Nacht sagen.«

Sie schlich ins Zimmer und setzte sich auf die Bettkante. Inzwischen hatte sie ein verwaschenes T-Shirt und eine Trainingshose an, und ihre braunen Haare waren mitten auf dem Kopf zu einem Dutt hochgebunden, aus dem die Haare in alle Richtungen abstanden wie eine kleine Fontäne.

»Aha! Wen haben wir denn hier?«, sagte sie, als sie Einstein sah.

Ihre Stimme klang streng, aber ich war mir sicher, dass sie es nicht ernst meinte.

»Tut mir leid«, sagte ich. »Es ist nur so supergemütlich, wenn er hier bei mir liegt.«

Einstein sah hoch, als hätte er verstanden, dass wir über ihn sprachen.

Mama lächelte. »Ich weiß«, sagte sie. »Rück noch ein Stück.«

Ich rückte an die Wand, und Mama legte sich neben mich hin.

»Hab ich dir schon mal gesagt, wie gut ich deine neue Frisur finde?«, fragte sie.

»Nur zehnmal oder so.«

Mama lachte. Dann wurde sie wieder ernst.

»Wie geht es dir, mein Sigge?«

»Gut.«

»Ist das auch wahr?«

»Ja. Ich wohne gern hier in Blacka.«

»Das hab ich gemerkt, und das freut mich.«

Sie fuhr mir mit den Fingern durch die Haare, strich sie zurück. Ich wusste, dass Mama sich Sorgen um mich machte, weil ich keine Freunde hatte. Das sah ich ihren Augen manchmal an, wenn sie mich anschaute.

Ich musste an meinen Geburtstag im vergangenen Herbst denken. Mama hatte die ganze Klasse einladen wollen. Oder wenigstens sämtliche Jungs. Sie hatte sich ausgedacht, wir könnten eine Bowling-Party feiern. »Das würde ihnen doch gefallen«, meinte Mama. »Das würde ihnen sicher Spaß machen, oder?«

Ich wusste nicht, ob Bowling den Jungs Spaß machte. Aber abgesehen davon machte es *mir* keinen Spaß. Außerdem wusste ich, dass sie keine Lust haben würden, zu einer Bowling-Party zu kommen, zu der ich einlud. Warum sollten sie? Sie waren ja nicht meine Freunde. Wir redeten nie miteinander.

Mama war so von ihrer Idee begeistert gewesen, dass sie ganz vergaß, mich nach meiner Meinung zu fragen. Und ich wollte sie nicht traurig machen. Bei den Vorbereitungen wirkte sie so vergnügt. Sie stellte tausend Fragen. »Sagt man Fest oder ist das jetzt in deinem Alter vielleicht überholt?«; »Pizza zum Abschluss, wird das gut? Mögen die das?«; »Ist einer der Jungs auf irgendwas allergisch?« Ich beantwortete jede Frage mit einem trotzigen »Weiß nicht.« Sie buchte die Bowlinghalle, bestellte Pizzas und mühte sich einen ganzen Abend lang am Computer damit ab, die Einladungskarte zu entwerfen. Ich sehe die Karte noch deutlich vor mir: eine große schwarz glänzende Bowlingkugel, in der mit neonfarbenen, lila leuchtenden Buchstaben »Willkommen zu Sigges Bowlingparty!« stand.

Erst nachdem sie die Einladungen per Mail an die Eltern der Jungs abgeschickt hatte, brach ich total zusammen. Vielleicht weil es dadurch plötzlich real wurde.

»Warum begreifst du das denn nicht, Mama?«, heulte ich. »Ich will keine Party haben!«

Ich werde nie ihren Gesichtsausdruck vergessen, als ich das sagte. Irgendwie erstaunt und gleichzeitig verletzt. »Aber warum? Das ist doch eine tolle Möglichkeit, um... na ja, also, um Kontakte zu knüpfen. Wenn man etwas gemeinsam unternimmt, geht das... ja, das geht dann vielleicht einfacher? Leichter, als wenn man nur dasitzt und sich unterhält.«

»Aber da kommt doch kein Mensch! Kapierst du das denn nicht?«, schrie ich.

Nein. Mama hatte nichts verstanden. Ich sah, wie auch ihre Augen sich mit Tränen füllten.

»Ich hab doch nur gemeint, dass... dass das richtig gut werden könnte?«

»Das wird es aber nicht«, sagte ich. Mit möglichst harter Stimme.

Und das wurde es auch nicht.

Manche beantworteten die Einladung nicht einmal, der Rest lehnte dankend ab. Sogar Valter.

Ich glaube, da erst begriff Mama tatsächlich, was los war.

Wir stornierten die Buchung der Bowlinghalle. Dann fuhren Mama, Majken und ich stattdessen zu einer Halle, die *Rollers and Bowlers* hieß. Dort gab es zwar auch Bowling, aber vor allem konnte man Rollschuhe mieten und damit auf einer Rollschlittschuhbahn fahren. Anschließend aßen wir vegetarische Hamburger und tranken Milkshake. Es wurde ein gelungener Geburtstag, auch wenn alles sich irgendwie ein bisschen traurig anfühlte.

Mein Bett knarrte, als Einstein sich auf die Seite drehte. Seine Pfoten bewegten sich im Schlaf. Mama strich mir über die Stirn, schob meine Haare weg, damit sie mir in beide Augen sehen konnte. Bei ihr machte es nichts, dass ich schielte. Ich sah sie an.

»Mama«, sagte ich.

»Mhmm.«

»Kennst du eine gute Möglichkeit, wie man … Leute kennenlernt? Irgendeinen Trick?«

Sie schien zu überlegen.

»Tja, du Sigge … ich glaube, am besten bleibt man einfach so, wie man ist.«

Mama drückte mir einen Kuss auf die Stirn.

»Vor allem, wenn man so superfantastisch ist wie du.«

Ich verzog das Gesicht.

»Das sagst du ja bloß, weil du meine Mutter bist.«

»Kann sein, aber ich sage es auch, weil es wahr ist. Sigge, ich liebe dich. Das weißt du. Versuch jetzt zu schlafen. Ich geh auch ins Bett. Morgen möchte ich für das Vorstellungsgespräch frisch und ausgeruht sein. Du weißt, wie *sehr* ich hoffe, dass ich den Job kriege!!«

»Das hoffe ich auch«, sagte ich.

Sie stand auf und öffnete die quietschende Tür.

»Wir müssen sie dringend ölen! Träum was Schönes.«

»Du auch, Mama.«

Während Einstein immer lauter schnarchte, dachte ich an das, was Mama gesagt hatte. Dass man am besten so bleibt, wie man eben ist. Das glaubte ich allerdings nicht. Wenn man Majken oder Oma oder Einstein war, konnte das vielleicht funktionieren. Aber bei mir hatte das nie funktioniert.

NOCH 43 TAGE

GIB MIR EINEN TRITT IN DEN HINTERN

»Also, dann verlasse ich mich jetzt auf dich«, sagte Mama und sah Oma streng an.

»Famous last words«, sagte Oma und steckte sich eine Zigarette an.

Mama wedelte den Rauch irritiert weg.

»Ja, ja, aber wird es auch *wirklich* gutgehen? Immerhin bleibe ich drei oder vier Stunden weg«, sagte Mama. Plötzlich tauchten Falten auf ihrer Stirn auf.

»Klar geht das gut, Hannah! Letztes Mal, als du wegmusstest, ist es doch auch gutgegangen, oder nicht?«

Mama räusperte sich. »Na, was man so unter gut versteht«, sagte sie.

Als Mama letztes Mal weg gewesen war, hatten Majken und ihr Waschbärkumpel beschlossen, eine Party zu feiern, und für sämtliche Tiere glänzende Partyhüte organisiert. Nicht nur für die ausgestopften, sondern auch für Einstein, die Meerschweinchen und Carolina. Carolinas Kopf war zu klein für einen Hut, darum hatten sie ihr den Hut auf den Rückenschild geklebt. Tarzan und Frasse hatten ihre Partyhüte sofort aufgefressen und danach tagelang winzige lila- und grünglitzernde Papierschnipsel gekackt. Und Einstein war mit seinem Partyhut kreuzunglücklich durch die Gegend gelaufen, bis Mama wieder nach Hause kam.

»Brauchst nicht so skeptisch auszusehen, Darling«, sagte Oma. »Ich hab mich schließlich früher schon um Kinder gekümmert! Wie du vielleicht noch weißt.«

Oma stellte einen Teller mit Zimtschnecken auf den Tisch. Die waren natürlich nicht selbst gebacken, auf so eine Idee wäre sie nie gekommen. Es waren Schnecken, die sie tiefgefroren gekauft und dann in der Mikrowelle aufgewärmt hatte. Aber Oma hatte sie mit Extrabutter, Rosinen und Zimt verfeinert, und darum schmeckten sie besser als alle selbst gebackenen, die ich je gegessen hatte.

»Doch, ja, genau daran hab ich eigentlich gedacht«, flüsterte Mama mir ins Ohr, während sie mich umarmte. Dann drückte sie mir einen nassen Kuss auf die Wange. Ich grinste und wischte den Kuss mit dem Ärmel ab.

Mama ging um den Tisch, umarmte Bobo und Majken und zauste ihnen die Haare. Dann befühlte sie die Taschen ihrer Jacke.

»Schlüssel, Brieftasche, Handy ... das Handy! Wo ist mein Handy?«

Plötzlich sah Mama gestresst aus, sie begann durch die Küche zu rennen und Papiere, Werkzeugkisten, Schmusetiger und Spielkarten hochzuheben.

»Mist! Wo ist das Handy? Könnt ihr mir suchen helfen?

Ich will nicht zu spät kommen! Ich kann nicht zu spät kommen! Ich *darf* nicht zu spät kommen!«

Dieses Vorstellungsgespräch machte Mama nervös, das war offensichtlich. Sie hatte die Haare zu einem Dutt frisiert, trug eine weiße Bluse, die sie sonst nie anhatte, und ihre Stimme klang hoch und angespannt.

Majken blieb ruhig sitzen und kaute an ihrer Zimtschnecke, aber ich wusste, was diese Stimme bedeutete. Bobo hüpfte auch von ihrem Stuhl und begann planlos durch die Küche zu rennen und Schränke und Schubladen zu öffnen. Sie sah sogar in der Spülmaschine nach und in dem offenen Maul des ausgestopften Fuchses, der oben auf der Mikrowelle stand.

»Aber Hannah, Darling, der Bus fährt doch erst in fünfzehn Minuten«, sagte Oma und stieß ein paar kleine grauweiße Wölkchen aus, die einen leichten Nebel in der Luft über dem Esstisch erzeugten. »Du hast jede Menge Zeit«, fuhr sie fort. »Immer mit der Ruhe. Ich selbst komme grundsätzlich immer zu spät.«

»Ich suche mal im Wohnzimmer«, sagte ich und stürzte hinaus.

»Der Unterschied zwischen dir und mir, Mam … ich meine Charlotte, ist, dass mir manche Dinge wichtig sind!«, versetzte Mama grimmig und kramte verzweifelt in ihrer Handtasche.

»Zeit ist ein weltliches Ding«, meinte Oma.

»Aber nicht, wenn man zu einem *Vorstellungsgespräch* muss!« Mama schrie fast.

Ich sah das Handy sofort, es lag auf dem Tisch neben der Fernbedienung für den Fernseher.

»Ich hab's gefunden!«

Mama tauchte in der Türöffnung auf.

»Echt? Du lieber Himmel, wie gut! Danke, Sigge, mein Schatz, danke danke danke!« Sie kam herein, griff sich das Handy und steckte es in die Handtasche. »Wünsch mir viel Glück«, sagte sie, bereute es aber sofort. »Nein, besser nicht. Das bedeutet Unglück. Gib mir lieber einen Tritt in den Hintern, wie es die Schauspieler beim Theater machen.«

»Aber du spielst doch nicht in einem Theaterstück mit?«

Sie lachte. »Nein, aber manchmal kommt es mir so vor«, sagte sie.

Ich trat ihr ganz leicht gegen den Po, dann rannte sie los und schrie:

»Tschüss! Und diesmal bitte keine Partyhüte!«

Sie öffnete die Terrassentür und verschwand.

»So, jetzt haben wir endlich ein bisschen Ruhe und Frieden«, bemerkte Oma. »Wer möchte einen Espresso?«

Oma machte wahrscheinlich nur Spaß, aber Bobo hob den Kopf und wedelte eifrig mit dem Arm.

»Okay, Boel, ein Espresso coming up«, sagte Oma und füllte das Kaffeepulver in die Maschine.

DIE PARTYNERZE

Als ich am Nachmittag in einem Liegestuhl im Garten lag und auf dem Handy Eiskunstlaufvideos schaute, stellte ich fest, dass *Blacka News* mich, oder eigentlich *Runawaygnome*, getaggt hatte. Ich klickte den Beitrag an. Das Erste, was ich sah, war ein verschwommenes Bild vom Gartenzwerg im Beet. Dann kam ein Bild, das ich gepostet hatte, wo der Zwerg eine Sonnenbrille trug und eine Kippe im Mundwinkel hatte.

Diebstahl in Skärblacka! Irgendwann zwischen 1. und 5. Juli wurde ein Gartenzwerg gestohlen, der direkt vor der Redaktion der Blacka News stand. Der Zwerg ist ca. 30 cm groß und trug bei seinem Verschwinden eine rote Zipfel-mütze, eine blaue Jacke und einen braunen Gürtel mit Schnalle. Der Dieb / die Diebe haben den Gartenzwerg nicht nur gestohlen, sondern ihn auch verunstaltet so-wie ein Fake-Instagram-Konto in seinem Namen gestartet, @runawaygnome. Falls du den Zwerg siehst oder etwas über sein Verschwinden weißt, verständige bitte umgehend die Redaktion der Blacka News.

Zuerst bekam ich einen leichten Anflug von schlechtem Gewissen. Doch als ich mir dann das Bild noch einmal anschaute, wo ich über die Hecke flog, mit wild schielenden Augen und abstehenden Haaren, verpuffte das schlechte Gewissen sofort. Es war doch Juno, die fies gewesen war! Und überhaupt, wer fragte schon nach einem ollen Gartenzwerg? Ich hatte schließlich nicht ein Fahrrad, eine Katze oder eine Kiste Gold oder so was geklaut. Es ging um einen wertlosen und total nutzlosen Gartenzwerg!

Als ich mich in das Konto des Gartenzwergs einloggte, stellte ich erfreut fest, dass ich inzwischen zweihundertvierzig Follower bekommen hatte! Die Leute schienen *Runawaygnome* zu lieben! Viele hatten Kommentare geschrieben und Tränen lachende Smileys gepostet! Manche hatten es auch ihren Freunden gepostet und sie aufgefordert, das Konto zu verfolgen. Ich kicherte begeistert. Das war ja echt irre!

Ich fuhr aus dem Stuhl hoch und rannte ins Haus, vorbei an dem Zebra, das heute einen schwarzen Schlapphut trug, und die Treppe nach oben zu meinem Zimmer. Der Gartenzwerg stand auf dem Schreibtisch und schien schon auf mich zu warten, bereit für neue Abenteuer. Mir war eine Idee gekommen. Es dauerte etwas, bis ich die bunten Partyhüte gefunden hatte, aber schließlich entdeckte ich sie in der Küche. Sie lagen oben auf der Mikrowelle. (Das heißt, die wenigen, die nicht von den Meerschweinchen aufgefressen worden waren.) Dann ging ich in Bobos Zimmer, stellte den Zwerg neben die Nerze Gujko und Minko und setzte allen dreien Partyhüte auf. Machte ein Foto und postete es mit dem Text: *Die Partynerze und ich!* *#gartenzwerg, #gartenzwergaufderflucht, #freiheitfürdiegartenzwerge*

Hochzufrieden lehnte ich mich zurück. Schon nach ein paar Minuten trafen die ersten Likes ein.

NOCH 42 TAGE

EIN LACHS-SMOOTHIE
UND DREI GOLDKLUMPEN

Eines Morgens stand Mama nicht auf. Das war ungewöhnlich, sonst war sie nämlich immer als Erste von allen auf
den Beinen. Oma meinte, wir sollten sie in Ruhe lassen, bestimmt wolle sie ausschlafen, aber Bobo und ich beschlossen, sie mit Frühstück am Bett zu überraschen. Ich toaste-
te Brotscheiben und kochte Kaffee. Bobo versuchte einen
Smoothie zu machen, aber als ich ihr mit dem Mixerstab
helfen wollte, sah ich, dass sie außer Banane, Joghurt, Milch
und Erdbeeren auch ein Stück gefrorenen Lachs dazugetan
hatte. Den musste ich schnell mit einem Löffel herausangeln.
Wir lachten darüber, dass ich den Lachs »angeln« wollte.
Der Smoothie wurde trotzdem gelungen und schmeckte nur
ganz leicht nach Lachs. Als wir mit dem Tablett die Treppe
nach oben schlichen, kam Majken aus ihrem Zimmer. Ihre
Haare standen wie bei einem Rockstar vom Kopf ab. Sie hatte immer noch das Corvette-T-Shirt an.

»WAS MACHT IHR?«, wollte sie wissen.

»Pssst!«, sagte ich. »Wir wollen Mama überraschen.«

»JAAA! ICH BIN DABEI!«

Obwohl es mich ein bisschen nervte, weil es ja Bobos und meine Idee gewesen war, ließ ich sie mitkommen. Wir zählten auf drei, und dann rissen wir die Tür auf und brüllten:

»ÜBERRASCHUNG!«

Oder Bobo schrie eher:

»Hallohallo!«

Mama war bereits wach. Sie saß im Bett, die Knie unters Kinn gezogen, und mir wurde klar, dass sie weinte. Plötzlich war es, als würde sich ein schwarzes Loch in mir auftun. Ich konnte mich gar nicht erinnern, wann ich sie zuletzt weinen sehen hatte. Nicht einmal als sie aus Svedriks Wohnung ausgezogen war, hatte sie geweint. Jetzt wischte sie sich die Tränen hastig ab.

»Oh«, sagte sie. »Habt ihr Frühstück gemacht?«

Doch dann brach ihre Stimme, und sie begann wieder zu schluchzen.

Bobo lief ans Bett und krabbelte neben Mama hinauf.

»WEINST DU?«, fragte Majken.

»Nein, nein«, sagte Mama. »Ich glaube, das sind … wahrscheinlich nur irgendwelche Pollen.«

Bobo presste ihren blonden Lockenkopf an Mamas Kopf und reichte ihr als Trost ihren Schmusetiger.

»ICH HASSE POLLEN!«, erklärte Majken.

Dann überlegte sie kurz.

»ICH KANN ALLE BLUMEN IM GARTEN ABSCHNEIDEN, WENN DU WILLST? WILLST DU DAS, MAMA?«

Mama schüttelte den Kopf.

»ABER ICH KANN DAS GUT, GANZ BESTIMMT. DAS IST GAR NICHT SCHWIERIG.«

»Nein, nein, Majken. Tu das nicht.«

Majken trat ans Bett und setzte sich daneben auf den Fußboden, Mama strich ihr über die Wange. Ich dagegen konnte mich nicht bewegen. Ich stand nur wie eine Statue in der Türöffnung, das Tablett in den Händen.

»Keine Angst, Sigge, komm her.« Mama klopfte mit der Hand auf die Decke. Langsam ging ich auf das Bett zu, stellte das Tablett auf den Nachttisch und setzte mich.

»Was ist denn passiert?«, fragte ich, während das Loch in meinem Innern wuchs und immer tiefer und dunkler wurde.

»Ach, es ist nur so, dass … dass ich diese Stelle, um die ich mich beworben hatte, nicht bekommen habe … und … und ich weiß nicht, wie … ich hab mich schon um so viele Stellen beworben, und dann durfte ich endlich zu diesem Vorstellungsgespräch kommen, und heute morgen haben sie angerufen und mir abgesagt. Es ist doch erst zwei Tage her, dass ich dort war, und … ich war nicht darauf vorbereitet, dass die sich so schnell melden würden. Und da bin ich eben so schrecklich traurig geworden.«

Bobo umarmte Mama. Hängte sich ihr an den Hals und sagte:

»Mama, Mama, Mama.«

»Aber«, sagte Mama und schluckte, »das wird schon

wieder. Das tut es doch immer. Nicht wahr? Wir haben ja schon ganz andere Sachen hingekriegt!«

Sie versuchte zu lächeln, aber ihre Augen waren rot und die Wangen nass, darum sah das nicht allzu überzeugend aus.

»SIND ES NICHT DIE POLLEN?«, fragte Majken.

»Aber wie ist es möglich, dass sie dich nicht nehmen?«, sagte ich. »Du bist doch die beste Krankenschwester der Welt.«

»Ach, Sigge. Ich weiß nicht. Ich glaube, bei solchen Gesprächen bin ich nicht allzu gut. Ich werde immer so schrecklich nervös. Bringe kaum eine vernünftige Antwort heraus, wenn die mit ihren Fragen kommen.«

Sie strich mir über die Wange. Bobo versuchte Mama ihren Schnulli zu geben. Drückte ihn ihr an den Mund.

»Danke, Bobo, meine Süße«, sagte Mama und lächelte. »Wirklich lieb von dir. Aber ich glaube, ich brauche keinen Schnuller.«

»Trotzdem begreife ich das nicht«, sagte ich. »Du hast doch jahrelange Erfahrung und … ja … dein Chef sagte, du wärst die beste Krankenschwester, die sie je gehabt hätten. War das nicht so?«

»Doch, schon. Aber es scheint zurzeit nicht so viele Stellen zu geben, wo man tagsüber arbeiten kann, und ich kann keinen Job annehmen, wo ich kurzfristig abgerufen werde, schließlich habe ich doch euch und muss planen können. Ich muss wissen, wie der Arbeitsplan aussieht und wie viel Geld ich jeden Monat bekomme.«

»Musst du denn unbedingt tagsüber arbeiten, kannst du nicht einfach Nachtschichten annehmen?«

»Aber wer soll sich dann um euch kümmern?«

»Oma! Und ich kann ihr dabei helfen.«

»Siggeschatz, womit habe ich nur so einen großartigen Jungen wie dich verdient?«

Ihre Augen füllten sich wieder mit Tränen.

»Ich weiß, wie gut du dich um deine Schwestern kümmerst, und Oma macht das auch ganz prima, aber bisher ging es ja immer nur um jeweils ein, zwei Stunden. In diesem Fall würde ich die ganze Nacht wegbleiben und käme erst nach Hause, wenn ihr schon in der Kita und in der Schule seid. Da müsste Oma sehr viel mehr aushelfen, und Einstein, Tarzan und Frasse und Carolina sind ja auch noch da. Wie soll das denn funktionieren? Und ich will nicht, dass ihr *immer* Zimtschnecken zum Frühstück esst.«

Sie lachte.

Ich wusste nicht, was ich sagen sollte. Majken sah verwirrt von Mama zu mir.

»SIND ES KEINE POLLEN?«

»Nein, Majken, es sind keine Pollen. Das habe ich nur gesagt … weil ich zuerst nicht wusste, was ich sagen sollte«, erklärte Mama.

Bobo warf sich über Mamas Bauch, um sich das Brot auf dem Tablett zu schnappen. Das reichte sie dann Mama. Es war mit Käse und Gurke belegt.

»Gujke«, sagte Bobo, und als Mama nicht sofort hineinbiss, presste Bobo ihr das Brot an den Mund und wiederholte: »Gujke!«

»Ja, das stimmt, Bobo, essen tut gut. Da fühlt man sich gleich besser. Und überhaupt Gurke! So was Feines!«

»Aber was passiert jetzt?«, fragte ich.

»Na ja… also… ich werd einfach weiterkämpfen. Muss mich auf noch mehr Stellen bewerben.«

»Aber ich will nicht, dass du kämpfen musst.«

»Alle müssen kämpfen«, erklärte Mama. »So ist es eben. Und alle kämpfen mit irgendwas, nicht wahr?«

Ich nickte. Wahrscheinlich hatte sie recht. Ich kämpfte darum, beliebt zu werden und Freunde zu bekommen. Krille Marzipan kämpfte mit seinen Filmideen. Bobo kämpfte damit, sprechen zu lernen.

»VIELLEICHT SCHNEIDE ICH DIE BLUMEN DOCH LIEBER AB, SICHERHEITSHALBER?«, sagte Majken. »FALLS ES DOCH POLLEN SIND.«

»Nein, Majken!«, kam es gleichzeitig von Mama und mir.

»Aber es ist lieb, dass du helfen willst«, fügte Mama lächelnd hinzu.

»Ich würde mir wünschen, dass Gold auf dich runterregnet oder so was. Damit du dir keine Sorgen mehr ums Geld machen musst«, sagte ich.

Da legte Mama ihr Brot aus der Hand und zog mich, Majken und Bobo an sich. Sie roch so, wie sie es immer tat, wenn sie gerade aufgewacht war. Ein bisschen extra viel nach Mama.

»Sigge«, sagte sie. »Du musst wissen, dass ich schon alles Gold habe, das ich brauche. Ihr drei seid meine Goldklumpen. Mehr Gold als so brauche ich tatsächlich nicht.«

* * *

Spät am selben Abend hörte ich, wie Mama und Oma sich in der Küche unterhielten. Normalerweise wurden ihre Stimmen im Lauf einer Diskussion immer lauter, diesmal aber nicht. Sie stritten sich nicht.

Ich schlich hinaus und setzte mich auf die oberste Treppenstufe, um besser zuhören zu können. Einstein kam hinter mir her und setzte sich neben mich. Ich legte ihm den Arm um den Hals und presste meine Nase in sein raues schwarzes Fell, das nach nassem Herbstlaub roch. Ich liebte diesen Duft.

»Aber Hannah, Darling«, sagte Oma. »Warum darf ich dir nicht helfen, jetzt, wo ich sowohl Zeit als auch Lust habe? Genau darum habe ich The Royal Grand Golden Hotel Skärblacka doch geschlossen. Weil ich dir helfen wollte! Und ich weiß, wie es bei den Pflegeberufen aussieht. Vor allem mit den Arbeitszeiten. Die Leute haben leider die Unverschämtheit, zu jeder Tages- und Nachtzeit krank zu werden! Schrecklich, diese anspruchsvollen Menschen!«

Mama lachte, aber es war ein unglückliches Lachen. Oma fuhr fort:

»Wenn du eine Arbeit findest, die dir wirklich zusagt, solltest du sie nehmen, auch wenn es keine Tagesschicht ist. Ich kann mich ohne Weiteres um die Kinder kümmern. Ich kann sie zur Schule bringen und sie abholen. Ich kann mit Boel zur Logopädin gehen, und Abendessen, Frühstück und Mittagessen kann ich auch machen. Weißt du, zufälligerweise liebe ich nämlich diese kleinen Ungeheuer. Mehr als das Leben, ehrlich gesagt. Und dabei hänge ich wirklich *sehr* am Leben!«

Was Mama sagte, war nicht zu hören, weil sie so laut schluchzte.

Einstein knuffte mich mit der Schnauze. Leckte mir ganz lieb die Backe. Und da erst merkte ich, dass ich auch weinte. Einstein leckte meine Tränen ab, sorgfältig und gründlich. Ich hinderte ihn nicht daran. Es war egal, dass sein Mundgeruch an den Geruch eines Mülleimers an einem heißen Sommertag erinnerte.

Dann hörte ich wieder Mamas Stimme:

»Aber ich will dir doch nicht zur Last fallen!«

»Du bist mir noch nie zur Last gefallen. Oder, von mir aus, das eine Mal, als wir in der Türkei Urlaub machten. Du warst neun und hattest dir in den Kopf gesetzt, diese widerspenstige Ziege zu adoptieren, und konntest einfach nicht *begreifen*, dass wir das schreckliche Tier nicht im Flugzeug nach Schweden mitnehmen konnten. Da warst du ehrlich gesagt ein bisschen lästig. Aber nur ein bisschen.«

Sie schwiegen. Ich hörte einen Stuhl über den Boden schrammen und dann plötzlich die Big-Ben-Melodie der Uhr, die jede volle Stunde schlug. Inzwischen musste es elf sein.

»Aber das kann anstrengend für dich werden«, sagte Mama dann. »Also, ich meine, die Kinder fangen eine neue Schule an und eine neue Kita und noch alles Mögliche, und ... Bobo, die noch nicht einmal sprechen kann, und Sigge ... um ihn mache ich mir echt Sorgen. Wegen der Schule. Und Majken ...«

»Darling, bei Majken müssen wir uns nur um eins Sorgen machen – nämlich, dass ihre Klassenkameraden riskieren, schwerhörig zu werden, und ihr Lehrer einen Gehörschaden davonträgt. Das wird schon alles gutgehen. Für Boel, für Sigge. Für alle. Und immerhin verlässt du ja nicht das Land. Du bist ja hier, es geht nur darum, dass ich dir ab und zu stundenweise aushelfe. Oder?«

»Aber ... bist du dir da ganz sicher? Dass es gutgehen wird?«

»Ich war mir noch nie sicherer.«

»Aber dann darfst du ihnen nicht jeden Tag Zimtschnecken zum Frühstück geben.«

»Jeden zweiten Tag vielleicht? Das wäre doch in Ordnung?«

Mama lachte.

»Wenn du willst, kann ich auch diesen schrecklich ge-sunden Brei kochen«, fuhr Oma fort. »Den du so liebst und der aussieht wie Schweinefutter. Aber essen werde ich den nicht! Auch für mich gibt es Grenzen.«

Kurz wurde es still. Einstein legte sich auf meinen Schoß und sah mit seinen dunklen Augen zu mir hoch. Ich strich ihm über den Rücken. Immer wieder. Spürte, wie sich sein schwerer Körper bei jedem Atemzug hob und senkte.

»Danke, Charlotte«, kam es unten aus der Küche von Mama. »Vielen, vielen Dank!«

»Du darfst Mama sagen, wenn du willst«, sagte Oma. »In so einem Moment können wir uns das gönnen, finde ich.«

»Danke, Mama«, sagte Mama.

Ich stand auf und schlich in mein Zimmer. Einstein kam hinterher und legte sich im Bett auf meine Füße. Ich muss sofort eingeschlafen sein, danach erinnere ich mich nämlich an nichts mehr.

NOCH 41 TAGE

EINEM VIELFRASS DEN KAPUTTEN HINTERN REPARIEREN

Als Oma sagte, sie hätte einen Job für mich, war ich zuerst hocherfreut. Als sie dann erklärte, um was für einen Job es ging, war ich nicht *ganz* so erfreut. Der Job bestand nämlich darin, ihre ausgestopften Tiere zu reparieren. Oma hat ja eine stattliche Sammlung, und viele der Tiere sahen aus, als wären sie in Schlägereien verwickelt gewesen. An den unmöglichsten Stellen quollen Füllung, Fasern und Fäden aus ihnen heraus.

Als Mama einmal wissen wollte, warum Oma ausgerechnet ausgestopfte Tiere sammelte und nicht lieber bemalte Holzpferdchen, Engel oder Porzellanschweine, so wie normale Leute, schnaubte Oma nur.

»Was hätte ich mit einer Menge roter Holzpferdchen anfangen sollen?«

»Na ja, und was fängst du mit einer Menge räudiger toter Tiere an?«, konterte Mama.

Da erklärte Oma, ursprünglich habe sie nicht direkt vorgehabt, eine Sammlung zu starten, das hätte sich zufällig einfach so ergeben. Diese Erklärung nahm Mama ihr nicht ab.

»Wie um Himmels willen kann man *zufällig* anfangen, ausgestopfte Tiere zu sammeln?«

Die meisten habe sie von einem Mann bekommen, den sie bei irgendeinem Sportwagen-Event getroffen hatte, berichtete Oma dann. Der Mann hatte die Tiere wegwerfen wollen, weil das Schoßhündchen seiner neuen Frau, ein Chihuahua, die vielen Nerze, Otter und Füchse, die überall herumstanden, nicht ausstehen konnte und sie angegriffen hatte. Die Tiere taten Oma leid, sie packte die Corvette voll und fuhr sie zu sich nach Hause. Das hatte sich herumgesprochen, und danach hatte Oma auch andere ausgestopfte Tiere übernehmen dürfen, die auf Dachböden und in Kellerverliesen ihr modriges Dasein fristeten.

Sie fand, die Tiere könnten das witzige Markenzeichen ihres Hotels werden. Das größte und prachtvollste Tier war ganz klar das Zebra in der Eingangsdiele, das ihr ein Baron aus Bremen geschenkt hatte.

»Manche Hotels sind bekannt für ihre stilvolle Inneneinrichtung, und andere, weil sie besonders viel Prominenz beherbergt haben, aber The Royal Grand Golden Hotel Skärblacka würde durch diese Tiere bekannt werden!«

»Durch tote Marder?« Mama hob die Augenbrauen.

Sie sah nicht sehr überzeugt aus.

»Ja«, sagte Oma zufrieden. »Der beste Weg zum Erfolg ist die Übertreibung.«

Wenn niemand diese Tiere bei sich aufnähme, wären sie

ja ganz vergeblich gestorben, fand Oma, und damit hatte sie an und für sich recht.

Mein erster Auftrag war, einen alten Vielfraß zu reparieren, dem besagter Chihuahua in den Hintern gebissen hatte. Oma hatte dem Vielfraß den Namen Frans Jäger gegeben. Kein Mensch verstand, warum. Ich hatte den Gartenzwerg und die Harpune vom Schreibtisch geräumt und Frans Jäger dort hingestellt. Frans Jäger war ein ziemlich großer Vielfraß, etwas achtzig Zentimeter lang. Und dazu noch der buschige Schwanz. Oma hatte mir dicken schwarzen Faden und eine große Nadel gegeben, also konnte ich gleich anfangen.

Ich starrte den Vielfraß an. Er schien mich wütend anzufunkeln, obwohl er mit abgewandtem Kopf dastand. Ich holte tief Luft, sagte »Tut mir leid!« und stach die Nadel dann in Frans Jägers Hinterteil.

Fast erwartete ich, dass er plötzlich aufschreien oder mich beißen würde. Das tat er natürlich nicht.

Das Hinterteil unter Frans Jägers Fell war nicht weich und flauschig wie bei Pavlov dem Wiesel, sondern härter. Vielleicht aus Gips oder Ton.

Ich nähte noch einen Stich.

Und noch einen.

Meine Hand zitterte.

Mein Herz klopfte.

Es war nicht ganz einfach, die Fellstücke zusammenzufügen, irgendwie schien zu wenig Fell vorhanden zu sein. Ungefähr so, wie wenn man versucht, den Reißverschluss an einer Hose zu schließen, die eigentlich zu klein ist. Hatte Frans Jäger nach seinem Tod zugenommen? Außerdem war der lange buschige Schwanz im Weg. Die Stiche wurden schief und krumm. Ich war wirklich kein Naturtalent in Sachen Vielfraßhinternnähen, aber andererseits war das auch nicht unbedingt etwas, das ich im Handarbeitsunterricht gelernt hatte.

Kurz vor dem fünften Stich brach plötzlich ein Höllenlärm los, und vor lauter Schreck ließ ich Frans Jäger so schnell fallen, als hätte ich mich verbrannt.

Schon wieder Bobos Musikmaschine mit *The Jailhouse Rock!* Oh Mann, es *musste* doch möglich sein, die Lautstärke der Jukebox zu regulieren! Jedes Mal, wenn Bobo das Ding anmachte, bekam ich einen Herzanfall. Frans Jäger war auf der Seite gelandet, jetzt schien er mich mit blutrünstigem Blick anzustarren.

»Tut mir leid, tut mir leid, lieber Frans Jäger, aber es sind nur noch zwei kleine Stiche übrig.« So schnell wie möglich nähte ich die letzten Stiche. Hinterher war ich total erledigt! Meine Stirn war schweißnass, mein Herz hämmerte wie wild.

Ich rief nach Oma. Die Tür ging mit lautem Quietschen auf. Oma setzte ihre große grüne Brille auf und untersuchte Frans Jägers Hinterteil sehr gründlich.

»Well done, Sigge! Ich würde sagen, in der Ausstopferbranche hättest du eine große Zukunft!«

Oma holte vier Zwanzigkronenscheine aus ihrer glitzernden Handtasche.

»Mindestens sieben Tiere warten noch darauf, von dir behandelt zu werden!«

Sieben Tiere. Sieben mal achtzig Kronen, das waren fünfhundertsechzig Kronen. Wahnsinnig viel Geld! Yes!

Sehr gut. Vielfraßhintern reparieren, das war vielleicht nicht unbedingt der gemütlichste Job der Weltgeschichte. Aber das war unwichtig. Das hier brachte mich nämlich noch einen Schritt näher an mein Ziel, beliebt zu werden. Bald würde ich mir Kontaktlinsen kaufen können.

»Stell sie mir einfach hierher ins Zimmer – Vielfraße, Otter, Wiesel, alles wird erledigt!«

»Eines Tages komme ich garantiert mit einem Grizzlybären an, dann werde ich dich an dein Versprechen erinnern!«

Auf dem Weg aus meinem Zimmer blieb Oma plötzlich stehen. »Das hier nervt mich«, sagte sie.

»Was denn?«

»Dieses Loch!« Sie deutete auf das kleine Loch im Türrahmen, das sie neulich mit dem Werkzeugkasten zurückgelassen hatte.

»Ach was, daran denkt doch kein Mensch«, wandte ich ein.

»Doch, ich!«, sagte Oma, öffnete wieder ihre Handtasche

und wühlte darin herum, bis sie einen Bogen Briefmarken fand. Sie löste eine Marke ab und platzierte sie über dem Loch.

»So, jetzt hast du nicht nur ein sehr großes Gemälde von dem größten Tiermaler Schwedens in deinem Zimmer, sondern auch ein sehr kleines Bild mit dem Porträt unseres Königs Carl Gustaf! Royal, grand and golden. Genau, wie es sein soll!«

NOCH 40 TAGE

VERBRENN DEN BALL!

Mama hatte Omas Jeep ausgeliehen und war mit Majken und Bobo nach Stockholm gefahren, damit die beiden Svedrik treffen konnten und weil sie selbst noch ein paar Sachen holen wollte, die immer noch in der Wohnung waren. Sie fragte, ob ich Lust hätte mitzukommen, aber ich sagte Nein. Vielleicht hätte ich mitfahren sollen, Svedrik war immerhin neun Jahre lang mein Bonuspapa gewesen, aber ich weiß nicht so recht. Wir haben eigentlich nichts gemeinsam. Svedrik findet Fußball megacool. Aber vor allem als Zuschauer. Im Fernsehen. Oder bei irgendwelchen Meisterschaften. Er hatte wirklich versucht, mein Interesse dafür zu wecken und Fußball zu einer Sache zu machen, die wir gemeinsam hatten. Wir, die beiden Jungs der Familie. Aber ich interessiere mich nun mal nicht für Fußball. Nein, das reicht nicht. Ich würde fast sagen, dass ich Fußball *hasse*. Hass ist ein starkes Wort, wie Mama betont, aber das ist eben mein Gefühl. Bevor Svedrik in unser Leben kam, war meine Einstellung zum Fußball eher neutral. Damals war ich zwar erst drei Jahre alt, aber trotzdem. Jedes Mal, wenn Svedrik nach

Hause kam, setzte er sich als Allererstes aufs Sofa und glotzte irgendein Spiel an. Stundenlang.

Er versuchte mir alles Mögliche über Fußball beizubringen. Die Positionen der Spieler, die Offside-Regel, die Raumdeckung, Gelbe und Rote Karten. Das war, als würde er eine andere Sprache sprechen. Ugga-gugga-gruppenspiel-borba-barba-anstoß-boffel-baffel-todesschoß, vielleicht war es auch todesstoß, das weiß ich nicht mehr so genau. Jedenfalls kann ich sagen, dass *ich* das Gefühl von einem Todesstoß bekam, wenn Svedrik so loslaberte.

Ab und zu, wenn im Fernsehen nichts los war, fand Svedrik, es wäre eine gute Idee, mit mir in den Hof zu gehen, »um ein bisschen zu bolzen«. Ich bin eine absolute Niete mit Bällen. Fangen, werfen, kicken – kann ich alles nicht. Ich erschrecke nur und werfe mich auf die Seite. Wer will schon einen steinharten Ball zwischen die Beine oder in den Bauch kriegen?

Als Svedrik sich über meinen Mangel an Talent beschwerte, verteidigte Mama mich lautstark. »Das liegt doch daran, dass er schielt! Er kann keine Abstände einschätzen!« Null Ahnung, ob das stimmt, jedenfalls kann ich nicht einen einzigen Ball fangen. Ja, im Fußball soll man natürlich keine Bälle fangen, so viel hab ich immerhin begriffen, das hört man ja schon am Namen, dass man da etwas mit dem Fuß machen muss, aber trotzdem. Ich bin in allen Sportarten ziemlich mies, bis auf Schlittschuhlaufen, aber in

Sportarten, die das Wort Ball beinhalten, bin ich extra hoffnungslos. FußBALL, VolleyBALL, HandBALL, BrennBALL. Man hätte ja hoffen können, bei Brennball würde es darum gehen, den Ball zu verbrennen, aber von wegen!

Die Sache ist die, dass Majken sich fast von Geburt an für Bälle und Fußball interessiert hat, aber das schien Svedrik nicht in seinen Schädel zu bekommen. Immer war ich es, dem er zujohlte, wenn jemand ein Tor geschossen hatte: »Mensch, Sigge, guck dir die Wiederholung mal an, *mitten ins Netz!*«, obwohl mir das so was von egal war und obwohl Majken in voller Fußballkluft danebensaß und mitfieberte. Da tat sie mir echt leid.

Aber klar. Nett, dass er es überhaupt versuchte, nehme ich an. Mein Papa hat es gar nicht erst versucht, würde ich sagen. Überhaupt nicht.

Als ich klein war, träumte ich oft davon, dass er auftauchen würde. Einfach so! Dass mein Papa in sandfarbener Kleidung und mit einem weißen Tropenhelm auf dem Kopf angewandert käme. Keine Ahnung, warum ich ihn mir ausgerechnet so vorstellte. Vielleicht weil ich einen Film über Tim und Struppi gesehen hatte, wo Tim so etwas angehabt hatte. Und außerdem träumte ich davon, dass mein Papa eine supergute Erklärung dafür haben würde, warum er sich nie bei mir gemeldet hatte. Vielleicht hatte er einfach keine Zeit gehabt, weil er für den allgemeinen Weltfrieden arbeiten musste. Oder er war auf dem Mond gestrandet, weil er für die Astronauten als Koch gearbeitet hatte, und die waren dann aus Versehen ohne ihn abgefahren. Oder er hatte einen Gedächtnisverlust erlitten, als er versuchte, vom Aussterben bedrohte Tiere zu retten, und ein wütender Orang-Utan ihm einen Stein an den Kopf geworfen hatte.

Und wenn er käme, würde er sich für alles interessieren, was ich so mache. Sachen erfinden, zeichnen, Inliner fahren, Eiskunstlauf anschauen – das würde er cool finden. An Fußball hätte er NULL Interesse!

Dumm von mir, ich weiß. Es gibt keine Entschuldigung, ich bin ihm einfach total egal. Darum träume ich auch nicht mehr davon, dass er kommt.

NOCH 38 TAGE

SCHEISS-BANANE

Als ich eines Nachmittags ins Wohnzimmer kam, hüpften und tanzten Bobo, Majken und der Waschbärkumpel – der seinen Waschbäranzug *nie* abzulegen schien – vor dem Fernseher herum. Sie hatten gerade ein Just-Dance-Video von YouTube angemacht. Die Musik wummerte.

It's going down, I'm yelling timber
You better move, you better dance
Let's make a night, you won't remember
I'll be the one, you won't forget

Das war eine Art Musikvideo, aber nur mit tanzenden Personen. Hier waren es ein Mensch und ein Bär, die tanzten. Als Zuschauer sollte man versuchen, die Bewegungen der Tänzer nachzumachen.

Zuerst wollte ich einfach vorbeigehen, doch dann fiel mir ein, was Oma gesagt hatte: Wenn man beliebt werden will, soll man Zigaretten anbieten und tanzen können. Es kam mir nicht unbedingt sinnvoll vor, durch die Gegend zu laufen und allen möglichen Leuten Zigaretten anzubieten, aber ein bisschen tanzen zu lernen, das konnte wohl kaum schaden. Eiskunstlauf war ja auch eine Art Tanz, und auf meinen Inliner konnte ich tatsächlich Pirouetten drehen, allerdings nur, wenn niemand zusah. Denn so was durfte man als Junge natürlich nicht machen.

Ich musste immerzu darauf achten, was ich tat. Wenn ich einen Ball nicht auf die richtige Art warf, wenn ich mit zu heller Stimme sprach, wenn ich unüberlegt sagte, dass mir etwas gefiel, was einem Jungen nicht gefallen sollte (Eiskunstlauf z. B.) Dann plötzlich. Die Blicke der anderen. Vor allem die Blicke der anderen Jungs. So was durfte man nämlich nicht machen, sagen, denken. Obwohl ich nie kapierte, warum.

Bobo hatte einen der ausgestopften Nerze unterm Arm und schaukelte eigentlich nur vor und zurück. Aber Majken und ihr Waschbärkumpel starrten konzentriert auf den Fernseher und bemühten sich, alles so zu machen wie die Tänzer.

Swing your partner round and round
End of night, it's going down

»UND JETZT DIE DREHUNG!«, schrie Majken und wirbelte mit ihrem Waschbärkumpel im Kreis herum. Dann entdeckte sie mich.

»HEY! SIGGE!«, rief sie lachend. »TANZT DU WIE DER BÄR?«

»Ja, das hatte ich vor«, sagte ich und streckte die Hände in die Luft.

»Ich auch!«, schrie der Waschbärkumpel.

Das überraschte mich nicht allzu sehr. Er schien ja voll auf Bären abzufahren.

Ich trabte im Kreis herum und schwenkte die Arme hin und her, genau wie der Bär im Video, dann ging ich in die Knie und kreuzte die Arme, so wie man es tun sollte. Als das Stück zu Ende war, ließ Majken es gleich noch einmal laufen.

»Wir könnten doch ein anderes Stück nehmen?«, schlug ich vor.

»NEIN, WARUM DENN?«, protestierte Majken. »DAS HIER IST DOCH DAS BESTE! UND MAN WILL DOCH IMMER DAS BESTE HÖREN, ODER?«

Wir tanzten und tanzten. Anfangs folgte ich den Bewegungen des Bären ganz genau, doch irgendwann wurde mir das zu blöd, darum tanzte ich lieber so, wie ich wollte. Hob Bobo in die Luft und wirbelte sie und den Nerz herum, bis sie vor Lachen schrie. Kitzelte Majken und den Waschbärkumpel unter den Armen, bis sie sich nicht mehr konzentrieren konnten. Legte mich auf den Boden und zappelte mit den Beinen, fuhr hoch und hüpfte auf und ab durchs Zimmer, bis Einstein zu bellen anfing.

Plötzlich stand Mama da. Sie musste eben nach Hause

gekommen sein. Mama ging zum Fernseher und stellte ihn ab. Alles wurde auf einmal sehr still. Sie sah uns mit ernstem Gesicht an.

»Wer von euch hat das Wort SCHEISSE mit großen Buchstaben in eine der Bananen geritzt?«

Majken wand sich.

»WARUM GUCKT IHR ALLE MICH AN?«

»Majken, jetzt werde ich dir mal erzählen, was passiert ist, als ich im Wartezimmer saß und darauf wartete, zu einem Vorstellungsgespräch reingeholt zu werden. Es war so: Ich hatte eine Banane eingesteckt, falls ich irgendwann Hunger bekommen sollte. Und genau in dem Moment, als ich die Banane aus der Handtasche geholt hatte, kam ein Herr und rief meinen Namen auf. Also trat ich mit der Banane in der Hand in sein Arbeitszimmer. Und als er mich bat, Platz zu nehmen, legte ich die Handtasche und die Banane neben mir auf den Stuhl. Aber ich merkte, dass er mich gar nicht richtig ansah. Weil er nämlich die Banane anstarrte. Da schaute ich genauer hin und sah, dass »SCHEISSE« auf der Bananenschale stand. Majken, was hat der Herr da wohl gedacht?«

Majkens Augen waren kugelrund. Ausnahmsweise sah sie ziemlich schuldbewusst aus. Sie wusste ja, wie wichtig es für Mama war, eine Arbeit zu finden.

»Majken, warum hast du das gemacht? Das hier ist ein Job, den ich *wirklich* haben will!«, sagte Mama.

»ICH HATTE EINE WUT!«

»Warum?«

»WEIL DU DICH GEÄRGERT HAST! WEIL DU GE-MEINT HAST, ICH HÄTTE ALLE ZUCKERSTREUSEL AUFGEGESSEN. ABER DAS HATTE ICH NICHT, ICH HATTE TARZAN UND FRASSE NÄMLICH AUCH DA-VON ABGEGEBEN.«

»Okay«, sagte Mama. Sie schloss kurz die Augen. »Aber könntest du bitte versuchen, in Zukunft keine Schimpfwör-ter mehr in Bananen zu ritzen.«

»IST GUT«, sagte Majken und wollte schnell aus dem Wohnzimmer laufen.

»Wohin willst du?«, fragte Mama.

»ICH HAB SOLCHEN HUNGER, MUSS BESTIMMT EINE BANANE ESSEN. ODER VIELLEICHT ZWEI, VIELLEICHT DREI.«

Mama sah Majken an. Dann begann sie ganz unerwartet zu lachen.

»Was hast du denn auf die übrigen Bananen geschrieben?«

Majken blieb stehen und drehte sich um.

»ICH HAB NICHTS GESCHRIEBEN!«

»Was hast du geschrieben?«, wiederholte Mama.

»ICH HAB BLOSS POPO AUF EINE GESCHRIE-BEN. UND KACKE AUF EINE ANDERE. UND AUF EINE HAB ICH VIELLEICHT AUS VERSEHEN TEUFEL GESCHRIEBEN.«

»Was soll ich nur mit dir machen, Kind?«, seufzte Mama. Aber sie klang nicht mehr allzu verärgert. Dann sah sie uns an.

»Na, vielleicht hat hier noch jemand Lust auf eine Banane? Wie wär's mit einer Popobanane? Einer Teufelsbanane? Oder warum nicht mit einer leckeren Kackbanane?«

»Danke! Das schmeckt sicher gut«, sagte der Waschbärkumpel höflich und folgte Majken in die Küche.

NOCH 36 TAGE

EIN DICKER SCHWARZER TROLL

Ich setzte die Sonnenbrille auf, warf einen Blick in den Flurspiegel und versuchte selbstsicher zu lächeln, allerdings mit fragwürdigem Erfolg. Ich sah vor allem aus, als müsste ich dringend aufs Klo oder so. Das Zebra starrte mich von der Treppe aus an. Es trug Bobos hellgelben Sonnenhut, hatte Einsteins Leine um den Hals und über seinem Rücken war Omas erbsengrüner Morgenrock drapiert.

»An deiner Stelle würde ich nicht so kritisch schauen«, sagte ich zu dem Zebra. »Bestimmt nicht in diesem Outfit!«

Dann steckte ich den Gartenzwerg in eine Stofftasche. Mein Plan war, ein paar verrückte Orte zu finden und ihn da zu fotografieren. *Runawaygnome* hatte inzwischen ganze dreihundertsiebenundachtzig Follower, viele wollten wissen, was der Zwerg jetzt gerade machte, und wünschten sich noch mehr Bilder von ihm. Ich empfand es als meine Pflicht, sie nicht zu enttäuschen. Ein kleiner Teil von mir, nein, okay, ein ziemlich großer Teil von mir genoss auch die Vorstellung, Juno zu ärgern. Nach dem letzten Beitrag mit dem Zwerg und den ausgestopften Nerzen war sie absolut explodiert! Sie hatte geschrieben: *Wenn ich dich erwische, wirst du bereuen, dass du je geboren wurdest!* Ich glaube, ich habe noch nie so viele wütende Teufels-Emojis hintereinander gesehen.

Ich wollte also den Zwerg fotografieren und außerdem meine sozialen Fähigkeiten trainieren und mich mit Leuten unterhalten. Die Zeit verging so schnell. Jetzt waren nur noch sechsunddreißig Tage übrig, bevor die Schule anfing, erschreckend wenig.

Diesmal wollte ich mich darauf konzentrieren, witzig zu sein und andere zum Lachen zu bringen. Das erschien mir einfacher, als total unmotiviert Sachen über mich selbst zu erzählen oder andere mit Fragen zu löchern – wie bei meinem letzten Versuch.

Ich streichelte Einstein und wurde dafür stürmisch geküsst. Dann wollte ich gerade die Haustür hinter mir zuwerfen, als Oma in ihrer Sushirobe die Treppe heruntergerannt kam. (Die Robe besteht zum Glück nicht aus Sushi, nur der Stoff ist mit Sushistückchen gemustert.)

»Willst du rausgehen, Sigge Darling?«, keuchte sie. »Ich wollte dich gerade fragen, ob du Lust hast, mich zu begleiten und dir ein paar herrlich klirrende Centimes zu verdienen?«

Sie rieb Daumen und Zeigefinger aneinander.

»Ein paar klirrende was?«

»Herrlich klirrende Centimes! Pesetas! Monetas!«

»… äh, was?«

»Mein liebes Kind, muss ich es extra an die Wand schreiben? *Geld!*«

»Aha!«, sagte ich, plötzlich voller Interesse. »Soll ich noch mehr Tiere operieren?«

Nach Frans Jägers Hintern hatte ich auch die Ehre gehabt, das Hinterbein eines Fuchses zusammennähen zu dürfen und das Ohr eines ziemlich schiefen Otters zu flicken. Weitere hundertsechzig willkommene Kronen direkt aufs Kontaktlinsenkonto.

»Nein«, sagte Oma, »das hier ist etwas ganz anderes.«

Während Einstein vor Freude, dass ich in der Tür kehrtgemacht hatte, Luftsprünge vollführte, erklärte Oma, dass sie zu einem Sportwagentreffen in Mantorp Park fahren wolle. Mantorp Park ist demnach ein Ort, wo es Rennstrecken für Sportwagen gibt, und dort wollte Oma an etwas teilnehmen, das sich Dragracing nennt (das besteht darin, dass man mit einem Affenzahn eine exakt 402 Meter lange Rennstrecke zurücklegt.) Oma behauptete, das mache sie nur »zum Spaß«, und »es ist egal, ob man gewinnt oder verliert, das Mitmachen ist das Schöne daran«. Aber jeder, der Oma beim Kartenspiel oder sonst einem Spiel gesehen hat, weiß, dass ihre Einstellung zum Gewinnen keineswegs so entspannt ist, wie sie gerne tut. Oma ist eigentlich keine schlechte Verliererin. Es ist nur so, dass sie eine so entsetzlich schlechte Gewinnerin ist. Sie ist dann so unerträglich begeistert und strahlt jedes Mal von Kopf bis Fuß!

»Also, hast du Lust, nach Mantorp mitzukommen?«, fragte Oma.

»Aber … wie kann ich denn dort Geld verdienen?«

»Pass mal auf: Eine Lieblingsbeschäftigung der meisten Autofans ist Biertrinken. Unglaubliche Mengen Bier. Ja, klar, das klingt erst mal eigenartig. Wenn man Bier trinkt, darf man ja nicht Auto fahren, nicht wahr? Aber viele Fans fahren hin, übernachten auf dem Campingplatz und nehmen selbst gar nicht an den Rennen teil, sondern *bestaunen* nur all die schönen Superschlitten, während sie sich mit Bier aus diesen fürchterlichen Aludosen volllaufen lassen.«

»Aha!«, sagte ich. »Du meinst Pfanddosen?«

»Exactly, Darling! Du wirst ein Vermögen verdienen!«

Damit war die Sache entschieden. Ich konnte ohne Weiteres alles gleichzeitig erledigen: üben, wie man beliebt wird, Geld verdienen *und* den Gartenzwerg fotografieren. Zwei Fliegen mit einer Klappe schlagen, wie es heißt. Oder, na ja, drei Fliegen, von mir aus.

*   *   *

Wir fuhren an Äckern und Häusern vorbei, an Pferdekoppeln und Bushaltestellen. Die Sonne schien aus einem Himmel auf uns herab, der blau war wie ein Schlumpf. Plötzlich gab Oma Gas, und die rote Corvette flog davon wie eine Rakete. Der Motor heulte auf, unter mir vibrierte das ganze

Auto. Das kitzelte so herrlich in der Magengrube, dass ich einen Freudenschrei ausstieß. Oma sah mich an und lachte. Ich liebte es, in Omas Corvette zu fahren! Der Wind blies mir ins Gesicht und wirbelte mir die Haare hoch. Als ich die Hand ausstreckte, war es fast so, als könnte ich die Luft anfassen. Ich fühlte mich total cool. So ähnlich fühlte man sich vielleicht, wenn man beliebt war. Als würde man über alles hinweggleiten, ohne sich große Sorgen machen zu müssen. Eine Stunde später hielt Oma auf einer großen grünen Rasenfläche an. Als sie den Motor ausschaltete, wurde es ganz still. Ich sah mich um.

»WOW!«

»Ja, nicht wahr!«, sagte Oma begeistert.

Ich habe mich eigentlich nie besonders für Autos interessiert, aber das hier war dann doch etwas ganz Ungewöhnliches. Noch nie hatte ich so viele coole Autos auf ein und demselben Platz gesehen. Und alle so bunt! Die meisten Autos, die durch die Gegend fahren, sind ja silbergrau. Oma meint, das sei, damit man den Dreck nicht sieht. Natürlich ist das praktisch, aber auch stinkfad. Hier waren die Autos zitronengelb, himmelblau, weinrot, spinatgrün, dunkellila, türkis, hellrosa, alle überhaupt vorstellbaren Farben! Die Karosserien glänzten und funkelten in der Sonne. Wir stiegen aus und schauten uns um. Oma deutete mal auf dieses, mal auf jenes Auto.

»Darling! Schau mal, dieser himmelblaue Cadillac, ist

der nicht umwerfend? Und da steht ein Eldorado Seville von 1958 mit wunderschönen Ledersitzen. Und guck mal da! Das schwarzweiße, mit den Flügeln. Ein Dodge Coronet. Und ganz hinten, dieses grüne Oldsmobile! Das muss von 1972 sein.«

Die Besucher schlenderten zwischen den glänzenden Sportwagen umher. Blieben kurz stehen, bewunderten, gingen weiter. Ich sah sofort, dass Oma recht gehabt hatte. Beinah jeder lief mit einer Dose Bier oder einer Getränkeflasche in der Hand herum!

»Sigge«, sagte Oma. »Du kannst von Glück sagen, dass es heute hier genauso heiß ist wie in Death Valley! Du wirst reich werden!«

»Om …, ich meine Charlotte, du bist ein Genie!«

»I know, Darling, I know.«

Ich zog einen großen schwarzen Müllsack von der Rolle ab, die ich auf Omas Rat hin mitgebracht hatte, und schlug die Wagentür zu. Jetzt würde ich Dosen sammeln, dass es nur so schepperte!

Oma begann, sich mit irgendeinem Heini zu unterhalten, sie erzählte, wie sie einen Riss in der Karosserie repariert hatte, und der Heini erzählte von seinen verchromten Radkappen. Was das jetzt wieder sein mochte. Schnell sah ich ein, dass ich alleine losziehen musste, sonst würde nichts aus meinen Plänen werden. Und ich würde vor Langeweile sterben. Also verabschiedete ich mich von Oma.

Am besten irgendwo hingehen, wo sich besonders viele Besucher aufhalten, dachte ich und peilte einen Platz ganz in der Nähe an, auf dem Marktstände standen. Dort wurden Ersatzteile fürs Auto und Aufkleber und ähnliches Zeug verkauft, alles ziemlich öde, doch dann entdeckte ich einen Stand, wo Süßkram aus den Fünfzigern angeboten wurde. Also, die Süßigkeiten waren natürlich keine sechzig Jahre alt, sondern einfach altmodisch. Da gab es unter anderem Schokoladezigaretten. »Schokoladezigaretten, echt komisch!«, dachte ich kurz, bevor Omas Worte mir wieder durch den Schädel hallten. »Zigaretten anbieten.« Klar wäre es total abwegig, wenn ich jemandem *echte* Zigaretten anbieten würde. Aber Schokoladezigaretten! Das war etwas anderes!

Für alle Fälle kaufte ich eine Schachtel. Die Schachtel war blau und sah genau wie eine richtige Zigarettenschachtel aus. Das einzig Verräterische war die Aufschrift Chocarillo.

Nach einer Weile kam ich dahinter, dass die Herrschaften, die zwischen den Autos in Liegestühlen herumsaßen und -lagen, besonders vielversprechend waren. Viele saßen offenbar schon seit Stunden dort und hatten schon einige Dosen Bier intus, obwohl es noch nicht einmal zwei Uhr war. Ich fragte höflich nach leeren Dosen und riss ein paar Autowitze, die ich unterwegs gegoogelt hatte.

Am meisten gelacht wurde über:

Sagt eine Frau: »Mein Auto ist kaputt. Es hat Wasser im Vergaser.«

»Im Vergaser? Kann nicht sein! Schau ich mir gleich mal an. Wo ist das Auto?«

»Im Pool.«

Oder:

Ein Typ rammt das Auto eines anderen.

Brüllt der Fahrer: »Sie Idiot! Haben Sie überhaupt eine Fahrprüfung gemacht?«

Brüllt der andere zurück: »Bestimmt öfter als Sie!«

Über den Witz mit dem Pool musste ein Mann so sehr lachen, dass er fast aus dem Stuhl kippte. Dann gab er mir eine Fanta-Dose und einen zerknitterten Zwanziger und sagte:

»Verdammt, so viel hab ich nicht mehr gelacht, seit mein Bruder aus Versehen die falsche Tube nahm und sich die Zähne mit Senf putzte!«

Nachdem ich eine Stunde lang gesammelt hatte, war der Müllsack so voll, dass ich ihn hinter mir herziehen musste. Ich beschloss, zur Corvette zurückzukehren und den Sack dort abzustellen. Da kam ein ferngesteuertes blaues Auto direkt auf mich zugefahren. Ich hatte noch nie ein so großes ferngesteuertes Auto gesehen, es war fast einen Meter lang. Vor meinen Füßen machte es eine Vollbremsung, kurvte um mich herum und fuhr dann zwischen zwei Autos hinein. Als ich hinterherlief, stand da eine Frau in Mamas Alter, mit braunen Locken und Sonnenbrille. Sie hielt ein großes Steuerpult in der Hand.

»Klasse, was?«, sagte sie lächelnd.

»Ja, super«, sagte ich.

»Das ist ein Cadillac Eldorado«, erklärte die Frau. »Eine exakte Kopie meines eigenen Wagens.«

Sie nickte nach rechts zu einem blauen Auto hinüber, das wohl ihr gehörte und tatsächlich so aussah wie das kleine ferngesteuerte.

Da kam mir eine fantastische Idee. Die war so genial, dass ich fast anfing zu zittern.

»Ach«, sagte ich, »dürfte ich Ihr Auto mal kurz ausleihen? Das kleine natürlich!«, verdeutlichte ich.

Die Frau schob sich die Sonnenbrille auf die Stirn und musterte mich kurz mit zusammengekniffenen Augen. Sie zögerte.

»Ich kann bezahlen!«, sagte ich, zog den zerknitterten Zwanziger aus der Tasche, strich ihn glatt und reichte ihn ihr.

Der Schein flatterte im Wind.

Sie drückte sich die Sonnenbrille wieder auf die Nase und sagte:

»Ist nicht nötig. Du darfst es ausleihen. Aber pass gut darauf auf!«

Fast hätte sie es sich anders überlegt, als ich den Gartenzwerg hervorholte, weil sie meinte, er sei zu schwer für das Auto, aber als ich von *Runawaygnome* erzählte und ihr die Bilder auf Instagram zeigte, musste sie lachen und sagte, sie werde meinem Konto ab jetzt folgen.

Ich platzierte den Zwerg auf dem Fahrersitz. Weil er die Beine ja nicht abknicken konnte, ließ ich ihn zuerst stehen, doch das führte dazu, dass er sofort umkippte, als der kleine Cadillac loszischte.

Die Frau mit der Sonnenbrille begann sich auch für die Sache zu interessieren, und wir einigten uns darauf, dass es wohl am besten wäre, den Zwerg schräg hinzulegen, dann sähe es aus, als würde er lässig hinterm Lenkrad lehnen. Wenn man ihn direkt von vorn filmte, sah es fast so aus, als würde er selbst fahren.

Die Frau hielt das Steuerpult, während ich filmte. Ihr hättet die verblüfften Gesichter der Leute sehen sollen, als der Gartenzwerg in dem kleinen Cadillac an ihnen vorbeiflitzte! In dem fertigen Video fährt der Gartenzwerg auf einem grünen Feld zu den Tönen von »Life is a Highway« herum, ein Song aus dem Film *Cars*, Majkens Lieblingslied, als sie klein war.

Ich postete das Video auf *Runawaygnome*, mit folgendem Text:

Hab mir endlich ein Fahrzeug zugelegt, das eines Gartenzwergs würdig ist! Einen Cadillac Eldorado! Ich fühle mich frei, der Fahrtwind bläst mir um die Zipfelmütze und in den Bart! Wer weiß, wo ich demnächst hinfahre? Mailand? Paris? Hintertupfingen? Die Möglichkeiten sind so unendlich wie die Sterne am Himmel. Wie die Wasser-

tropfen im Meer, wie die Anzahl aller gelangweilter Gartenzwerge auf der Welt. / Bilbo.

Bevor ich ging, drückte die Frau sowohl mir als auch dem Gartenzwerg einen Kuss auf die Backe. Echt crazy. Ich verstaute den Zwerg ordentlich im Stoffbeutel und schleppte dann den Dosensack in Richtung Omas Auto. Ich war vielleicht dreißig Meter entfernt, als sie mich erblickte und anfing zu schreien und mit den Armen zu fuchteln. Es klang, als wäre sie am Ertrinken oder sonst was. Ihre Ringe glitzerten, ja, blitzten fast in der Sonne.

»Sigge, Sigge!«, schrie sie. »Ich hab mindestens zwanzigmal versucht, dich anzurufen! Warum hast du dein Handy nicht eingeschaltet? Komm! Wir fahren jetzt!«

»Wie? Was denn?«

»Dragracing, Darling! Bald bin ich an der Reihe. Hüpf rein! Den Müllsack musst du solange hierlassen.«

»Nie im Leben!«, protestierte ich. »Da sind garantiert Dosen für über hundert Kronen drin! Vielleicht sogar für zweihundert!«

Oma schob die Hände in die Taschen des goldschimmernden Hosenanzugs, den sie zur Ehre des Tages trug, machte ein nachdenkliches Gesicht und musterte zuerst mich, dann die Corvette und schließlich den Sack.

»Vielleicht könnten wir ihn in den Kofferraum legen?«, schlug ich hoffnungsvoll vor.

»Sigge, der Kofferraum dieses Wagens ist ungefähr so groß wie ein Sechserpack Bier. Nein, du wirst ihn einfach auf den Schoß nehmen müssen.«

Oma öffnete die Tür und ließ mich einsteigen. Dann stellte sie mir den Müllsack auf den Schoß, band ihn sorgfältig zu, damit keine Dosen davonfliegen konnten, und sagte, ich solle ihn mit beiden Armen festhalten. Es war, als würde ich einen dicken schwarzen Troll umarmen. Einen schwarzen, klappernden Troll. Oma hatte sich gerade hinters Lenkrad gesetzt, als mir einfiel, dass ich etwas vergessen hatte.

»Bilbo!«

»Was?«

»Ich hab den Gartenzwerg vergessen!«

»Du hast *was* vergessen?«

Es war nicht ganz einfach, Oma zu erklären, warum ich einen Gartenzwerg nach Mantorp mitgebracht hatte, aber zum Glück hatte sie keine Zeit, weitere Fragen zu stellen, weil wir es so eilig hatten.

Oma stopfte die Stofftasche mit dem Zwerg neben mir unter den Sicherheitsgurt, dabei rutschte der Stoff ein Stück weit hinunter, sodass Bilbos Zipfelmütze und sein bärtiges kleines Gesicht neugierig herausschauen konnten.

Der Plastiksack mit den Dosen war so groß, dass ich kaum sah, wohin Oma fuhr, aber als wir nach einer kurzen Fahrt von vielleicht zwei Minuten anhielten, gelang es mir, ihn ein wenig zusammenzupressen und seitlich hinauszuspähen.

Wir standen am Anfang einer langen geraden asphaltierten Strecke, die bis zum Horizont führte. Links von Oma befand sich ein hoher Turm und rechts stand ein blau funkelnder Sportwagen, der so heftig Gas gab, dass dicke Wolken aus weißem Rauch von den Hinterreifen hochstiegen. Und dabei stand das Auto still. Oma drückte auch aufs Gas. Der Motor heulte auf, und mir stieg der Geruch nach verbranntem Gummi in die Nase.

»Sigge, Darling«, überschrie sie den Lärm. »Kannst du den Kerl in der blauen Corvette irgendwie aus dem Konzept bringen?«

»Was?«, schrie ich, denn ich kapierte echt null.

»Ich versuche immer, meinen Konkurrenten aus dem Konzept zu bringen, bevor ich starte, du weißt schon, mit sturem Anstarren und so. Und diesen Kerl da kann ich nicht ausstehen! Karkarov! Er hat mir mal einen miserablen Vergaser angedreht. Aber wie soll ich ihn jetzt anstarren und ablenken? Dein verflixter Sack versperrt mir doch die Sicht.«

»Okay«, sagte ich zögernd und warf einen Blick auf den Kerl in dem Wagen neben mir.

Er hatte schwarze zurückgekämmte Haare, die vergeblich versuchten, eine glänzende Glatze zu verbergen, und einen Schnauzbart bis ans Kinn. Er starrte mich auch an und grinste auf eine Art, die mir eindeutig boshaft erschien. Einer seiner Zähne war aus Gold und glitzerte in der Sonne. Zwar bin ich meines Wissens noch nie einem Mörder begegnet, aber würde ich versuchen, mir einen Mörder vorzustellen, wäre es wahrscheinlich einer wie er. Schnell wandte ich den Blick ab.

Rechts von der Dragracing-Bahn war eine Empore voller Leute, die ich aber nur wie bunte kleine Punkte wahrnahm. Mist, dachte ich, dort hätte ich Dosen sammeln sollen! Aber bevor ich den Gedanken auch nur zu Ende denken konnte, hallte es aus den Lautsprechern:

»Und auf der linken Bahn sehen wir einen roten Chevrolet Corvette von 1960, gefahren von Charlotte Wilde! Auf der rechten Bahn haben wir Petro Pettersson Karkarov in einem kobaltblauen Chevrolet Corvette von 1976!«

»Jetzt lassen wir die Sau raus, Darling!«, rief Oma und starrte konzentriert geradeaus. »Jetzt oder nie!«

Obwohl ich weder einen Startschuss gehört hatte noch überhaupt begriff, was eigentlich passierte, düste Oma so schnell los, dass mir fast die Luft wegblieb. Krampfhaft hielt ich den Müllsack umklammert, als wäre er ein Rettungsring und ich ein Ertrinkender im Meer. Es war, als würde mir alles Blut nach unten gepresst, in die Füße. Im selben Moment, als ich dachte: Jetzt sterbe ich, jetzt gibt's den ultimativen Crash!, war es vorbei, und wir hatten die Ziellinie passiert, obwohl der Wagen immer noch wie wahnsinnig vorwärtspreschte. Oma lachte und reckte die Faust als Siegeszeichen in die Luft.

»Oma, halt das Lenkrad fest! Mit beiden Händen!«

Oma schien mich nicht zu hören, vielleicht scherte sie sich auch nicht darum, was ich schrie. »Wir haben gewonnen, wir haben gewonnen, wir haben gewonnen! Sigge, Darling, wir haben Karkarov, diesen Schurken, besiegt!«

Omas lange graue Haare wirbelten in der Luft, und sie lachte noch einmal, noch lauter diesmal.

Als die Corvette allmählich ein wenig langsamer wurde und das Blut in meine Adern zurückkehrte, sagte ich: »Aber dir ist es nicht wichtig, ob du gewinnst oder verlierst? Hast du das nicht behauptet?«

»Doch, genau. Das stimmt«, sagte Oma. »Es ist nur so, dass es so kolossal viel mehr Spaß macht, wenn man gewinnt!«

NOCH 34 TAGE

ICH WILL NICHT, DASS EINSTEIN TARZAN AUFFRISST

Hinten in der Diele knurrte Omas Festnetztelefon wie ein wütender Terrier. Zuerst hörten wir es kaum, weil Bobo die Jukebox laufen ließ und Majken und ihr Waschbärkumpel ein Spiel spielten, in dem man offenbar vor allem möglichst laut verschiedene Tiere nachahmen musste, und weil Mama zugleich staubsaugte und Einstein wie besessen bellte, weil er soeben eines der Meerschweinchen hinter einem der Lautsprecher im Wohnzimmer entdeckt hatte. Es war Tarzan, der es geschafft hatte, aus seinem Käfig auszubüxen, und ich bemühte mich gerade, ihn mit einer Möhre hervorzulocken. Aber in einer halben Sekunde zufälliger Stille gelang es einem heiseren Telefonsignal dann doch, sich bemerkbar zu machen. Oma meldete sich:

»The Royal Grand Golden Hotel Skärblacka, Charlotte speaking!«

Gleich darauf reichte sie Mama den Hörer. Mama schaltete den Staubsauger mit dem Fuß aus. Im selben Augenblick rannten Majken und der Waschbärkumpel zur Haustür hinaus, und plötzlich wurde es wesentlich ruhiger.

Mama fuhr sich mit den Fingern durchs Haar und strich es nach hinten.

»Hallo, Hannah am Apparat.«

Ich sah Mama an, wie sie in ihrer Trainigshose und dem verwaschenen schwarzen T-Shirt so dastand. Seltsam, dass jemand sie unter der Festnetznummer zu erreichen versuchte, und nicht auf ihrem Handy. Sie sah ernst aus.

»Ja«, sagte sie.

Einstein begann wieder zu bellen, doch da packte ich seine Schnauze und hielt sie zu, mir war nämlich klar, dass es ein wichtiges Gespräch war. Schnell biss ich ein Stück von der Möhre ab und gab es ihm.

Er verstummte sofort und begann zu kauen. Kleine orangegelbe Möhrenspäne fielen auf den Boden.

Ich setzte mich vor den Lautsprecher, um Tarzan den Weg zu versperren.

»Auf jeden Fall«, sagte Mama. »Das klingt sehr schön. Dann machen wir das so. Ja. Auf Wiedersehen.«

Sie legte den Hörer auf. Dann starrte sie mich an und schrie in die Luft:

»WUUAAAAH! SIGGE! Ich hab ihn! Ich hab den Job!«

»Was?! Ist das wahr?«

Sie führte einen kleinen Siegestanz auf und boxte mit den Händen in die Luft.

»WOOOOOHOOOO!«, brüllte sie, und ich musste lachen, weil sie so unheimlich glücklich aussah.

»Komm her, mein Sohn!«, schrie sie. »Komm her und gib mir einen Kuss!«

»Ich kann nicht! Ich will nicht, dass Einstein Tarzan auffrisst!«

»Dann komme ich zu dir!«

Sie rannte auf mich zu, dann warf sie sich auf die Knie und glitt das letzte Stückchen zu mir her wie ein Rockstar auf einer Bühne. Weil das Parkett so glatt war, rutschte sie direkt auf Einstein drauf, und der begann wieder zu bellen. Sie drückte mich fest an sich und ich drückte zurück. In mir wurde es ganz warm. Ihr Glück war ansteckend.

»Glückwunsch, Mama!«, sagte ich.

»Sigge! Du hast keine Ahnung, es ist fantastisch! Ich hab genau den Job bekommen, den ich haben wollte! Endlich kann ich GELD verdienen!!«

Oma kam ins Wohnzimmer. »Um was geht's?«, erkundigte sie sich.

Mama sah zu ihr auf.

»Ich hab eine Zusage für den Job bekommen! Ich soll schon am Donnerstag anfangen.«

»Na bitte, Darling! Normalerweise bin ich ja der Ansicht, Arbeit sei etwas für Leute, die nichts Besseres zu tun haben. Aber ausgerechnet heute bin ich geneigt, mir selbst zu widersprechen!«

»Ich bin so glücklich!«, sagte Mama. Ihr Gesicht leuchtete geradezu. »Die haben mich gewählt! Mich!«

»Na, ist doch klar, dass sie dich gewählt haben. Alles andere wäre absurd gewesen! Das muss gefeiert werden! Bestimmt habe ich in irgendeinem Schrank irgendwo eine Flasche Champagner herumliegen. Ich leg sie schon mal aufs Eis!«

Da kam Majken auch wieder hereingestürmt, mit ihrem Waschbärkumpel auf den Fersen.

»MUH MUH MUH! NÖFF NÖFF NÖFF! WIEHER WIEHER WIEHER!«, brüllten sie.

»Majken!«, sagte Mama. »Majken, ich hab den Job bekommen! Ich hab ihn bekommen, obwohl sie deine SCHEISSE-Banane gesehen haben.«

Majken verschwand in die Küche. Ich hörte, wie sie den Gefrierschrank öffnete und eine Schublade herauszog. Dann schlug die Schranktür wieder zu, und Majken kam mit dem größten und breitesten Lächeln, das ich je an ihr gesehen habe, ins Wohnzimmer zurück. Doch dann stellte ich fest, dass ihr Lächeln wohl damit zu tun hatte, dass sie sich eine Sojawurst quer in den Mund gesteckt hatte und die Backen dadurch wie bei einer Comicfigur in die Breite gingen. Majken versuchte etwas zu sagen, aber wegen der Wurst kamen nur grunzende Töne heraus. Sie nahm die Wurst heraus und sagte:

»BESTIMMT HAST DU IHN DARUM BEKOMMEN! WEGEN MIR!«

Dann steckte sie sich die Wurst wie eine Zigarre zwischen

die Lippen, reichte ihrem Waschbärkumpel auch eine Sojawurst und rannte wieder nach draußen.

Mama lachte und drückte mich fester an sich.

»Ach, Sigge, du ahnst ja nicht, wie erleichtert ich bin.«

Ich lächelte ihr zu, denn das ahnte ich. Doch dann kam
mir plötzlich ein Gedanke.

»Aber Mama … das bedeutet doch nicht, dass wir umziehen müssen?«

Da zerzauste sie mir die Haare und sagte:

»Nein, nein. Noch nicht. Es wird eine Weile dauern, bis
ich genügend Geld verdient habe. Abwarten, mein Schatz,
erst mal abwarten.«

NOCH 31 TAGE

ALLES FÜR DIE KUNST!

Es war das erste Mal in unserem Leben, dass Oma uns ein Frühstück gemacht hatte, das nicht aus Zimtschnecken bestand. Mama hatte nämlich ihre erste Nachtschicht im Krankenhaus hinter sich und lag seit einer Stunde oben in ihrem Zimmer und schlief. Den gesunden Brei, den Mama immer zu kochen pflegte, hatte Oma weggelassen, dafür hatte sie Rührei gemacht und Joghurt, Toast und Butter und Aufstrich und noch andere ganz normale Frühstückssachen aufgetischt. Bobo reagierte nicht auf das ungewöhnliche Frühstück. Ungerührt aß sie ihre Müsliflocken und ließ ab und zu ein paar auf den Boden fallen oder manchmal direkt in Einsteins Maul, weil er wie immer neben ihr saß und nur darauf wartete. Aber als Majken den Küchentisch sah, schien sie kurz zu erstarren.

»WO SIND DIE ZIMTSCHNECKEN?«, fragte sie verwirrt und hob den Brotkorb an, als ob Oma die Schnecken darunter versteckt hätte.

Als sie einsah, dass keine da waren, zuckte sie die Schultern und setzte sich hin.

»ICH HOL MIR NACHHER EINE AUS DER GEFRIER-
TRUHE«, erklärte sie.

Ich hatte gerade ein Stück von meinem Toastbrot abgebissen, als Krille Marzipan in die Küche kam. Er schenkte
sich Kaffee ein, setzte sich an den Küchentisch und erzählte ganz beiläufig, dass er für drei Wochen verreisen würde.
Er würde einen Filmproduzenten in Paris treffen und außerdem für seinen zukünftigen Monumentalfilm in mehre-
ren europäischen Großstädten nach »Locations« suchen. In
Berlin, London und Rom, zum Beispiel. Ich staunte nicht
schlecht. Das taten wir wohl alle. (Na ja, Bobo nicht. Ein
Elefant mit Tirolerhut hätte durch die Küche wandern können, ohne dass sie reagiert hätte.) Oma sperrte den Mund
auf. Fast wäre ihr die Zigarette ins Rührei gefallen. Niemand
von uns hätte geahnt, dass Krille Marzipan wirklich einen
großen Film in der Mache hatte. Ehrlich gesagt, hatten wir
alle wohl gedacht, seine Filmideen wären vor allem, nun ja,
eben Ideen, die nie irgendwie Wirklichkeit werden würden.
Aber jetzt sollte er also nach Paris fahren, um seinen Traum
zu verwirklichen! Und zwar schon in vier Tagen.

»Miracles do happen«, sagte Oma, als sie sich so weit er-
holt hatte, dass sie weiterqualmen konnte. »Glückwunsch,
Krister! Das sind ja fantastische Nachrichten!«

»Ja«, sagte Krille. »Ich kann kaum glauben, dass es wahr
ist.«

Er sah Oma an und dann mich. Sein Gesicht strahlte vor

Glück. Jedenfalls glänzte es. Aber vielleicht hatte er sich ja nur mit irgendwas eingeschmiert. Keine Ahnung. Während er ein Radieschen in dünne Scheiben schnitt, erzählte er über den Film.

In dem Film sollte es um einen Mann namens Ray Schwarzenuhler-Bernstein gehen, der einen Raubtierpark eröffnen wollte. In diesem Park sollten alle Raubtiere, die auf diesem Planeten existieren, vertreten sein. Wölfe, Bären, Löwen, Tiger, Schakale, Pumas, Alligatoren, Haie, Piranhas, Fischotter und alle übrigen Raubtiere, die man sich nur vorstellen kann.

»Nur Raubtiere?«, fragte Oma und fing geschickt das Glas mit Orangensaft auf, das Majken fast umgeworfen hätte.

»Ja«, sagte Krille.

»Aber was fressen die Raubtiere dann?«, wollte Oma wissen. »Es muss doch auch Beutetiere geben?«

Da lächelte Krille Marzipan und machte ein pfiffiges Gesicht.

»Die Raubtiere sollen Menschen fressen!«

»MENSCHEN, SOLLEN DIE MENSCHEN FRESSEN?«, sagte Majken und ließ entsetzt den Löffel in ihren Müsliteller fallen, dass mir Milch auf den Arm spritzte.

Ein weißer Tropfen landete auch auf meiner Brille.

»Majken!«, fauchte ich. »Was fällt dir ein?«

»SCHREI NICHT SO, SIGGE! MAMA MUSS DOCH SCHLAFEN!«, schrie Majken.

Oma riss ein Stück Haushaltspapier ab, das sich sofort an Omas Zigarette entzündete, sodass eine kleine Flamme hochschlug. Oma löschte die Flamme blitzschnell in ihrem Orangensaft. Alles war in einer Sekunde vorbei. Also musste sie ein neues Stückchen Haushaltspapier abreißen und mir reichen. Ich wischte mir den Arm ab und dann die Brille. Alles war klebrig, echt eklig.

Krille sah uns der Reihe nach an, als wollte er sichergehen, dass niemand Milch verspritzen, schreien oder in Flammen aufgehen würde, bevor er weitersprach.

»Nun, ihr müsst wissen«, fuhr er fort. »Dies ist ein Raubtierpark, den vor allem reiche Menschen aufsuchen. Richtig reiche. Milliardäre. Die sind immer gelangweilt, also, ganz *fürchterlich* gelangweilt! Sie sind nämlich so reich, dass sie einfach alles haben!«

Ich überlegte, auf welche Art es denn langweilig sein könnte, alles zu haben, sagte aber nichts.

»Ja, sie haben alles, was man sich wünschen kann. Geld, Kleider, Juwelen, Schlösser, Autos. Wenn sie irgendwohin reisen wollen, tun sie es. Wenn sie etwas kaufen wollen, kaufen sie es. Sie müssen nie um etwas kämpfen. Sie wandern in ihrem anscheinend vollkommenen Dasein umher und spüren, dass irgendetwas fehlt, sie fühlen sich einfach nicht richtig lebendig. Denn was bringt Menschen dazu, aufzuleben? Spannung! Angst! Wut! Trauer! Dann erst spürt man, dass man lebt!«

»Ist das tatsächlich so?«, bemerkte Oma zögernd. »Da gibt es doch bestimmt noch ...«

Aber Krille hörte nicht zu. Er stand auf und begann zu gestikulieren. Seine hellgrauen Hemdsärmel flatterten wie wilde Tauben über den Frühstückstisch. »Die wünschen sich sehnlichst, endlich aufzuwachen!«, rief er aus. »Sie wollen ihr Herz hinter den Rippen pochen spüren! Sie wollen spüren, dass ihr Leben einen Sinn hat! Wenn sie den Raubtierpark aufsuchen, dann um zu kämpfen! Um zu überleben! Sie wissen, dass nicht alle zurückkommen werden. Das verleiht ihrem sinnlosen Leben Sinn! Aber es wird zu einem Abenteuer auf Leben und Tod!«

»Ja, danach klingt es unbestreitbar«, meinte Oma.

»STERBEN DIE DANN IM PARK?«, fragte Majken.

»Das wirst du später im Film ja sehen, mein Kind.«

»Ottej?«, fragte Bobo mit trauriger Stimme.

Krille sah mich fragend an. Wenn Bobo etwas sagte, verstand er es nie.

»Ich glaube, sie will wissen, ob der Otter stirbt«, sagte ich.

»Nein, liebe Boel, das tut er nicht.«

Krille Marzipan lächelte und streichelte Boel am Kopf. Er war es wohl nicht gewohnt, Kinder zu streicheln, er streichelte sie nämlich ungefähr so, wie man einen Hund streichelt.

* * *

Nach dem Frühstück klopfte ich an Krilles Tür.

»Komm rein!«, rief er.

Er bemühte sich gerade, sich eine Fliege umzubinden, als ich die Tür öffnete. Jetzt bat er mich, einen Zeigefinger auf den Knoten zu setzen, während er versuchte, die Schleife richtig hinzukriegen.

»Wie schick du bist«, sagte ich.

Krille Marzipan sah immer elegant aus, aber jetzt war er ganz besonders fein. Er trug eine schwarze Hose, ein weißes Hemd und schwarze Hosenträger. Und dazu noch die Fliege.

»Danke. Es ist immer wichtig, einen guten ersten Eindruck zu machen«, erklärte Krille. »Darum probiere ich jetzt ein paar Sachen an. Muss entscheiden, was ich anhaben soll, wenn ich den Filmproduzenten treffe.«

»Klar«, sagte ich.

»Bitte, nimm doch Platz«, sagte Krille und deutete auf einen grünen Sessel, der am Fenster stand.

Ich setzte mich und sah mich um. Bisher war ich noch nie in Krille Marzipans Zimmer gewesen. Hier sah es anders aus als bei uns. Vor allem war sein Zimmer sehr aufgeräumt und ordentlich. Außer dem Sessel und einem Tischchen daneben hatte er ein sorgfältig gemachtes Bett mit einem absolut faltenfreien Überwurf, einen Schreibtisch aus dunklem Holz, auf dem ein altes Grammofon stand, und ein Bücherregal voller alter, in Leder gebundener Bücher, auf deren Rücken der Name des Autors und der Titel in goldenen

Buchstaben prangten. An der Wand hing ein kleiner Spiegel mit einem verschnörkelten Silberrahmen.

»So, und was hast du auf dem Herzen?«, sagte Krille und warf sich das schwarze Jackett mit elegantem Schwung über die Schulter.

Ich räusperte mich. Zögerte. Die Idee, die ich vorhin so genial gefunden hatte, kam mir plötzlich… nun, etwas weniger genial vor.

»Äh… also, ich weiß nicht, ob du es weißt, aber es ist so, dass ich einen Gartenzwerg habe.«

»Nein, Sigge, davon weiß ich nichts«, sagte Krille, während er sich im Spiegel betrachtete und den Kopf hin und her wandte.

Ich fühlte mich wie ein Volltrottel. Meine Wangen brannten. Vielleicht sollte ich lieber alles vergessen und einfach wieder gehen.

»Ist das alles, was du mir mitteilen wolltest? Dass du Besitzer eines Gartenzwergs bist?«

»Nein. Oder ich meine: Jedenfalls… Ich wollte sagen, ich habe da… so eine Art Kunstprojekt.«

»Aha?«

Krilles Stimme klang plötzlich interessiert. Er begegnete meinem Blick im Spiegel.

»Ja, ich hab nämlich ein Instagram-Konto, das heißt *Runawaygnome*. Ich zeig's dir mal!«

Ich zog mein Handy aus der Tasche und klickte Bilbos

Konto an, um Krille die Bilder zu zeigen. Er musterte sie aufmerksam.

»Und jetzt möchte ich gern, dass dieser Zwerg etwas von der Welt zu sehen bekommt. Ich will, dass er Paris, London und Berlin erleben darf. Die Städte, wo du jetzt hinfährst.«

»Und?«

Krille sah mich fragend an.

»Darum wollte ich fragen, ob du mir dabei helfen willst? Ob du den Gartenzwerg mitnehmen könntest? Um ihn zum Bespiel neben dem Eiffelturm zu fotografieren. Und vielleicht neben dem Big Ben. Und so.«

Krille runzelte die Stirn. Schwieg für ein paar Sekunden. Ja, vielleicht eine halbe Minute lang. Eine halbe Minute fühlt sich sehr lang an, wenn man auf eine Antwort wartet.

Dann wandte Krille sich mir zu und sagte:

»Hm, hm, mein lieber Sigge. Wirklich eine ungewöhnliche Anfrage. Das muss ich schon sagen.«

»Ja.«

Ich stand auf, wollte schon gehen. Das Ganze war schon von Anfang an eine dumme Idee gewesen.

»Aber ich sage Ja.«

»Ooooh! Ist das wahr! Vielen, vielen, VIELEN Dank!!«

Ich freute mich so sehr, dass ich Krille Marzipan fast umarmt hätte, aber nur fast.

»Keine Ursache. Ist doch schön, wenn man helfen kann. Immerhin, ein Kunstprojekt! Die kommende

Künstlergeneration will man natürlich gern unterstützen! Aber – wie viel wiegt dieser Zwerg eigentlich?«

»Beinah gar nichts, ganz ehrlich! Ich hole ihn mal!«

Ich schoss aus dem Sessel hoch, blieb dann aber in der Türöffnung stehen.

»Da wäre noch etwas … Könntest du den Zwerg vielleicht Ansichtskarten schicken lassen? Irgendwie so tun, als wäre es der Zwerg, der die Karten schreibt? Nur ein paar Karten. Eine für jede Stadt.«

»An dich?«

»Nein, nein. Ich geb dir die Adresse. An ein Mädchen, na ja, eine Nachbarin. Sie nimmt an dem Projekt teil, kann man sagen.«

»Das werden wir schon hinkriegen, Sigge«, sagte Krille Marzipan. »Alles für die Kunst, *n'est-ce pas?*«

NOCH 28 TAGE

SCHILDKRÖTE ENTKROCHEN!

Eines Morgens wachte ich davon auf, dass Majken die quietschende Tür zu meinem Zimmer aufriss und schrie:

»JEMAND HAT CAROLINA GESTOHLEN!«

Verschlafen setzte ich mich im Bett auf.

»Wie spät ist es?«, brachte ich hervor.

»DAS IST DOCH TOTAL EGAL!«, versetzte Majken empört. »JETZT, WO UNSERE SCHILDKRÖTE NICHT MEHR DA IST!«

Majken verschwand aus der Türöffnung. Konnte das wahr sein? War Carolina tatsächlich gestohlen worden? Ich hörte, wie Majken zu Mamas Schlafzimmer stapfte.

»Du darfst Mama nicht wecken! Sie hat Nachtschicht gehabt!«, rief ich hinter ihr her, doch sie schien es nicht zu hören.

Ich warf die Bettdecke ab und rannte zu Mamas Schlafzimmer, um Majken aufzuhalten. Aber zu spät. Majken stand schon neben Mamas Bett.

»JEMAND HAT CAROLINA GESTOHLEN«, schrie sie Mama ins Gesicht.

»Ääh ... Bin zu müde«, stöhnte Mama und zog sich das Kissen über den Kopf.

Bobo, die neben Mama lag, machte die Augen auf und sah Majken an. Bobos Haare waren feucht von Schweiß, der Schnuller hing ihr im Mundwinkel. Majken rannte weiter zu Krille Marzipans Zimmer und öffnete die Tür, ohne anzuklopfen.

»CAROLINA IST GESTOHLEN WORDEN!«

Dann raste sie die Treppe nach unten.

Krille trat in den Flur. Er war schon fertig angezogen, mit einer weißen Hose und einer dazu passenden Weste. Er hielt einen Kamm in der Hand, seine feuchten Haare waren glattgekämmt. Aus seinem Zimmer kam sanfte, langsame Musik, vielleicht Jazz.

»Was hat sie gesagt?«, erkundigte er sich.

»Unsere Schildkröte ist gestohlen worden«, erklärte ich.

»Na, so was«, sagte Krille. »Bist du dir da ganz sicher? Vielleicht hat die Schildkröte sich nur versteckt?«

Er hatte recht. Das musste ich sicherheitshalber selbst nachprüfen. Schnell lief ich nach unten und rannte durch die Küche auf die Terrasse hinaus. Währenddessen hörte ich Majken brüllen: »CHARLOTTE! UNSERE SCHILDKRÖTE IST ENTFÜHRT WORDEN!«

Das Gras war nass vom Tau, langsam ging ich auf das Gehege zu, das in der Wiese stand.

»Oh nein!«, sagte ich.

Carolina war nämlich nicht da, das war offensichtlich. Ich sank ins Gras.

Wer stiehlt schon eine Schildkröte? Wer kann so megafies sein? Ich starrte ins Gehege. Sah Carolinas große Wasserschüssel, in der sie so gern badete. Sah den roten Ball, den Bobo hingelegt hatte, damit Carolina etwas zum Spielen hatte. Sah das Loch im Boden, das ... was? Ein Loch! Ich stand auf, hüpfte ins Gehege und hockte mich hin. Das Loch war ungefähr so groß und breit wie eine Schildkröte. Und draußen vor dem Käfig – noch ein Loch. Carolina hatte sich hinausgegraben und war einfach davongewatschelt.

Wie hatte sie das geschafft, ohne dass jemand es bemerkt hatte? Wie lange hatte sie das geplant? Ich musste an einen Film denken, den ich einmal gesehen hatte. Da hatte ein Gefangener mit einem Teelöffel, den er im Schuh hereingeschmuggelt hatte, ein Loch in den Gefängnisboden gegraben. Tagsüber legte er eine Decke über das Loch und nachts grub er. Vielleicht hatte Carolina es ähnlich gemacht? Hatte ihre Wasserschüssel übers Loch geschubst, damit wir nichts merkten.

»Wer im ganzen Universum *klaut* denn eine Schildkröte?«, sagte Mama, als sie mit Bobo im Arm und Majken auf den Fersen auf die Terrasse herauskam.

»EIN SCHURKE!«, sagte Majken empört. »EIN DIEB! EIN BÖSEWICHT!«

Krille Marzipan und Oma drängten sich durch die

Türöffnung. Oma hatte noch ihren weißen, mit Sushistückchen gemusterten Seidenschlafanzug an, ihre langen grauen Haare hingen ihr offen über den Rücken.

»Sigge«, sagte Bobo und deutete auf mich. Ich saß ja mitten in Carolinas Gehege.

Einstein begann zu kläffen.

»Ja«, sagte Mama. »Warum sitzt du überhaupt da?«

»Na ja, also«, sagte ich und sah zu ihnen allen hoch. »Carolina scheint wohl doch nicht gestohlen worden zu sein. Ich glaube eher, sie ist ausgerissen.«

* * *

»Wie kann eine Schildkröte es schaffen, auszureißen?«, fragte Mama etwas später, nachdem wir den ganzen Garten abgesucht hatten.

Carolina war weder in Omas Zelt noch im Himbeergebüsch oder unter den großen Rhabarberblättern, auch nicht in der Fliederlaube oder hinterm Holzstapel, nicht unter dem Wohnwagen, unter der Corvette, dem Jeep oder dem BMW, nicht beim kleinen Springbrunnen oder hinter der Venusstatue. Die letzte Spur war ein Löwenzahnblatt in der Nähe des Geheges, von dem sie ein dreieckiges Stückchen abgebissen hatte.

»*Wie* nur?«, wiederholte Mama. »Eine Schildkröte ist doch das langsamste Tier der Welt. Und trotzdem ist es ihr gelungen, dieses Loch zu graben. Das heißt, ihr habt das Gehege beinah nie verschoben!«

»Tut mir leid«, sagte ich.

»ICH HAB ES VERSCHOBEN. MANCHMAL«, sagte Majken unbekümmert.

Ich hatte jedes Mal ein schrecklich schlechtes Gewissen, wenn Mama sich ärgerte, aber Majken ließ das kalt. Sie zuckte nur mit den Schultern und fand, das alles sei nicht ihr Problem. Das war bestimmt recht angenehm.

Die kleine Carolina! Ich war so sehr mit meinen eigenen Problemen beschäftigt gewesen, dass ich vergessen hatte, mich um sie zu kümmern! Das schlechte Gewissen brannte in meinem Innern. Wo mochte sie wohl sein? Wanderte sie jetzt einsam und verlassen durch Skärblacka und … weinte? Das heißt, wenn Schildkröten überhaupt weinen können. Und wenn ein Auto sie jetzt überfahren würde? Auch wenn ihr Rückenpanzer recht hart war, ein Auto würde er vermutlich nicht aushalten.

Mama teilte uns in zwei Gruppen ein. Ich, Einstein und Krille Marzipan in die eine. Sie selbst, Majken und Bobo in die andere. Sie würden von der Rückseite des Hauses aus gehen und dann auf dem angrenzenden Feld suchen, auf dem Acker und auf der Landstraße, die zur Kirche führte. Ich, Einstein und Krille sollten zwischen den Häusern und auf den asphaltierten Wegen suchen. Oma sollte zu Hause bleiben, falls Carolina zurückkäme. Als wir unsere Schuhe angezogen hatten und losziehen wollten, kam Oma mit einem Bündel Papier angerannt, das sie auf den Küchentisch warf.

»Die hier könnt ihr draußen aufhängen!«

Ich trat an den Tisch, um zu lesen. Majken drängte sich vor, und Mama beugte sich mit Bobo im Arm über meine Schulter. Auf den Zetteln war ein großes Bild von einer Schildkröte zu sehen, die absolut nicht Carolina war, darunter hatte Oma geschrieben: SCHILDKRÖTE ENTLAUFEN! *Die Kröte ist militärgrün, ungefähr 25–35 cm lang und hört auf den Namen Carolina. Wenn jemand diese Kröte gesehen hat oder irgendwelche Angaben über ihr Verschwinden hat, bitte diese Nummer anrufen!*«

Ganz unten hingen kleine Zettel mit unserer Telefonnummer, die man abreißen konnte, falls man etwas gesehen hatte.

»Ich würde ja nicht unbedingt behaupten, dass sie auf den Namen Carolina *hört*«, sagte Mama, als sie den Zettel durchgelesen hatte. »Sie ist nicht so wie Einstein. Wenn man ihren Namen nennt, reagiert sie eigentlich überhaupt nicht.«

»KLAR WEISS SIE, WIE SIE HEISST!«, behauptete Majken voller Überzeugung.

»Was für eine Schildkröte ist das überhaupt?«, fragte ich und zeigte auf das Bild.

»Die hab ich aus dem Internet genommen. Eine Schildkröte ist ja wie die andere«, sagte Oma und steckte sich eine Zigarette an.

»BESTIMMT SAGEN DAS DIE SCHILDKRÖTEN AUCH ÜBER UNS!«, meinte Majken.

»Entlaufen!« Krister räusperte sich. »Es ist ja kaum anzunehmen, dass sie gelaufen ist? Sie ist wohl eher gekrochen, oder?«

»Krister Darling. Findest du wirklich, dass ich ›Schildkröte entkrochen« schreiben soll?‹, fragte Oma.

»Das wäre vielleicht zutreffender gewesen? Und dann … warum schreibst du hier plötzlich ›Kröte‹? Schildkröten und Kröten sind eigentlich nicht näher verwandt. Beide sind zwar Wirbeltiere, aber Schildkröten gehören in die Klasse der Kriechtiere, so wie Eidechsen, Schlangen und Krokodile. Kröten werden mehr zur Klasse der Froschlurche gezählt, zusammen mit Fröschen und Salamandern.«

»Dear Lord!«, sagte Oma säuerlich. »Hab ich euch etwa um eure Kritik gebeten? Los, raus mit euch!«

Damit scheuchte sie uns aus der Küche.

»IST CAROLINA MIT EINEM KROKODIL VERWANDT?«, fragte Majken und sah Krille neugierig an. »WIE DENN? IST SIE EINE COUSINE, ODER WAS?«

»RAUS!«, schrie Oma und deutete auf die Tür.

*　*　*

Wir suchten zwei Stunden lang. Hängten an jeden Laternenpfahl und beim Supermarkt Zettel auf. Ich und Krille schauten unter Autos nach und durchstöberten die Büsche. Einstein schnupperte unermüdlich. Einmal dachte ich, wir hätten sie gefunden, doch das war falscher Alarm. Es war nur eine dunkelgrüne Schildmütze, die jemand hinter einer Bank verloren hatte. Als wir zu Omas Haus zurückkamen, waren Mama, Majken und Bobo schon da. Schweigend saßen sie am Küchentisch und aßen ihr Müsli.

»HEUTE IST EIN TRAURIGER TAG«, stellte Majken düster fest.

Ich stimmte zu. Es war ein trauriger Tag. Ein sehr trauriger Tag.

DREI WÜTENDE TEUFELS-EMOJIS

Am Nachmittag läutete es an der Haustür. Die Türglocke hallte wie eine Kirchenglocke bis in den obersten Stock. Opa hatte sie fabriziert, aber wir bekamen sie nicht allzu oft zu hören, weil ja nur selten Besuch kam.

Ich rannte die Treppe nach unten und stieß dabei gegen das Zebra, sodass seine Kappe auf den Boden flog. Ich setzte sie ihm wieder auf und öffnete dann die Tür.

Es war Juno.

Ich starrte sie an, wie sie da vor mir stand – mit den langen türkisen Haaren, dem rosa Kimono und ihrer Schultertasche, auf der ein Bild von einer Katze in einer Weltraumrakete war. Sie musste die Sache mit dem Gartenzwerg irgendwie erfahren haben!

Doch sie war nicht deswegen gekommen.

»Hab gehört, dass eure Schildkröte entlaufen ist«, sagte Juno.

»ENTKROCHEN«, sagte Majken, die plötzlich neben mir aufgetaucht war.

Juno sah Majken verwirrt an.

»Okay«, sagte sie dann. »Ich wollte fragen, ob ich euch darüber interviewen darf?«

»Nein, kein Interesse«, sagte ich und versuchte die Tür zu schließen.

Juno bewegte sich nicht von der Stelle.

»INTERVIEWEN?«, fragte Majken. »WARUM DENN?«

»Ich komme von den *Blacka News*. Das ist ein Nachrichtenkanal über alles, was in Skärblacka passiert.«

»Ja, ich weiß«, sagte ich. »Aber nein danke.«

»WARUM DENN?«

»Ja, warum?«, frage Juno. »Ich habe über zweitausend Follower. Und fast alle wohnen in Skärblacka. Wenn ich über das Verschwinden eurer Schildkröte berichte, ist die Chance viel größer, dass ihr sie zurückbekommt. Wenn irgendwelche Leute die Schildkröte sehen, wissen sie gleich, wem sie gehört und wo man sich melden soll.«

Ich zögerte. Aber sie hatte natürlich recht. Typisch!

»Wer ist da, Darling?«, sagte Oma, die soeben mit einem Buch in der Hand und einer Zigarette im Mundwinkel aus dem Bad kam.

»Ach so, Juno! Wie nett«, sagte Oma, die diese fiese Person offenbar zu kennen schien.

»Hallo, Charlotte«, sagte Juno mit einem sehr höflichen Lächeln.

»SIE WILL UNS ÜBER CAROLINA INTERVIEWEN«, erklärte Majken. »DASS SIE ENTKROCHEN IST!«

»Aha. Ja, das wäre doch ganz ausgezeichnet«, meinte Oma. »Komm doch bitte herein, Juno.«

»JA, KOMM REIN!«, sagte Majken. »MÖCHTEST DU EINEN KARTOFFELKNÖDEL?«

Sie hielt Juno die Tüte mit den Kartoffelknödeln hin. Juno schüttelte den Kopf.

»Nein, nein«, sagte ich schnell. »Ich kann auch zu dir herauskommen.«

Ich bekam einen fürchterlichen Schreck bei dem Gedanken, dass Juno vielleicht in mein Zimmer kommen wollte. Dann würde sie den Gartenzwerg in Bobos Puppenbett liegen sehen. Gestern hatte ich nämlich ein neues Bild für *Runawaygnome* gemacht: Bilbo im Bett zusammen mit dem kleinen rosa Barbie-Puppencomputer aus Plastik. Dazu hatte ich geschrieben: *Nach vielen Jahren auf dem nackten Erdboden habe ich endlich den Luxus erlebt, in einem richtigen Bett zu schlafen. Hab gestern den ganzen Abend Netflix geguckt. Am besten gefiel mir die wunderbare Liebesgeschichte über die Gartenzwerge Gnomeo und Julia. / Bilbo*

Es war nicht zu fassen, aber inzwischen hatte ich über fünfhundert Follower. Neulich waren mindestens vierzig neue hereingerasselt. Die Leute schrieben Kommentare und Sachen wie LOL und schickten weinende Lach-Smileys. Juno, oder vielmehr *Blacka News* hatte es auch kommentiert: *Das hier gibt eine Anzeige!! Wir sehen uns vor Gericht!*, gefolgt von drei wütenden Teufels-Emojis.

Wir setzten uns auf die Terrasse vor dem Haus. Juno baute ein Stativ auf, an dem sie ihr Handy befestigte, und nahm ein Mikrofon in die Hand. Alles sah sehr professionell aus. Der Stress nahm zu.

»Musst du unbedingt filmen?«, fragte ich und dachte an mein schielendes Auge.

Ich würde wie ein Turbodepp aussehen, genau wie immer. »Die Leute schauen sich viel lieber einen Film an als nur ein Bild mit ein bisschen Text«, erklärte Juno kurz.

»Von mir aus«, sagte ich. »Muss nur schnell was holen.« Ich lief ins Haus und hinauf in mein Zimmer. Ich konnte entweder meine Brille aufsetzen, die meine Augen so stark vergrößerte, dass ich wie ein Minion aussah, oder ich konnte die Sonnenbrille nehmen. Ich griff nach der Sonnenbrille.

Als ich wieder nach unten kam, stand Juno über Einstein gebeugt da und kraulte ihn hinter den Ohren. Ihre Stimme klang ganz weich.

»Bist du ein braves Hundchen? Ja, du bist ein braves Hundchen!«

Einstein war offensichtlich hingerissen, er versuchte ihr das Gesicht zu lecken.

Juno kniff lächelnd die Augen zu, versuchte aber, Einsteins nassen, stinkenden Küssen auszuweichen. Als sie merkte, dass ich wieder da war, erstarrte sie und ließ Einstein los. Mit total veränderter Stimme sagte sie:

»Gut, dann fangen wir jetzt an.«

Sie guckte meine Sonnenbrille irgendwie verwundert an, sagte aber nichts.

Dann deutete sie auf einen der Stühle. Ich nahm brav darauf Platz. Einstein legte sich neben meine Füße. Es war ein gutes Gefühl, dass er dabei war.

»Bist du bereit?«, fragte sie.

»Jepp«, sagte ich.

»Übrigens, wie heißt du überhaupt?«, fragte sie und holte einen kleinen Block hervor.

»Sigge«, sagte ich. »Sigge Wilde.«

Sie setzte sich mir gegenüber hin, drückte auf »Play« und starrte direkt in ihr Handy.

»Ich befinde mich in einem üppigen Garten am Rand von Skärblacka. Mir gegenüber sitzt Sigge Wilde, der heute Morgen die schreckliche Entdeckung gemacht hat, dass die Schildkröte der Familie entlaufen ist. Sigge, kannst du berichten, wie es war, als du gemerkt hast, dass eure geliebte Schildkröte nicht mehr da ist?«

Sie presste mir das Mikrofon unter die Nase.

»Äh … also, es war meine kleine Schwester Majken, die zuerst sah, dass Carolina, ja, so heißt unsere Schildkröte, nicht mehr da war.«

»Und wann hat deine kleine Schwester entdeckt, dass Carolina verschwunden ist?«

»Das war heute Morgen, ich würde sagen, ungefähr um halb neun, oder vielleicht um neun.«

Juno schaute auf ihren Block.

»Könntest du Carolina beschreiben? Wie sieht sie aus?«

»Also ... sie ist grün, militärgrün könnte man sagen, und hat einen Rückenpanzer, ist ja klar, und ist, äh ... ungefähr so groß.«

Ich hielt die Hände in die Luft und zeigte einen Abstand von zwanzig oder dreißig Zentimetern.

»Aber ... äh, wenn sie den Kopf und die Beine einzieht, ist sie etwas kleiner. Das macht sie manchmal, wenn sie erschrickt.«

»Wie würdest du Carolinas Persönlichkeit beschreiben?«

Hm, wie war Carolina als »Persönlichkeit«? Ich schob die Sonnenbrille an der Nase hoch.

»Na ja ... sie ist eine Schildkröte, die gern Löwenzahnblätter frisst und gern in ihrer Wasserschüssel badet. Und ich glaube, sie ist ... äh ... ganz froh und zufrieden mit ihrem Dasein.«

»Ist irgendwas direkt vor dem Verschwinden passiert, das erklären würde, warum sie ausgerissen ist? Hat sie irgendwie unzufrieden gewirkt?«

Ich musste daran denken, dass ich Carolinas Gehege nicht oft genug umgestellt hatte, und spürte sofort einen Kloß aus Schuldgefühl im Bauch.

»Ich weiß nicht so recht«, sagte ich und schluckte.

»Wie fühlt es sich für dich an? Also, dass sie verschwunden ist?«

»Ich bin traurig, ist doch klar, und … ja, ich hoffe, dass sie bald wieder zurückkommt. Wir haben den ganzen Morgen gesucht, aber …«

»Ohne Resultat?«

»Was?«

»Ich meine, ohne sie zu finden?«, sagte Juno.

»Genau. Die letzte Spur ist ein Löwenzahnblatt, von dem sie ein Stück abgebissen hat.«

Juno wandte sich wieder der Kamera zu und sprach direkt hinein.

»Hier bin ich heute also einer trauernden Familie begegnet, einer Familie, die alles, was in ihrer Macht steht, getan hat, um ihre geliebte Schildkröte Carolina zu finden. Wenn einer von euch Zuschauern etwas über Carolinas Verschwinden weiß oder etwas Hilfreiches hört oder sieht, zögert bitte nicht, die Redaktion von *Blacka News* zu kontaktieren. Dies ist Juno Thelander von den *Blacka News*.«

Juno schaltete die Kamera aus. Dann sollte ich ihr Carolinas Gehege zeigen. Also gingen wir hinters Haus, wo sie sich vor dem Gehege auf den Bauch legte, um den Gang, den Carolina gegraben hatte, in Großaufnahme zu zeigen. Auch das Löwenzahnblatt, das Carolina angebissen hatte, hielt sie in einer kurzen Bildserie fest. Den Zettel mit der Suchanzeige, den Oma gemacht hatte, wollte sie natürlich ebenfalls sehen.

Als ich mit dem Zettel aus dem Haus kam, spielte Juno

gerade mit Einstein. Lachend warf sie ihm Carolinas roten Ball zu, Einstein stürzte hinterher, fing den Ball auf und rannte wieder zurück. Aber als ich mich räusperte und ihr den Zettel reichte, war es, als hätte sie sich selbst bei etwas ertappt. Sie wurde sofort wieder ernst.

»Danke«, sagte sie knapp. »Ich melde mich, falls ich irgendwelche Tipps kriege.«

Sie verstaute ihr Handy, das Mikrofon und den Block in der Schultertasche, bedachte mich mit einem kühlen Blick, warf den Kopf in den Nacken, dass die türkise Haarpracht nur so flatterte, und verließ den Garten mit langen Schritten.

NOCH 27 TAGE

BAGUETTES, STINKEKÄSE UND MÄNNER MIT BASKENMÜTZEN

Oma und ich sollten Krille Marzipan in Omas großem weißen Jeep zum Flughafen nach Norrköping bringen. Als ich in Krilles Zimmer trat, um ihn zu fragen, ob er reisefertig sei, wollte er soeben seinen alten braunen Koffer zumachen.

Im Koffer lagen perfekt gestapelte Hemden, Westen, Strümpfe und Unterhosen. Alles sah frisch gebügelt aus, selbst die Unterhosen.

»Hast du noch Platz für den Zwerg?«, fragte ich.

»Auf jeden Fall«, sagte Krille und zeigte mir ein Fach an der Innenseite des Deckels. »Hier darf er liegen. Ich wickle ihn in ein Handtuch, dann müsste er es ohne Weiteres schaffen. Soll ich ihn jetzt gleich einpacken?«

»Noch nicht«, sagte ich. Ich wollte nämlich auf dem Flughafen noch eine letzte Aufnahme machen.

* * *

Krille Marzipan legte den Koffer in den Kofferraum und nahm vorne Platz. Er war sehr elegant mit seiner hellblauen Jacke und einem weißen Hemd, dazu einem weißen Hut mit hellblauem Band. Ich setzte mich neben den Gartenzwerg auf den Rücksitz und schnallte uns mit je einem Gurt an.

Alle Autos, die Oma besaß, waren Cabriolets. Das heißt, man konnte das Verdeck zurückklappen und im offenen Wagen fahren. So auch im Jeep. Oma setzte so zügig aus der Garage zurück, dass Krille seinen Hut festhalten musste. Dann tuckerte sie langsam durch die Wohnviertel, aber bevor wir auf die Schnellstraße abbogen, hielt sie am Stoppschild an und drehte sich zu Krille um.

»Am besten, du nimmst den Hut ab, Krister.«

Krille Marzipan sah sie verwundert an, nahm den Hut aber brav ab. Oma machte das Radio an und ein Mann mit sehr heller Stimme sang:

Wouldn't it be nice if we were older
Then we wouldn't have to wait so long?
And wouldn't it be nice to live together
In the kind of world where we belong?

Dann düste Oma so schnell los, als hätte sie Raketenbenzin im Tank. Der Tacho schnellte auf hundertdreißig, dann überholte sie voller Todesmut einen Fernlaster, bis Krille schrie, er wolle möglichst noch bis zum morgigen Tag überleben, und Oma ein klein wenig langsamer wurde, wenn auch mit unwilliger Miene. Sie fuhr aber trotzdem noch weit über dem Tempolimit.

Auch wenn Oma fuhr, als wäre die Polizei hinter ihr her, wie Mama zu sagen pflegte, hatte ich nie Angst, wenn ich bei ihr im Auto saß. Bis vielleicht auf das eine Mal auf der Dragracingbahn. Denn wenn Oma etwas kann, dann Auto fahren.

Nach einer halben Stunde kamen wir beim Flughafen an. Krille und ich sahen inzwischen aus, als hätten wir struppige Vogelnester auf dem Kopf, Oma dagegen hatte ihr Haar zu einem Zopf geflochten, der ihr immer noch wohlgeordnet über der Schulter lag. Krille betrachtete sich missmutig im Rückspiegel und versuchte seine sonst immer so wohlfrisierten Locken mit den Fingern zu glätten. Dann drückte er sich den Hut auf den Kopf und sagte:

»Na ja, besser wird's nicht«, öffnete die Wagentür und stieg aus.

Wir begleiteten Krille in die Abflughalle. Er, der sonst immer so gelassen wirkte, sah sich unsicher um.

»Hm«, sagte er. »Na ja, ist ein paar Jährchen her, seit ich das letzte Mal auf Reisen war.«

»Das kriegen wir schon hin, Krister«, sagte Oma und ging mit ihm zu einem der Abfertigungsschalter.

Ich hatte einen kleinen Puppenkoffer von Bobo ausgeliehen. Jetzt stellte ich Bilbo und den Koffer an das Ende einer Warteschlange vor einem der Schalter und begann zu fotografieren – ein paar Bilder aus der Nähe und ein paar von weiter weg, damit man sah, dass der Gartenzwerg sich auf einem Flugplatz befand.

Ein kleiner Junge mit einem viel zu großen Rucksack streckte seinen Zeigefinger aus und rief:

»Guck mal, der Zwerg will auch verreisen!«

»Genau«, sagte ich. »Das will er. Hinaus in die weite Welt!«

Ich postete das Bild auf *Runawaygnome* und schrieb: *Mache mal eben einen Trip nach Paris. Frankreich lockt mich schon lange mit seinen Baguettes, dem berühmten Stinkekäse und dem Rotwein. Vielleicht schaffe ich diese Zipfelmütze ab und lege mir eine Baskenmütze zu? Au revoir! / Bilbo*

Au revoir bedeutet »Auf Wiedersehen« auf Französisch. Das hatte ich nachgeschlagen.

Oma und Krille Marzipan kamen mit Krilles Bordkarte zurück. Den Koffer musste er an einem anderen Schalter einchecken. Also war es jetzt an der Zeit, den Gartenzwerg einzupacken und Lebewohl zu sagen. Oma drückte Krille und sagte, er solle sich in Paris tüchtig amüsieren. Ja, und in Berlin und London auch, natürlich. Krille reichte mir die Hand, aber ich umarmte ihn einfach.

»Vielen Dank, dass du den Zwerg mitnimmst«, sagte ich.

»Ist doch klar, dass ich einem jungen Mann mit künstlerischen Ambitionen helfen will!«, sagte Krille. »Bin ja selbst einmal jung gewesen, ob du es glaubst oder nicht, und ich hätte wirklich jemanden gebraucht, der an meine Ideen glaubt. Es ist mir eine Ehre, Sigge. Eine Ehre!«

Wir lächelten uns an und ich sagte *au revoir* und beeindruckte Krille mit meinen Französischkenntnissen. Dann sagte Oma *bon voyage*, was, wie sie erklärte, »gute Reise« heißt, und Krille sagte *merci*, was »danke« bedeutet. Dann ging er. Aber schon nach wenigen Metern wandte er sich um und winkte, und Oma und ich winkten zurück. Und obwohl mich Krilles Gelaber über seine Filmideen manchmal genervt hatte, fühlte ich jetzt, dass ich ihn und sein Gelaber vermissen würde.

DER GLÜCKLICHSTE
GARTENZWERG DER WELT

Die Tage vergingen mehr oder weniger ereignislos. Mama hatte dreimal in der Woche Nachtschicht, und Majken spielte fast ununterbrochen mit ihrem Waschbärkumpel. Sie machten eine Zeitung über das, ehrlich gesagt, recht ungewöhnliche Thema Fischwitze. Die Zeitung kopierten sie vierzig Mal und liefen dann durch Skärblacka und verkauften sie für fünf Kronen das Stück. Als ich die Zeitung angucken wollte, sagte Majken:

»RABATT AUF DIE TATZE NUR FÜR DIE KATZE!«

Weil ich keine Katze war und mich außerdem weigerte, fünf Kronen zu bezahlen, bekam ich keine Zeitung von Majken.

Aber Oma kaufte mir ein Exemplar, und so konnte ich die selbst fabrizierten Zeichnungen von Fischen genießen und Witze wie diese hier:

Treffen sich ein Thunfisch und ein Walfisch.
Sagt der Walfisch:
»Was sollen wir tun, Fisch?«

Antwortet der Thunfisch:
»Du hast die Wahl, Fisch.«

Oder:

Treffen sich zwei Fische.
Sagt der eine »Hi!«
Sagt der andere: »Wo?«

So ging es zwanzig Seiten lang weiter.

Bobo war meistens bei Oma, die an der Corvette herum-werkelte, und obwohl Bobo noch nicht einmal »Auto« sagen konnte, hatte sie schnell den Unterschied zwischen einem Imbusschlüssel und einem Bolzenzieher gelernt und konn-te Oma die richtigen Werkzeuge reichen, wenn sie danach fragte.

Ich selbst verfeinerte meine Harpunenerfindung, das heißt, ich übte Zielschießen an einem Baum, der auf dem Acker neben dem Weg stand, wo ich immer mit Einstein spazieren ging. Das Zielen war nicht ganz einfach, da mir die Harpune an zwei Riemen neben dem Bauch hing, aber ich gab nicht auf. Zielte und schoss, zielte und schoss, im-mer wieder aufs Neue.

Anfangs traf ich den Baum kein einziges Mal.

Aber nachdem ich ein paar Nachmittage dort auf dem Acker verbracht hatte, merkte ich, dass ich allmählich immer zielsicherer wurde, und gegen Ende traf ich den Baum fast jedes Mal!

Außerdem flickte ich noch einen Nerz, spielte mit Einstein und fuhr auf der Suche nach Carolina mit meinen Inlinern durch die Gegend, ohne eigentlich daran zu glauben, dass ich die Schildkröte jemals finden würde. Aber auf der großen Landstraße, wo die schwer beladenen Holzlaster vorbeidonnerten, traute ich mich nicht einmal nachzuschauen. Denn obwohl Carolinas Rückenpanzer hart war, würde sie es nie überleben, von einem dieser Ungetüme überfahren zu werden. Und ich selbst würde es nicht überleben, sie platt und zerdrückt daliegen zu sehen.

Krille Marzipan schickte ein paar Bilder aus Paris und schrieb: *Lieber Sigge! Inzwischen haben der Gartenzwerg und ich Paris besichtigt! Was hältst du von diesen Bildern?*

Als ich die Bilder sah, musste ich lachen, so gut waren die.

Auf einem war Bilbos fröhliches Gesicht zu sehen und im Hintergrund der Eiffelturm. Auf einem anderen saß er in einem Café und trank *café au lait* (das heißt Kaffee mit Milch auf Französisch), auf einem dritten stand er inmitten einer Menschenmenge im Louvre und guckte sich das berühmte Gemälde Mona Lisa an.

Ich mailte zurück: *Krille, du bist ein Genie! PS: Wie läuft die Sache mit dem Film?*

Krille antwortete, alles laufe planmäßig. Er habe schon Locations gefunden und Schauspieler angeheuert und mit den Dreharbeiten angefangen! Jetzt würden er und der Gartenzwerg nach Berlin fahren, sie seien beide sehr erwartungsvoll. Er fügte ein Selfie von sich selbst und Bilbo bei, und ich schickte eins von mir und Einstein zurück.

Ich postete die Bilder aus Paris sofort auf *Runawaygnome*, begleitet von dem Text: *Paris entspricht all meinen Erwartungen. Bin der glücklichste Gartenzwerg der Welt! / Bilbo.*

NOCH 22 TAGE

EINE SCHILDKRÖTE
AUF DEM GEPÄCKTRÄGER

BRRRRIIIIII!

Ich fuhr zusammen, als hätte man mir einen Elektroschock verpasst. An den Klingelton des Telefons in der Diele konnte ich mich einfach nicht gewöhnen. Das Zebra, das heute eine grüne Zipfelmütze trug, starrte mich an. Es hielt mich wohl für einen Dödel, weil ich so leicht erschrak. Ich streckte dem Vieh die Zunge raus und meldete mich so, wie Oma es mir beigebracht hatte:

»The Royal Grand Golden Hotel Skärblacka.«

»Hallo!«, keuchte jemand am anderen Ende.

»Hallo?«, sagte ich.

»Ich ... ich hab gerade einen Tipp gekriegt! Wegen der Schildkröte!«

»Wer ist denn am Apparat?«, fragte ich.

»Mensch! Ich bin's doch! Juno! Sei in fünf Minuten da! Nimm das Fahrrad!«

»Ich hab kein Fahrrad.«

»Okay, dann nimmst du eben deine Rollschuhe!«

»Das sind Inliner.«

»Ja, ja! Nimm deine Inliner und komm her!«

Schnell zog ich meine Inliner an und skatete zu Junos Haus hinüber. Sie saß bereits auf dem Fahrrad, beide Füße auf den Pedalen, und hielt sich an einem Laternenpfahl fest. Die türkise Haarpracht war unter einem löwenzahngelben Helm verstaut. Bevor ich überhaupt angekommen war, schrie sie:

»Nichts wie los!«

Sie überquerte die Straße und radelte auf den Gehweg hinauf, um dann auf einen asphaltierten Fußweg einzubiegen. Mit tausend Fragen im Kopf fuhr ich hinterher. Was für einen Tipp? Von wem? Ich wich einer Mutter mit Kinderwagen aus und versuchte die Stellen zu umfahren, wo zu viel loser Kies lag. Juno warf immer wieder einen Blick über die Schulter, um sich zu vergewissern, dass ich noch da war.

»Was ist passiert?«, rief ich.

»Da hat sich jemand gemeldet«, schrie sie. »Bei der Redaktion der *Blacka News!* Also bei mir«, verdeutlichte sie. »Eine Frau, die eure Schildkröte gesehen hat!«

»Ist das wahr?«

»Ja!«, sagte Juno. »Hinten bei der Schule! Bei der Mosstorpschule. Wir müssen dort sein, bevor die Ausreißerin wieder irgendwohin verschwindet!«

Der Ernst der Lage war mir klar. Auch wenn Carolina eine Schildkröte war, hatte sie sich als unerwartet flink entpuppt, als es darauf ankam. Juno stellte sich auf die Pedale und strampelte so schnell los, dass ihre türkise Mähne vom Kopf abstand, und ich fegte hinterher, als ginge es um Leben oder Tod. Und das tat es vielleicht auch. Um ein kleines Schildkrötenleben.

Die Mosstorpschule lag in der Nähe der großen Papierfabrik, die man von überall aus sah, egal wo man sich in Skärblacka befand. Aber so aus der Nähe wirkte die Fabrik noch viel größer. Die beiden hohen Schornsteine pumpten dicken grauweißen Rauch über den Himmel. Ich war schon mal mit Oma im Ortszentrum gewesen, aber nie direkt bei der Schule. Erst als Juno und ich auf dem Parkplatz der Schule ankamen, ging mir etwas auf: Dies war die Schule, wo ich im August anfangen würde. Bis dahin waren es nur noch zweiundzwanzig Tage! In meinem Bauch machte sich grummelnde Unruhe bemerkbar, wie eine Gewitterwolke am Horizont. Ich versuchte, nicht daran zu denken. Jetzt ging es nicht um mich, sondern um Carolina.

Juno warf das Fahrrad auf einen Rasenfleck. Es schlug klappernd auf dem Boden auf.

Die Mosstorpschule schien eine große Schule zu sein. Ich sah mehrere hohe und niedrige Gebäude aus rotem Backstein und einen großen asphaltierten Schulhof mit nicht zu großen Bäumen und grünen Büschen.

»Komm! Die Frau, die vorhin anrief, sagte, sie sei gerade mit ihrer Katze spazieren gegangen, als sie Carolina vor dem Speisesaal gesehen hätte. Ich bitte dich, wer geht schon mit seiner Katze spazieren? Jedenfalls hatte die Katze plötzlich etwas im Gras angefaucht, und da hatte diese Frau gedacht, es wäre eine Schlange! Die Tante muss ja halb blind sein, denn eine Schildkröte sieht doch nicht aus wie eine Schlange?«

»Die dickste und kürzeste Schlange der Welt«, sagte ich, und kurz sah es fast so aus, als müsste Juno lachen.

Doch dann schien sie sich zu besinnen und wurde wieder ernst.

Wir beschlossen, den Rasen so gründlich wie möglich zu durchsuchen. Einen Quadratmeter nach dem anderen. Schweigend gingen wir nebeneinander her und starrten konzentriert auf den Boden. Wir fanden Bonbonpapierchen, einen alten schwarzen Fingerhandschuh und einen Pappbecher, an dem offenbar herumgekaut worden war, aber keine Carolina.

»Gehst du hier in die Schule?«, fragte ich.

»Japp.«

»In welche Klasse?«

»Ich komme in die Sechste«, sagte Juno.

»Oh, ich auch«, sagte ich.

»In welche Schule gehst du denn?«, fragte Juno.

»Ich soll hier anfangen.«

Sie blieb stehen und sah mich an.

»Tatsächlich? Ich dachte, ihr wärt nur zu Besuch hier?«

»Nein, wir sind hierhergezogen.«

»Aha.«

Sie ging weiter.

»Und? Ist das hier eine gute Schule?«, erkundigte ich mich vorsichtig.

»Ist ganz okay. Wenn man schon in die Schule muss, kann man genauso gut auch in die Mosstorpschule gehen. Und in die Schule muss ich nun mal, weil ich nämlich Journalistin werden will. Diese Geschichte hier kann mein erster Scoop werden.«

»Was ist ein Scoop?«

»Das ist so was wie eine sensationelle Nachricht. Die alle sehen und hören wollen!«

Sie gestikulierte mit den Händen vor dem Gesicht.

»Entlaufene Schildkröte wiedergefunden! Die Starjournalistin Juno Thelander folgte den Spuren, die zum Versteck der Schildkröte führten!«

In genau diesem Moment sah ich etwas. Ein Löwenzahnblättchen, aus dem ein kleines Dreieck herausgebissen war. Ein typischer Carolina-Biss.

»Guck mal!«, schrie ich. »Sie ist hiergewesen! Sie hat von dem Blatt hier abgebissen!«

»Was? Wo?«

Ich deutete auf das Blatt, und Juno holte schnell ihr Handy heraus und fotografierte.

»Das Problem ist nur, dass wir nicht wissen, wie lange das her ist«, bemerkte Juno und runzelte die Stirn.

Das Gras an der Hauswand war höher als das übrige, und ich schob es mit dem Fuß auseinander, um zu sehen, ob sich dahinter vielleicht eine kleine Schildkröte verbarg.

»Nimm lieber den da.« Juno zeigte auf einen langen Stecken, der etwas weiter weg lag.

Der Stecken war perfekt, um das Gras damit auseinanderzuschieben.

»Ich such mal auf der anderen Seite«, sagte Juno und verschwand um die Hausecke.

Ich wollte schon nach dem Stecken greifen, als ich etwas Moosgrünes im Gras erblickte! Carolina! Ich traute meinen Augen nicht! Da lag sie mitten im Gras und knabberte in aller Seelenruhe an einem Löwenzahnblatt. Ich stieß ein Freudengeheul aus.

»JIPPIIIIHH! Hier ist sie! Wahnsinn! Sie ist hier!«

»Wo? Wo?«

»Da!« Ich deutete auf Carolina, worauf Juno so schnell auf uns zugerannt kam, dass Carolina den Kopf und sämtliche Beine einzog.

»Wow!«, sagte Juno. »Ist ja super!«

Ich setzte mich ins Gras und strich Carolina über den Rückenpanzer. Juno setzte sich vorsichtig daneben und streckte die Hand aus.

»Sie beißt doch hoffentlich nicht?«

»Nein. Nicht, wenn du kein Löwenzahnblatt bist.«

Da sah Juno mich an und lächelte.

*   *   *

Als wir eine Stunde später nach Hause kamen, gab es einen gigantischen Aufstand. Majken und ihr Waschbärkumpel schrien vor Freude, Bobo tanzte im Kreis herum und Mama weinte, weil sie so erleichtert war. Oma zog los und kaufte Eis, viele große Packungen, und Majken holte eine von Opas riesigen Eiskellen aus dem Keller, um das Eis damit aufzutun. Juno hatte noch nie im Leben so große Eiskugeln gesehen.

Alle setzten sich auf die Terrasse, und Juno und ich mussten mindestens drei- oder viermal berichten, wie alles gewesen war, als wir Carolina gefunden hatten. Wir erzählten von dem Telefonanruf der Frau mit der Katze, davon, wie wir in einem Wahnsinnstempo zur Schule fuhren, dort überall im Gras suchten und wie Carolina schließlich direkt neben einem Stecken im Gras lag.

»Ja, und da sagte Juno: ›Aber wie zum Teufel noch mal sollen wir sie nach Hause bringen?‹«

»HAT SIE TEUFEL GESAGT?«, fragte Majken interessiert und streckte die Hand nach der Schneeballkelle aus, um sich noch mehr Eis aufzutun.

»Still jetzt, Majken«, sagte ich.

»Ja, wie transportiert man eine Schildkröte denn nach Hause?«, sagte Juno.»›Man kann sie doch nicht einfach auf den Gepäckträger setzen?‹«, sagte ich zu Sigge. Denn stellt euch das mal vor! Eine hilflose kleine Schildkröte so festzuklemmen! Aber da hat er gesagt: ›Der Gepäckträger! Das ist ja eine Superidee!‹, und ich: ›Was? Ich hab doch eben gesagt, dass wir sie *nicht* auf den Gepäckträger tun können.‹«

»Ja«, sagte ich. »Aber dann sah ich einen Pappkarton! Und da fiel mir ein, dass man Carolina zwar nicht direkt auf den Gepäckträger tun kann, aber einen Pappkarton durchaus. Und dann legten wir Carolina in den Karton!«

»Und dann sammelten wir eine Menge Gras und Löwenzahnblätter«, sagte Juno. »Und polsterten den Karton damit aus. Carolina sollte es schön gemütlich haben, gleichzeitig bekam sie etwas Gutes zum Knabbern. Und dann schoben wir das Fahrrad nach Hause! Oder vielmehr, ich schob das Fahrrad und Sigge fuhr auf seinen Rollschuhen daneben her.«

»Inliner«, verbesserte ich.

»Ja, ja«, sagte Juno. »Von mir aus Inliner.«

»Fantastisch! Perfektes Teamwork! Ich bin stolz auf euch! Und freu mich so, dass sie wieder da ist«, sagte Mama mit einem liebevollen Blick zum Gehege hinüber, wo Carolina gerade ein friedliches Bad in ihrer Wasserschüssel nahm, ganz so, als wäre nichts passiert.

* * *

Ich begleitete Juno ein Stück auf dem Heimweg. Bevor wir uns verabschiedeten, fragte sie, ob ich Lust hätte, am nächsten Tag mit ihr schwimmen zu gehen. In einem See, der Mårn hieß. Ein kleiner Glücksfunke glomm in mir auf! Doch dann fiel mir ein – ich musste ja cool sein. Also strengte ich mich an, nichts nach außen zu zeigen. Coole Typen dürfen auf keinen Fall den Eindruck machen, als wären sie besonders an irgendwas interessiert.

»Okay, von mir aus«, sagte ich mit einem Achselzucken.

»Also, wenn du nicht willst…«, sagte Juno leicht angesäuert.

»Doch, schon«, sagte ich und schob meine Sonnenbrille zurecht. »Das machen wir.«

Sie sah mich irgendwie komisch an.

Dann verabredeten wir, uns um elf zu treffen, und Juno schenkte mir eines ihrer seltenen Lächeln, als sie Tschüss sagte. Ich skatete mit ein paar wenigen Inliner-Schritten zurück nach Hause. Vor der Garageneinfahrt angekommen, drehte ich aus purer Freude eine Pirouette, landete etwas schief und musste mich mit einer Hand an der Corvette auffangen. Das gab einen ordentlichen Rumms in der Karosserie. Und gleich ging der Autoalarm los und heulte wie *verrückt!* WEEEE-WOOOO-WEEEE-WOOOO! Ich konnte nicht mehr denken! Der Alarm war so laut, dass ich am Boden festfror.

Plötzlich kam Mama angerast, so schnell, als hätte jemand sie aus einer Kanone herausgeschossen. In der Tür tauchte Bobos Gesichtchen auf, mit schreckgeweiteten Augen.

»Was ist passiert?«, rief Mama. »Hat jemand versucht, das Auto zu klauen?«

»Nein, ich bin nur aus Versehen dagegengeknallt«, schrie ich durch den Lärm zurück.

Ich hörte Einstein, bevor ich ihn sah. Er kam durch den Garten angaloppiert und bellte und bellte und hörte nicht mehr auf. Dann kam Oma. Sie hatte ein kleines schwarzes Ding in der Hand, das sie hochhielt und auf das Auto richtete. Es macht Blipp, worauf der Lärm aufhörte und es fast unnatürlich still wurde. Drei Sekunden lang. Danach erklang nämlich ein *anderes* Geheul. Nicht ganz so laut wie der Alarm, aber fast. Das war Bobo. Sie weinte. Oder was heißt hier weinte, sie brüllte. Mama stürzte zu ihr und hob sie hoch.

»Schätzchen! Keine Angst, alles ist gut!«

»Wärst du bitte so freundlich, nächstes Mal nicht mit den Inlinern auf die Corvette zu fahren!«, sagte Oma streng.

Es kam nicht oft vor, dass Oma ärgerlich oder gereizt klang. Das brauchte sie ja nicht, weil ihr Ordnung und Regeln nicht besonders wichtig waren, aber hier gab es offensichtlich eine Grenze.

»Tut mir leid«, sagte ich und senkte den Blick.

Oma, Mama und Bobo verschwanden zurück ins Haus, und ich blieb allein auf der Garageneinfahrt stehen. Dann streckte Mama den Kopf aus der Tür. Sie musste vom Alarm taub geworden sein, sie schrie nämlich:

»Sigge! Jetzt sind auch noch die Meerschweinchen total traumatisiert! Sie liegen da, sind stocksteif! Du musst reinkommen und dich um sie kümmern!«

Himmel hilf! Ich drehte mich um. Hoffentlich hatte Juno das ganze Chaos nicht gesehen. Doch selbstverständlich hatte sie das. Sie stand oben am Hang und sah zu mir herunter. Der Wind wirbelte ihr die türkise Haarpracht um den Kopf, und der japanische Morgenrock flatterte leicht um ihre Füße. Abgesehen davon war sie regungslos. Sie sah aus wie eine himmlische Göttin, die voller Verwunderung den Trottel unten auf der Erde betrachtete.

EIN AFFE MIT ALZHEIMER

Am Abend saß ich am Schreibtisch und durchblätterte mein Notizbuch. Eigentlich hatte ich vorgehabt, an meiner Harpunen-Erfindung weiterzuzeichnen, aber eine seltsame Unruhe machte sich in mir breit. Warum nur? Ich müsste doch froh sein! Carolina war wieder da, und ich hatte einen ganzen Tag mit Juno verbracht! Und wir hatten miteinander geredet, und das war gutgegangen, und sie hatte mich nicht so angeschaut, als wäre ich ein Freak. Wenigstens bis zu dem Moment, als ich den Autoalarm auslöste. Hoffentlich hatte das nicht allzu viel kaputt gemacht.

Obwohl alles sich gut anfühlte, konnte ich nicht sicher sein. Ich befürchtete, zu viel von mir selbst gezeigt zu haben. Vielleicht hatte ich zu laut und glücklich aufgeschrien, als wir Carolina fanden, vielleicht war ich zu aufgekratzt gewesen und hatte zu viel mit Armen und Händen herumgefuchtelt. Oder ich hatte zu viel geredet.

Ich blätterte vor zu der Seite, wo meine Notizen über Beliebtheit oder Popularität standen.

Das Wort Popularität hat mehrere Bedeutungen, aber

meistens meint man damit das Interesse und die Begeisterung, die gewisse Personen bei vielen Menschen wecken. Hatte ich Junos Interesse geweckt? Und vielleicht ein klein, klein wenig Begeisterung? Das wollte ich zu gerne glauben.

Ich dachte an die Schule. Drei Wochen und ein Tag. Wir hatten Carolina direkt vor dem Speisesaal gefunden. Der Speisesaal! Auf eine Art war das der schlimmste Ort in meiner alten Schule gewesen. Ich wollte nicht daran denken, wollte nicht an früher denken. Ich wollte frei sein, Sommerferien haben, aber die Erinnerungen drängten sich beharrlich auf. Suchten ihren Weg ins Bewusstsein wie der Rauch eines Feuers. Auch wenn man sämtliche Türen und Fenster schließt, sickert trotzdem immer etwas herein – dünne grauschwarze Schlieren aus Rauch.

Die Unruhe. Diese ständige Unruhe damals. Wo sollte ich sitzen? Würde ich im Speisesaal alleine sitzen müssen? Würde ich so tun müssen, als wäre ich mit irgendwas beschäftigt? Als ob man mit einem Teller, Messer und Gabel und einem Glas Milch beschäftigt sein könnte, einem fast unzerbrechlichen Glas, das aber in tausend Stücke zersplitterte, wenn es trotz allem doch einmal zerbrach.

Als Grundschüler hatten wir in den Gläsern gecheckt, wie alt wir werden würden. Tranken die Milch schnell aus, um die kleine Zahl zu sehen, die unten im Boden des Glases stand. Man konnte zwölf oder siebenundzwanzig oder achtundfünfzig werden. Man wollte weder zu alt noch zu jung werden. Man wollte ein paar Jahre älter werden, als man war, fünf oder zehn Jahre vielleicht. Ich befürchtete immer, das Glas könnte zeigen, dass ich zu alt werde. Siebenundsechzig oder achtundsiebzig. Denn bekanntlich kann man für fast alles verspottet werden. Selbst dafür, dass ein Glas prophezeit, dass man zu alt wird.

Irgendwas war komisch an mir. Irgendwie falsch. Warum blieb ich immer an irgendwelchen Gedanken hängen? Warum brauchte ich so viel Zeit, um aufs Klo zu gehen oder um einen Schuh zuzubinden? Und warum wartete nie jemand auf mich, wenn wir in die Pause hinausliefen oder in den Speisesaal gingen?

Eine ganz besondere Erinnerung stieg in mir hoch. Ich schüttelte den Kopf, stand vom Schreibtisch auf und trat an den Flipperautomaten, der mein Zimmer beleuchtete. Betrachtete das Bild von Frau Fortuna in ihrem langen Gewand, fingerte an den Seitentasten herum und sank dann auf den Boden. Es ließ sich nicht abschütteln.

Ein Herbsttag, die Luft klar und frisch. Ich war unterwegs zum Speisesaal. Allein. Alle anderen waren schon lang vor mir da. Ich stellte mich mit meinem orangegelben Tablett in die Schlange. Schöpfte mir Reis und eine bräunliche, dünne Gemüsesoße auf den Teller. Ich sah in den Speisesaal hinaus. Lautes, fast ohrenbetäubendes Stimmengewirr. Gerede und Gelächter und jemand, der mit einem Schrei ein ganzes Glas Milch verschüttet, das auf dem Plastikboden zu einem weißen

See wird. Wo sollte ich sitzen? Die Nervosität stieg mir wie Übelkeit in die Kehle.

Aber da! Da war ein Platz. An einem Tisch für zehn, oder vielleicht für zwölf? An so einem Tisch gab es einen Platz auf dem Stuhl neben dem Jungen, der mein Freund war. Neben Valter. Die roten Haare. Im Sonnenlicht sahen sie aus wie golden. Und obwohl ich jetzt schon begann, mir Sorgen zu machen, worüber wir reden sollten, ob ich etwas zu sagen haben würde, etwas Cooles, etwas Normales, obwohl ich mir darüber Sorgen machte, war es eine unglaubliche Erleichterung, ihn dort zu sehen. Es gab einen Platz. Es gab einen Platz, wo ich sein durfte.

Ich ging darauf zu. Ich ging auf den Stuhl zu. Ich fixierte ihn mit dem Blick, als wäre er das Zielband nach einem langen, schwierigen Lauf. Das helle Holz. Die Rückenlehne, auf der zwei Bananenaufkleber waren. Und da. Genau in diesem Moment. Genau da stellte jemand seine Tasche auf den Stuhl. Eine Hockeysporttasche. Schwarz. Ich sah die Hand an, die die Tasche dort hingestellt hatte. Es war Valters Hand. Hatte er nicht gesehen, dass ich zu ihm unterwegs war? Ich zögerte. Sollte ich weitergehen? Oder sollte ich trotzdem stehen bleiben? Fragen, ob ich mich hinsetzen durfte? Ich versuchte kleine Schritte zu machen, um klar überlegen zu können.

Aber wie dumm von mir! Valter war doch mein Freund! Warum sollte ich dann nicht neben ihm sitzen dürfen? Ich deutete mit dem Kopf auf den Stuhl.

234

»Darf ich da sitzen?«

Die Stille, die ein, zwei Sekunden zu lange währte. Dann sagte jemand: »Na klar, tu die Tasche runter, Valter.« Und Valter tat das, er schien inzwischen immer das zu tun, was die anderen ihm sagten. Er hatte sogar angefangen, Hockey zu spielen. Denn das war wohl das einzig Wahre, was Jungs auf dem Eis zu tun hatten. Anstatt in Trikots umherzugleiten und Pirouetten zu drehen. Neben Valter saß Budde. Budde, der beliebt war, obwohl es ehrlich gesagt schwierig war zu verstehen, warum. Er hatte keine einzige sympathische Eigenschaft. Sah auch nicht sympathisch aus. Er sah aus wie eine Ratte. Aber außer mir schien das niemand zu merken. Budde lächelte. Es war kein herzliches Lächeln. Dann kam die Stimme, dunkel und irgendwie schleppend:

»So, so, Sigge. Du isst also Radiergummis?«

»Was?«

Die anderen kicherten. Valter starrte auf seinen Teller, wo noch Reste von Reis und Gemüse lagen. Zuerst begriff ich nicht, was Budde meinte. Ob ich Radiergummis aß? Doch dann – plötzlich. Ich hatte Valter einmal etwas anvertraut. Denn ich hatte ja tatsächlich ein Stück von einem Radiergummi gegessen. Ich weiß nicht einmal, warum. Das war völlig ungeplant gewesen. Ich hatte einfach ein Stück abgebissen. Vielleicht wollte ich wissen, wie es schmeckte oder was weiß ich. Valter hatte gelacht, als ich es erzählte.

»Du spinnst«, hatte er gesagt.

Aber nicht irgendwie boshaft. Wenigstens hatte ich das nicht angenommen. Aber inzwischen musste er es weitererzählt haben.

Und wieder die Stimme. Buddes Stimme.

»*Gib zu, dass du das gemacht hast. Dass du Radiergummi gegessen hast.*«

»*Wovon redest du überhaupt?*«*, sagte ich, aber meine Stimme klang wohl nicht allzu überzeugend.*

»*Tu nicht so. Du weißt genau, was ich meine. Du hast einen Radiergummi gegessen.*«

Bis dahin hatten die anderen geschwiegen. Aber jetzt war es, als hätte jemand ein Tonbandgerät angemacht. Plötzlich redeten alle durcheinander.

»*Hey, gib's zu!*«

»*Radiergummis, so was fressen doch bloß Loser! Du bist ja voll krank im Kopf!*«

»*Bist du fünf Jahre alt, oder was?*«

»*Schmeckt das gut, so ein Radierer? Kannst du eine besondere Marke empfehlen?*«

»*Gummi, also echt, das muss ja typischer Schwulenfraß sein.*«

»*Was hast du sonst noch gegessen?*«

»*Garantiert Waschmittel! Seife! Klebstoff!*«

»*Kacke!*«

Alle wieherten los.

»*Ja! Gib zu, dass du Kacke gegessen hast!*«

»Sigge, Sigge, Sigge! Gib zu, dass du Kacke gegessen hast!«
Sie schrien durcheinander, wild erregt wie Hyänen. Doch
dann plötzlich Buddes ruhige Stimme. Eine Stimme, die fast
erwachsen klang.
»Sigge, du Schwuchtel. Gib's zu. Gib zu, dass du Kacke isst.«
Ich schüttelte den Kopf.
»Sag es«, fuhr Budde fort. »Dass du Kacke isst. Dass du es
liebst, Kacke zu essen.«
Verzweifelt sah ich mich um. In mir schwoll etwas an, etwas
Explosives, Scharfes. Ich versuchte, Valters Blick einzufangen.
Aber er weigerte sich, mich anzusehen. Schien überall hinzu-
schauen, sein Blick streifte über den Milchautomaten, über die
Salattheke, über die lärmende Schlange der Achtklässler, die
auf ihr Essen warteten. Aber er weigerte sich, mich anzusehen.
»Gib's zu, Sigge!«
»Gib's zu!«
»GIB'S ZU!!!!«
Ich fuhr so heftig hoch, dass der Stuhl hinter mir umkipp-
te. Ich wollte etwas sagen. Etwas sagen, was sie dazu brach-
te, die Klappe zu halten. Aber ich konnte nicht. Die Worte
stockten sich in mir. Ich stürzte aus dem Speisesaal. Die Tränen brannten hinter den Lidern. Es war lebensgefährlich, sie
hervorzulassen.
Hinter mir hörte ich Buddes Stimme:
»Mann, der ist vielleicht ein beschissenes Opfer, dieser Sigge. Also echt. Kommt angetrippelt wie eine Hopse vom Ballett,

schielt wie ein Affe mit Alzheimer und frisst Kacke. Und dann auch noch schwul.«

Warum hatte Valter das getan? Warum hatte er mich den Wölfen vorgeworfen? Weil es Spaß machte? Oder um seine eigene Haut zu retten? Weil er eingesehen hatte, dass er Freunde bekommen würde, wenn er nur nicht mit mir zusammen war? Es war, als hätte ich die Pest. Als würde ich ihn in den Sumpf hinabziehen.

Am schlimmsten war, dass ein Teil von mir ihn verstand. Ich wäre auch vor mir geflohen. Wenn ich es nur gekonnt hätte.

NOCH 21 TAGE

NERZE AUF DEM KLO

Am nächsten Morgen wachte ich mit einem Ruck um neun Uhr auf. Ich hatte einen alten Wecker gestellt, den ich unten im Keller bei Opas Krempel aufgestöbert hatte. Der Wecker sah aus wie ein Soldat mit einer langen Nase, der auf eine Trommel einschlug. Und, oh yes, wie stark der auf die Trommel einschlug! Er hätte Opa von den Toten auferwecken können.

Ich stand auf und duschte. Schließlich will man frisch und adrett sein, wenn man Schwimmen geht. Als ich mich abtrocknete und mich prüfend im Spiegel ansah, ging mir auf, worauf ich mich eingelassen hatte. Ich würde diesen kümmerlichen Body Juno vorführen müssen! Unglaublich, wie mickrig ich aussah! Ich dachte daran, was ich über Beliebtheit aufgeschrieben hatte. *Durchtrainiert aussehen.*

Das Beste an diesem Tipp war, dass man nicht *wirklich* durchtrainiert sein musste. Es genügte, dass man durchtrainiert *aussah.* Aber wie sollte mir das gelingen? Ich massierte mir die Schläfen mit den Fingerspitzen. Jetzt war Brainstorming angesagt! »Wenn man der Fantasie freien Lauf lassen will, sind alle Ideen erlaubt!«, hatte Opa einmal gesagt. Möglicherweise der längste Satz, den er je von sich gegeben hat.

Vielleicht könnte ich einen durchtrainierten Körper im Internet runterladen? Den würde ich dann in natürlicher Größe auf Omas Drucker ausdrucken und mich dann den ganzen Tag hinter dem Papier verstecken.

Hm. Nicht unbedingt eine lupenreine Lösung. Erstens müsste ich dann die ganze Zeit ein und dieselbe Haltung beibehalten, zweitens war Papier nicht das ideale Material für ein Bad und drittens würde man es vermutlich merken. Nein. Ich musste mir etwas anderes überlegen. Ich starrte mich selbst an. Mein eines Auge bewegte sich schielend auf die Nase zu.

»Los, denk, Sigge, denk!«

Da fiel mein Blick auf das Badezimmerregal, und in meinem Kopf machte es Klick! So wie wenn man eine absolut fantastische Idee hat! Denn das, was da auf dem Regal stand, waren Omas Schminksachen! Lauter kleine Döschen voller Lidschatten in verschiedenen Farbtönen. Und wenn es etwas gab, das ich gut konnte, dann dies – malen, zeichnen, schattieren. Wow, ich war ein Genie!

Ich zog das T-Shirt aus und griff mir ein paar Döschen und Pinsel. Zum Glück hatte Oma einen großen Spiegel im Bad, in dem man sich von Kopf bis Fuß sehen konnte. Dann lud ich mir bei Google ein paar Bilder von durchtrainierten

Männern runter. Davon gab es jede Menge! Das Internet wurde davon regelrecht überschwemmt. Die meisten schienen auf jeder Bauchseite vier Muskelpakete zu haben. Ich wählte ein Bild von einem blonden Typen aus, dessen Muskeln fast übertrieben deutlich hervortraten. Seine glänzenden Bauchmuskeln sahen so aufgepumpt aus, als wären sie aus Plastik. Ich überlegte kurz, mit welcher Farbe man Muskelpakete wohl am besten aufmalen könnte. Braun vielleicht?

Ich nahm einen der dickeren Pinsel und versuchte, mitten auf meinem Bauch eine lange Linie von den Rippen bis zum Nabel zu ziehen und mit Schattierungen zu versehen. Und dann zog ich eine Linie quer über die erste. Jetzt sah es ungefähr so aus wie ein Kreuz. Ich musterte den blonden Mann genau, um zu sehen, wie ich den Rest hinmalen sollte. Aber obwohl ich gut zeichnen kann, kommt es doch selten vor, dass ich das auf meinem eigenen Körper mache. Und bisher hatte ich noch nie mit Lidschatten gemalt. Aber jetzt verwendete ich die unterschiedlichsten Lidschatten, um die beste Wirkung zu erreichen. Graue, braune und schwarze Farbtöne.

Auf einmal zerrte jemand am Türgriff. Mist, ich hatte vergessen, abzuschließen. Bobo guckte herein und sagte:
»Hallohallo!«

Sie kämpfte damit, die Tür aufzubekommen, doch das war schwierig, weil sie unter jedem Arm einen ausgestopften Nerz trug.

»Kacki.«

Das hatte ich sie noch nie sagen hören!

»Hast du ein neues Wort gelernt, Bobo? Ist ja super!«

»Kacki Kacki«, sagte Bobo zufrieden, stellte Minko und Gujko auf den Boden, zog sich die Windel runter und setzte sich auf den Topf.

»Musst du jetzt Kacki machen? Okaaay... aha, du hast schon angefangen, ach so.«

Es war zu umständlich, die vielen Schachteln und Pinsel irgendwo anders hinzubringen, darum durfte Bobo einfach auf dem Topf sitzen bleiben, während ich weitermachte. Ich sah, wie ihre Augen aufmerksam im Spiegel verfolgten, wie ich sorgfältig die Umrisse eines Muskelpakets nach dem anderen hinmalte und dann schattierte, um eine natürlichere Wirkung zu erzielen.

Der Vorteil mit einer Dreijährigen ist, dass nichts in ihrer Welt irgendwie komisch ist. Zwei ausgestopfte Nerze auf dem Klo, ein gefrorenes Lachsstückchen im Smoothie, Lidschatten auf dem Bauch. Alles ist gleich normal. Dreijährige sind in dieser Hinsicht sehr vorurteilslos.

Plötzlich spürte ich, wie lieb ich Bobo deshalb hatte. Ich lächelte sie an, aber das sah sie nicht, weil sie voll damit beschäftigt war, Minkos – oder vielleicht Gujkos – Fell mit ihrer Zahnbürste zu bürsten.

Ich betrachtete mich selbst im Spiegel, drehte und wendete mich im Licht hin und her. Und ich muss gestehen, dass mein Bauch tatsächlich richtig gut aussah! Muskeln! Ich hatte Muskeln bekommen! Na ja. Wenigstens sah es aus wie Muskeln. Plötzlich schrie Bobo:

»Ferti!«

Schnell rannte ich aus dem Badezimmer. So groß war meine Liebe dann doch nicht, dass ich ihr gern den Po abgewischt hätte.

ZWEI GEHEIMNISSE
UND EIN FLIEGENDES KROKODIL

Als ich bei Junos Haus ankam, stand das Garagentor offen. Schon bevor ich Juno mit dem Fahrrad herauskommen sah, hörte ich das klickende Geräusch der Gangschaltung.

»Hallo«, rief sie.

Sie sah fröhlich aus. Ihre türkisen Haare leuchteten in der Sonne.

»Hallo«, sagte ich cool.

Im Kopf wiederholte ich noch einmal alles, was ich beachten musste:

Beim Sprechen nicht mit Armen und Beinen herumfuchteln. Nicht schreien und herumhüpfen, egal, wie sehr man sich freut. Cool und sozial sein und Witze machen. Nicht zugeben, dass man Eiskunstlauf liebt.

Juno stützte das Fahrrad mit ihrer Hüfte, während sie den Helm aufsetzte. Aber das Fahrrad schwankte und wäre fast umgefallen – wenn ich es nicht aufgefangen hätte! Wie ein Held.

»Danke«, sagte Juno und schnallte den Helm an.

Dann setzte sie sich aufs Fahrrad und fuhr los; die Tasche

mit der Katze in der Weltraumrakete hing ihr über den Rücken. Ich fuhr auf den Inlinern hinterher. Diesmal nahmen wir einen anderen Weg. Kamen an Einfamilienhäusern vorbei, in deren Gärten Trampoline standen. Dann an einem Fußballplatz, der angeblich Leichenhag hieß, was mir ein *sehr* eigenartiger Name für einen Fußballplatz zu sein schien, aber Juno erklärte, das habe damit zu tun, dass er direkt neben dem Friedhof lag.

Es dauerte ungefähr zwanzig Minuten, bis wir beim Badeplatz waren. Zuerst kamen wir zu einem Campingplatz voller Wohnwagen und Zelte. Auf einem großen Schild war zu lesen »Mårängens Bad und Camping«. Daneben war ein Anschlagbrett mit einer Menge kleiner Zettel und einem großen Plakat in Gelb, Grün und Rot, auf dem »Kalle Baah« stand.

»Kalle Baah«, sagte ich. »Wer ist das?«

Juno lachte.

»Das ist eine *Band!* Keine Person. Die spielen Reggae. Du weißt doch, dass man Blacka auch das schwedische Kingston nennt?«

»Was? Nein? Warum das denn?«

»Ja, weil Kingston doch die Hauptstadt von Jamaika ist. Und der Reggae stammt von dort. Und in Schweden ist Blacka die Hauptstadt des Reggae… weil es hier so viele Reggae-Bands gibt. Aber Kalle Baah ist wahrscheinlich die bekannteste.«

Wir kamen an ein rotes Holzhaus, wo Eis, Chips und Getränke verkauft wurden. Eine lange Schlange ringelte sich vor dem Kiosk. Ein schwitzender Mann mit einem Riesenbauch wedelte mit einem Geldschein vor dem Gesicht, um sich abzukühlen. Kein Wunder, hier war es mindestens so heiß wie in einem Toaster.

Hinter dem Kiosk sah ich den Strand, eine Wiese mit vielen bunten Decken und Menschen, die in der Sonne lagen oder aßen und tranken oder im Gras herumliefen. Das Wasser glitzerte in der Sonne. Es leuchtete so blau, wie das Wasser manchmal auf Ansichtskarten leuchtet.

Weil es hier keinen Fußweg gab, musste ich meine Inliner ausziehen. Juno schob ihr Fahrrad und ich ging barfuß durch das weiche Gras. Wir fanden ein Fleckchen ohne allzu viele Leute. Juno hatte eine große gelbrote Decke mitgebracht, die sie ausbreitete, und ich holte die Tüte heraus, die Mama mir mitgegeben hatte. O-Saft, Butterkekse und Apfelschnitze in Zimt. Ich wusste nicht, ob es peinlich war, so etwas mitzubringen. Darum hatte ich behauptet, ich brauche nichts, aber Mama hatte darauf bestanden. Sie hatte sich so sehr gefreut, als ich von meiner Verabredung mit Juno erzählte, dass ich die Tüte mitgenommen hatte, um sie nicht zu enttäuschen.

Aber Juno sagte nur:

»Mhmm, lecker!«

Ich dachte daran, was Krille Marzipan über die Hauptperson in diesem Film erzählt hatte, Basil Hollinghurst, oder wie sein Name gewesen war. Der sei so beliebt gewesen, weil er gut ausgesehen hatte und charmant und reich war. Reich konnte ich sofort streichen. Aber an dem guten Aussehen und dem Charme konnte ich ja noch arbeiten.

Ich legte mich möglichst lässig entspannt auf die Decke, zog die Schachtel mit den Schokoladezigaretten heraus und hielt sie ihr hin.

»Chocarillo. Was ist das denn?«, fragte sie und rümpfte die Nase.

»Das sind Fluppen«, sagte ich auf eine Art, die hoffentlich cool wirkte. »Also Schokofluppen.«

Ich steckte mir eine in den Mundwinkel.

»Okay«, sagte Juno und nahm sich eine aus der Schachtel.

Aber anstatt so zu tun, als würde sie rauchen, schälte sie einfach das Papier ab und steckte sich die Zigarette in den Mund.

Ich rückte meine Sonnenbrille zurecht. An einem sonnigen Tag wie diesem hier fiel es natürlich nicht auf, dass ich sie trug. Aber ich sehnte trotzdem den Tag herbei, an dem ich meine Kontaktlinsen haben würde. Dann würde ich die Sonnenbrille nur noch aufsetzen, wenn ich Lust hätte, und nicht, um meine Augen zu verbergen. Juno saß schweigend da und schaute aufs Wasser hinaus, wo die Leute schwammen, lachten und sich gegenseitig nassspritzten. Ein Kind in Bobos Alter lief mit einem roten Plastikeimer hin und her und goss Wasser auf einen großen Sandhaufen. Ich war nervös. Worüber sollten wir uns unterhalten? Ich dachte an das, was ich gelesen hatte. *Etwas über mich selbst erzählen, Fragen stellen, Witze machen.*

»Ich fahre jetzt seit über zwei Jahren Inliner.«

»Aha«, sagte Juno. »Und warum hast du damit angefangen?«

Mist! Das konnte ich nun *wirklich* nicht erzählen.

Der Grund war ja meine Liebe zum Eiskunstlauf gewesen. Nachdem Budde mich damals so total fertiggemacht hatte, hatte ich mit dem Schlittschuhlaufen aufgehört, obwohl es mir so sehr fehlte, dass mir das Herz vor Kummer wehtat. Vielleicht ahnte Mama etwas, keine Ahnung, aber zu meinem zehnten Geburtstag bekam ich ein Paar Inliner geschenkt.

Anfangs verglich ich das Skaten immerzu mit dem Eiskunstlauf. Und es ließ sich überhaupt nicht damit vergleichen, fand ich. Man musste immerzu auf den Untergrund achtgeben, und auf Inlinern glitt man auch nicht so leicht dahin wie auf Schlittschuhen, man hatte nicht so sehr das Gefühl zu fliegen.

Aber nach einiger Zeit begann ich die Inliner zu schätzen. Vor allem die Freiheit! Ich musste nicht auf irgendeiner Eisbahn im Kreis herumfahren, sondern konnte auf den Inlinern überall hinkurven, wo ich wollte. Zum Einkaufen und in die Schule und mit Einstein, der wahrscheinlich überglücklich war, weil unsere Abendspaziergänge, die früher nach einer Viertelstunde erledigt gewesen waren, plötzlich ein, zwei Stunden dauerten. Unermüdlich rannte er dann neben mir her und ließ die Zunge aus dem Maul flattern, während ich auf dem Asphalt dahinglitt.

Aber das konnte ich ja nicht erzählen. Womöglich würde sie dann so reagieren wie Budde, würde lachen und mich Schwuchtel nennen. Darum sagte ich nur:

»Äh … ich weiß nicht so genau.«

»Aha«, sagte Juno.

So. Und damit war dieses Gesprächsthema gestorben. Am besten, ich stellte eine Frage, die mit ihr selbst zu tun hatte.

»Sag mal … äh … also, wohnst du schon lange in Skärblacka?«

»Mein ganzes Leben.«

»Das ist ja ziemlich lange.«

»Ja, kann man schon sagen.«

Sie warf mir einen Blick zu. Runzelte die Stirn. Hilfe. Hoffentlich hieß das nicht, dass sie mich komisch fand.

Okay. Meine letzte Hoffung war jetzt, einen Witz zu reißen, der sie irgendwie zum Lachen bringen würde.

»Kennst du den? Fragt der Sohn: Papa, kannst du mir erklären, wie das Gehirn funktioniert?

Sagt der Vater: Lass mich in Ruhe, ich hab was anderes im Kopf.«

Juno musste nicht lachen.

»Wo ist dein Vater überhaupt? Denn er wohnt doch nicht bei euch, oder?«

»Nein …«

»Natürlich muss man nicht unbedingt einen Vater haben. Man kann ja auch zwei Mütter haben. Eine in meiner Klasse hat das.«

»Aber ich hab einen Vater. Er ist nur nicht hier.«

»Wo ist er denn?«

Plötzlich hörte ich meinen Mund sagen:

»Er arbeitet in Afrika … er rettet Tiere, die vom Aussterben bedroht sind.«

»Ach! Ist ja spannend. In welchem Land?«

»Was?«

»Na ja, Afrika ist doch groß! In Afrika gibt es fünfundfünfzig Länder. In welchem arbeitet er?«

»Äh …« Ich suchte fieberhaft nach irgendeinem afrikanischen Land. Brasilien?

»Bras …«, fing ich an, unterbrach mich aber, als mir plötzlich einfiel, dass Brasilien in Südamerika lag.

Kongo? Das lag doch in Afrika? Ganz sicher war ich mir nicht. Südafrika! Das *musste* ja in Afrika liegen? Oder?

»Südafrika.«

»Brass-Südafrika?«

»Nein, nein. Südafrika! Nur Südafrika!«

»Aha. Nice job«, sagte Juno und stand auf. »Gehen wir ins Wasser?«

»Klar«, sagte ich. Mir war nämlich heiß. Allerdings weiß
ich nicht, ob das an der Sonne lag oder am Stress.

Meine Badehose hatte ich schon an, weil ich mich nicht
am Strand umziehen wollte. Ich wandte Juno den Rücken zu
und zog das T-Shirt aus. Vorsichtig warf ich einen Blick auf
Brust und Bauch. Und entdeckte etwas Fürchterliches! Der
Lidschatten glitzerte! In Omas schummrigem Badezimmer
hatte ich das nicht gesehen, aber hier im vollen Sonnenlicht
glänzten und schimmerten meine Muskelpakete mindestens so deutlich wie der Sternenhimmel in einer wolkenlo-
sen Nacht. Verflixt aber auch!

»Letzter im Wasser ist eine Flasche!«, schrie ich und raste zum See hinunter.

Ich wollte über einen der Badestege rennen und direkt
reinspringen, ohne vorher langsam ins Wasser waten und
Bauch und Brustkorb zeigen zu müssen. Ich wich zwei kleinen Gören aus, hielt meine Sonnenbrille mit der einen
Hand fest und machte dann die Bombe direkt in den See.
Als ich auf dem Wasser auftraf, glaubte ich zu sterben, so
kalt war das! Die Kälte umschloss meinen ganzen Körper.
Wie konnte es an einem der letzten Tage im Juli so kalt sein?!
Wie ein Stein sank ich auf den Grund zu. So musste es sein,
wenn man in einem Eisloch badet, dachte ich, während ich
verzweifelt versuchte, wieder an die Oberfläche zu schwimmen. Nach ein paar weiteren Schwimmzügen fühlte es sich
schon besser an und bald sogar richtig angenehm. Ich sah,

wie Juno auf mich zugeschwommen kam. Die türkisen Haare lagen wie ein Umhang hinter ihr auf dem Wasser.

»Shit, warum hast du es plötzlich so eilig gehabt?«, keuchte sie.

»Ich konnte es einfach nicht mehr abwarten, ins Wasser zu kommen!«, flunkerte ich.

Sie lachte.

»Schwimmst du immer mit Sonnenbrille?«

»Ja, immer. The future is so bright I have to wear shades!«, schnaubte ich zwischen zwei Schwimmzügen.

Das hatte ich Oma einmal sagen hören.

»Du bist ein Spinner, Sigge, weißt du das?«

Aber sie sah lieb aus, als sie das sagte.

»Ha, du spinnst ja auch!«

»Ich?«, sagte Juno gekränkt. »Ich bin die normalste Person, die es gibt.«

Ich spritzte sie an und sie spritzte zurück, dann wollte sie wissen, wer von uns mit nur zwanzig Schwimmzügen am weitesten käme. Sie gewann, darum vermute ich, dass sie das geübt hatte. Und dann segelte plötzlich ein riesiges aufblasbares Krokodil im Gleitflug an uns vorbei, und vom Steg schrie ein Junge, wir sollten es fangen, und das taten wir auch, aber wir mussten mindestens fünf Minuten hinter dem Kroko herjagen, weil jedes Mal, wenn wir in seine Nähe kamen, ein Windstoß kam und es wieder davontrug. Schließlich gelang es mir, es an der äußersten Schwanzspitze zu packen. Als wir mit dem Krokodil zum Steg zurückschwammen, kletterte Juno ihm auf den Rücken und sagte, ich solle sie schieben. Also schob ich sie, doch dann kippte ich sie ins Wasser und kletterte selbst auf das Krokodil und zwang Juno, mich zu schieben.

Nachdem wir das Krokodil zurückgebracht hatten, schlug ich vor, nach Muscheln und schönen Steinen zu tauchen. Juno meinte zwar, so was gebe es hier garantiert nicht, wir tauchten aber trotzdem. Meine Sonnenbrille glitt mir natürlich von der Nase, ich konnte sie gerade noch einfangen, bevor sie nach unten sank. Ich suchte und suchte, aber alles, was ich fand, war ein Stück grünes Glas. Das nahm ich mit, damit niemand sich daran den Fuß aufschnitt. Ich fühlte mich wie ein guter Mensch, weil ich an die Sicherheit anderer gedacht hatte.

Als ich wieder nach oben kam, meinte ich zuerst, Juno würde direkt unterhalb der Wasseroberfläche schwimmen, ungefähr wie beim Schnorcheln, ihre Haare waren nämlich wie ein Fächer auf dem Wasser ausgebreitet. Aber als ich näher hinschwamm, sah ich, dass es nicht Juno war, sondern nur ihr Haar. Eigenartig! Dann plötzlich tauchte ein Mädchen aus dem Wasser auf. Ihre Haare waren so hell und dünn, dass sie fast durchsichtig aussahen. Das Mädchen zwinkerte heftig und ihr Mund war ein wütender Strich. Sie riss die türkisen Haare an sich und begann auf den Strand zuzuschwimmen. Zu spät ging mir auf, dass das Mädchen

Juno war. Kurz stand ich nur da und starrte hinter ihr her. Starrte die dichten Haare an, die sie in der Hand hielt. Die Strähnen ringelten sich wie Schlangen im Wasser. Eine Perücke. Juno hatte eine Perücke. Das hatte ich nicht gecheckt. Klar, ich hatte ja kapiert, dass sie nicht unbedingt mit türkisen Haaren auf die Welt gekommen war, aber ich hatte angenommen, sie hätte sich die Haare gefärbt.

»Juno!«, rief ich.

Ich rannte schnell hinter ihr her. Das heißt, so schnell, wie man im Wasser eben rennen kann. Es war eher ein Gefühl, als würde man durch Treibsand waten. Juno war schon oben am Strand und ging zielstrebig auf ihre Badedecke zu.

»Juno!«

Ohne sich abzutrocknen, zog sie den Kimono über den Badeanzug an.

»Na, da wirst du dich aber gefreut haben!«, sagte sie zornig, während sie versuchte, sich die Perücke aufzusetzen. Aber die Haare lagen in nassen Strähnen wirr durcheinander. Sie nahm die Perücke wieder ab.

»Was? Worüber gefreut?«

»Was glaubst du wohl? Darüber, dass ich keine Haare habe! Jetzt kannst du deine Stockholmer Kumpels anrufen und ihnen was total Geiles erzählen, nämlich dass du hier ein glatzköpfiges Mädchen getroffen hast!«

»Warum sollte ich das tun?«

Ich hätte ihr sagen können, dass ich überhaupt keine

Stockholmer Kumpels zum Anrufen habe. Aber selbst wenn, hätte ich nie jemanden angerufen und so etwas erzählt.

Juno bemühte sich, die Haarsträhnen mit den Fingern zu entwirren. Aber sie zitterte zu sehr, um sie ordnen zu können. Also setzte sie die Perücke einfach so wieder auf. Das sah völlig verrutscht aus, als würden die Haare schief hängen.

»Warum gibt es in diesem Scheißbad keine Spiegel!«, sagte Juno, und ihre Stimme klang plötzlich, als ob sie gleich losweinen müsste.

»Warte«, sagte ich. »Ich helfe dir.«

Ich stellte mich vor Juno und drehte die Perücke richtig hin. Dann kämmte ich die türkisen Haare mit den Fingern durch und zupfte ein paar verfilzte Strähnen auseinander. Zum Schluss zog ich noch ein paar hartnäckige Haarbüschel zur Seite, die ihr sonst in die Augen gefallen wären.

»So«, sagte ich und trat einen Schritt zurück. »Jetzt sieht es wieder hübsch aus.«

Dann begegnete ich Junos Blick. Und sah erschrocken, dass ihre Augen voller Tränen waren.

»Ich fahr jetzt nach Hause«, schluchzte sie, rührte sich aber nicht vom Fleck.

»Nein, bitte nicht«, sagte ich.

Schnell hockte ich mich hin, um die Sachen herauszuholen, die ich im Rucksack mitgebracht hatte.

»Hier, nimm dir lieber einen Keks! Und Saft gibt es auch!«

Ich hielt ihr die Saftflasche hin, aber sie stand nur mit hängenden Armen da und starrte unglücklich auf den Boden. Zwei nasse Tränenspuren zogen sich über ihre Wangen. Im Nu hatte ich die goldglänzende Keksrolle geöffnet und einen Keks herausgeholt. Dann stand ich auf und hielt ihn Juno vors Gesicht.

»Mmmm, das sieht aber lecker aus, guti, guti, beiß jetzt schön brav ein Stückchen ab!«

Meine Stimme klang unnatürlich aufmunternd, ähnlich wie die von Mama, wenn sie Bobo zum Essen zu überreden versuchte.

Schließlich gelang es mir, ihr den Keks zwischen die Lippen zu manövrieren. Sie biss ein Stückchen ab, und kleine Kekskrümel bröselten auf den Kimono hinunter. Das fühlte sich an wie ein Sieg!

»Fein! Na so was, du kannst ja essen!«, sagte ich, und da musste sie kurz auflachen, auch wenn es ein trauriges kleines Lachen war.

Ich fütterte sie mit dem restlichen Keks. Sie stand nur da und kaute, die nassen Haare hingen ihr über die Schultern. Als sie das letzte Stück geschluckt hatte, reichte ich ihr den Saft, und da griff sie tatsächlich nach der Flasche und trank. Dann wischte sie sich ihre Tränen mit dem Ärmel ab.

»Du, Sigge.«

»Ja«, sagte ich voller Erleichterung, dass sie nicht mehr weinte.

»Warum ist dein Bauch so komisch braun und glitzrig?«

Ich sah auf meinen Bauch hinunter. Mega-Katastrophe! All meine schönen Muskelpakete hatten sich zu einem einzigen braun glänzenden Fleck aufgelöst.

»Also … das lässt sich nicht so einfach erklären.«

»Versuch es trotzdem.«

Sie setzte sich auf die Decke. Und ich weiß nicht, ob es war, weil sie vorhin geweint hatte und ich wirklich nicht wollte, dass sie nach Hause radelt, oder ob es damit zu tun hatte, dass ich sie ohne Perücke gesehen hatte, auf jeden Fall fing ich tatsächlich an, zu erzählen. Ich erzählte fast alles. Von den Muskeln, die ich gerne gehabt hätte und mir darum auf den Bauch gemalt hatte. Davon, dass ich mir so sehr wünschte, beliebt zu werden, und davon, wie ich es werden wollte. Ich würde tanzen lernen, Kaugummis und Zigaretten anbieten, Fragen stellen, Witze reißen und Sachen über mich selbst erzählen. Ich schilderte meine ersten Versuche und meine Misserfolge.

Und Juno hörte zu und meinte, manche von diesen Sachen seien eigentlich ganz gut. Zum Beispiel das mit dem Fragenstellen, Witzereißen und von sich selbst Erzählen.

»Aber vorhin hat das ja nicht unbedingt hingehauen«, sagte ich. »Als ich es bei dir versucht hab.«

Sie lachte.

»Ach, *das* hast du gewollt? Nein, das war, weil es so steif rüberkam. Als würdest du in einem Theaterstück mitmachen und nur deinen Text aufsagen oder so. Ich glaube, du solltest lieber einfach so sein, wie du bist.«

Hm. Das ließ ich mir durch den Kopf gehen. Genau das hatte Mama ja gesagt.

Und dann erzählte Juno von ihrem Haar, das war immer so dünn und fad gewesen. Ihre Augenbrauen und Augenwimpern waren so gut wie unsichtbar, so hell waren die. Vor einem Monat war sie mit ihren Eltern in New York gewesen und hatte dort diese türkise Perücke in einem Schaufenster gesehen. Seitdem setzte sie sie täglich auf.

»Und jetzt ist sie womöglich kaputt!«, schloss Juno unglücklich.

»Das glaube ich nicht. Bin zwar kein Spezialist für Perücken oder so, aber ein bisschen Wasser wird sie doch garantiert verkraften. Aber bevor wir zurückfahren … darf ich dir eine Fluppe anbieten?«

Juno lachte, zog eine aus der Schachtel und steckte sie sich in den Mundwinkel. Die Zigarette bog sich sofort nach unten. Sie war in der Sonne geschmolzen.

»Weil es ja so krass cool aussieht, wenn man raucht«, sagte Juno lachend, während die Schokolade ihr braun und schmierig übers Kinn troff.

EIN WUNDERKERZENWUNDER

Ich hatte gerade einen neuen Flipperrekord aufgestellt und war total erhitzt, als Krille Marzipan sich am Abend meldete. In seiner SMS fragte er, wie die Lage sei, und schickte ein paar Bilder vom Gartenzwerg. Eines, wo Bilbo vor der Berliner Mauer stand, und eins vor einer uralten Kirche. Die Kirche hatte Zinnen und Türme und hellgrüne Kuppeln, die fast wie Zwiebeln aussahen. Krille schrieb, das sei der Berliner Dom, und der sei sehr berühmt.

Ich hatte den Gartenzwerg inzwischen fast vergessen, weil so viel anderes passiert war. Ich bedankte mich bei Krille für die Bilder, zögerte aber, sie bei *Runawaygnome* zu posten. Jetzt, nachdem ich Juno kennengelernt hatte, kam es mir nicht ganz richtig vor. Andererseits bekam ich täglich noch mehr Follower, und viele fragten nach neuen Postings von Bilbo. Wollten wissen, was er jetzt gerade machte. Und mir gefiel es, wenn die Likes hereinpurzelten kamen. Dann fühlte ich mich anerkannt, ja, fast beliebt.

Ich antwortete Krille, alles sei bestens, Mama würde arbeiten und Carolina sei kein weiteres Mal ausgerissen. Das dauerte ein paar Minuten, und dann bekam ich noch eine SMS. Eine sehr lange SMS. Als ich die las, wurde mir ganz seltsam zumute, denn Krille schrieb über das, woran ich soeben gedacht hatte. Über Beliebtheit. Als hätte er meine Gedanken gelesen.

Er schrieb:

Ich habe über das nachgedacht, was du gesagt hast, als wir vom Einkaufen nach Hause gingen. Dass du beliebt werden willst. Weißt du noch? Du musst entschuldigen, wenn ich mich jetzt über etwas äußere, das mich nichts angeht, aber ich musste danach noch lange darüber nachdenken. Warum es sich für mich nicht so wichtig anfühlte, während es für dich von größter Bedeutung zu sein schien. Natürlich befinde ich mich in einer anderen Lebenssituation als du. Ich bin sechsundsechzig Jahre alt, und du bist, ich weiß nicht, zwölf? Und ich habe keine Kinder. (Und ich muss gestehen: Bis ihr bei Charlotte eingezogen seid, hatte ich kaum je mit Kindern gesprochen oder mit ihnen zu tun gehabt! Jedenfalls nicht, seit ich selbst ein Kind war.) Aber warum ist es eigentlich so wichtig, beliebt zu sein? Ich kann mich irren, aber geht es nicht darum, dass man Freunde haben will? Nur weil man beliebt ist, heißt das ja noch nicht, dass man Freunde hat. Freunde, auf die man sich verlassen und mit denen man reden kann. Ich habe nicht allzu viele Freunde, das habe ich nie gehabt. Aber ich habe Charlotte. Das bedeutet mir wahrscheinlich mehr, als beliebt zu sein.

In meinem Kopf flammte etwas auf. Etwas wie eine Wunderkerze aus – ja, vielleicht aus Hoffnung? Falls ich Juno hatte, wenn es überhaupt so war, dass ich sie hatte, und falls sie vielleicht meine Freundin werden und das auch bleiben wollte … War das dann nicht wichtiger, als so beliebt zu werden wie Beyoncé? Doch, bestimmt war es so, oder? Ich hoffte, dass Juno meine Freundin werden wollte. Oh, und wie sehr ich das hoffte! Ich schlug mein Notizbuch auf und schrieb: *Warum ist es so wichtig, beliebt zu sein? Eigentlich? Geht es nicht darum, dass man Freunde haben will? Auf die man sich verlassen kann und mit denen man reden kann?*

Ich beschloss, kein Gartenzwerg-Bild aus Berlin zu posten. Sollten die Follower doch sagen, was sie wollten!

NOCH 20 TAGE

WIE HELLROSA ZUCKERWATTE

Als Juno am nächsten Tag simste und fragte, ob ich rüberkommen und einen japanischen Eistee trinken wolle, den sie selbst gemacht hatte, antwortete ich sofort *OMG yes!!!!!* mit fünf Ausrufezeichen, zehn verschiedenen Party-Emojis und einem GIF mit einem tanzenden Hamster, der eine Tiara und eine rosa Federboa anhatte.

Dann bekam ich Bauchweh und bereute das alles und sagte mir, ich hätte mit der Antwort warten sollen, und außerdem hätte ich etwas Cooleres schreiben sollen, wie zum Beispiel: *Ja, klingt gut!*

Aber ich musste nicht allzu lange Bauchweh haben, Juno antwortete nämlich schon nach einer Minute mit einem GIF von einem Kind, das im Kreis herumrannte und vor Freude brüllte.

Bei Juno daheim war alles ganz anders als bei uns. Das merkte ich gleich, als ich durch die Tür kam. Die Eltern waren still und höflich. Sie begrüßten mich und huschten dann davon, ich sah nicht wohin. Alle Zimmer waren beige, weiß und holzfarben, und es standen kaum Sachen herum. An den Wänden hingen große schwarzweiße Fotos von sehr gut aussehenden Menschen, und auf den Fensterbrettern standen Topfpflanzen in gleichmäßigen Abständen. Alle in verschiedenen Grüntönen, vom hellsten Grün, wie frisches Gras im Sommer, bis zu tiefem Dunkelgrün, wie die Farbe von Kiefernadeln. Aber keine hatte Blüten.

Als Juno einen der Küchenschränke öffnete, um Gläser für den Eistee herauszuholen, sah ich, dass sämtliche Teller, Schüsseln und Becher schneeweiß waren! Allesamt! Und die Gläser standen in schnurgeraden Reihen. Mama war zwar sehr ordentlich, aber so hatte es in unserer Stockholmer Wohnung dann doch nie ausgesehen. Und bei Oma gab es wohl kaum zwei Teller, die gleich aussahen. Omas Teller waren rosa geblümt, blaugemustert oder lindgrün mit Goldrand. Weiß war keiner. Ich vermute, die hatte sie alle auf Flohmärkten gekauft.

Wir gingen in Junos Zimmer und setzten uns auf den weißen zotteligen Teppich. Juno glättete ihren Kimono über den Beinen, damit keine Falten entstanden. Ich sah mich um. Weißer Schreibtisch, beiger Bettüberwurf, beigefarbene Vorhänge. Das Einzige, was abstach, war ein rosa Kissen auf dem Bett. Und dann natürlich Junos Haare. In all dem Weiß schienen die fast selbstleuchtend zu sein.

Juno reichte mir den Eistee, wir stießen damit an und tranken. Der Tee war süß und schmeckte nach Pfirsich und ein wenig nach Zitrone.

»Du«, sagte sie. »Warum hast du immer eine Sonnenbrille auf?«

Mir lagen hundert Antworten auf der Zunge: *Weil ich so unglaublich cool bin. Weil die Paparazzifotografen mich überallhin verfolgen und die Blitze ihrer Kameras mich so nerven. Weil ich wegen meiner tödlichen Augenkrankheit kein Sonnenlicht ertrage.*

Aber ich sagte nichts von alledem. Stattdessen schwieg ich erst mal. Ich sah sie durch die dunklen Gläser an und dachte an das, was Krille Marzipan gesagt hatte. Es sei vor allem wichtig, sich auf einen Freund verlassen und mit ihm reden zu können.

Ich hatte ihr ja schon eine Menge Sachen erzählt. Aber konnte ich mich auf sie verlassen? Wer sagte mir, dass *sie* mich nicht hinterher den Wölfen zum Fraß vorwerfen würde, so wie Valter es getan hatte? Allerdings hatte sie mir ja auch alles Mögliche erzählt. Und hatte vor meinen Augen geweint. Ich beschloss, es zu wagen, ich würde ihr vertrauen.

Also nahm ich die Sonnenbrille ab und sah ihr in die Augen.

»Weil ich schiele. Du weißt schon. Mit dem einen Auge nach innen gucke, auf die Nase zu.«

Ich traute mich kaum zu atmen, vor lauter Angst, dass sie mich jetzt auslachen und sagen würde, ich hätte ja einen Knick in der Optik, oder so was Ähnliches.

Sie stand auf, machte einen Schritt nach vorn, hockte sich

vor mich hin und starrte mir in die Augen. Ich musste ihr auch in die Augen sehen, ob ich wollte oder nicht. Ihre Augen waren hell, irgendwo zwischen grau und blau.

»Wirklich?«, sagte sie.

»Ja«, sagte ich.

»Okay, ja, jetzt seh ich es, ganz leicht«, sagte sie. »Mit diesem Auge, oder?«

Juno deutete auf mein linkes Auge.

»Ja, genau.«

Sie setzte sich wieder hin.

»Aha.«

Ich wartete auf mehr, auf eine Reaktion, aber da kam keine. Sie lächelte nur freundlich und trank einen Schluck von ihrem Eistee.

»Darum hab ich also die Sonnenbrille auf. Weil ... ich nicht will, dass man das sieht.«

Mir brannten die Wangen. Ich schämte mich.

»Irgendwie schade. Du hast so schöne Augen.«

Ich lachte kurz auf.

»Ja, das sagt meine Mutter auch immer.«

»Gibt es keine Möglichkeit, das mit dem Schielen zu heilen?«, fragte Juno und fügte hinzu: »Also, ich meine, nur weil du das so schlimm findest.«

»Als ich drei war, wurde das Auge operiert, und später musste ich vor dem anderen Auge eine Klappe haben. Dadurch wurde das Schielen besser. Aber ganz verschwand es nicht. Wenn ich eine Brille aufhabe, sieht man es kaum. Aber das will ich nicht.«

Juno runzelte verständnislos die Stirn.

»Warum denn nicht?«

»Weil … weil ich mit Brille total bescheuert aussehe.«

»Das glaube ich nicht!« Juno schüttelte den Kopf.

»Kannst du aber. Believe me!«, sagte ich.

Da sprang Juno auf und lief zu dem Kleiderschrank direkt hinter mir. Als sie die Schranktür öffnete, sah ich Kleider und Blusen, die in perfekten Reihen auf ihren Bügeln hingen. Sie holte ein Holzkästchen heraus und stellte es vor mir auf den Boden.

»Schau mal«, sagte sie.

In dem Kästchen lagen vier Brillen, ordentlich auf weinrotem Samt platziert. Ich streckte den Zeigefinger aus und berührte sie vorsichtig. Eine Pilotenbrille mit Goldgestell, eine fast rechteckige mit schwarzem Plastikgestell, eine ganz runde Brille, so wie die von Harry Potter. Und schließlich eine mit schwarz eingefassten Brillengläsern, deren Bügel nach hinten etwas breiter wurden und hellrosa, weinrote und schwarze Längsstreifen hatten. Am Rand glitzerte ein kleines rundes Goldabzeichen.

»Warum hast du *vier* Brillen?«, fragte ich.

»Weil ich Brillen toll finde. Mit Brille sieht man echt smart aus. Smart und cool. Wenn du schon mit Sonnenbrille cool aussiehst, warum dann nicht auch mit normaler

Brille? Ist doch das gleiche Ding. Nur ein bisschen durchsichtiger. Früher trug ich immer eine Brille!«

»Aber warum? Siehst du denn schlecht?«

»Nein, nein! Ich hab Adleraugen, ehrlich! Die Brillengläser sind einfach aus normalem Glas.«

Ich musste lachen.

»Du brauchst also gar keine Brille?«

»Nein! Ich finde nur, dass man damit gut aussieht. Probier's doch mal!«

Sie nahm die Harry Potter-Brille heraus, rieb sie mit dem Kimonoärmel sauber, versuchte sie mir aufzusetzen und stach mir dabei fast das eine Auge aus.

»Au, setz sie lieber selbst auf, damit du nicht einäugig wirst! Da drüben ist ein Spiegel.«

Sie zeigte auf die Wand, und ich stand auf, um mich anzuschauen. Ich drehte und wendete das Gesicht hin und her. Meine Augen, eingerahmt von dem goldenen Gestell. Die Haare, die auf die eine Seite fielen. Nicht ganz so hässlich, wie ich gedacht hatte. *Überhaupt* nicht so hässlich, wie ich gedacht hatte.

»Darf ich die anderen auch aufprobieren?«

»Na klar!«

Ich setzte alle vier Brillen immer wieder abwechselnd auf. Und ich muss zugeben, da gab es große Unterschiede. Am besten gefiel mir die Schwarze mit den gestreiften Bügeln. Juno machte ein Foto von mir, und ich glaube, zum ersten

Mal in meinem Leben fand ich, dass ich gut aussah! Richtig gut. Ich behielt die Brille den ganzen Nachmittag auf – als wir einen Spaziergang zum Supermarkt machten, um gefrorene Beeren für selbst gemachtes Eis zu kaufen, und als wir Monopoly spielten und ich gewann, und als wir im Garten saßen, das Eis aßen und zuschauten, wie Junos Vater den Rasen rings um die Beete mit einer großen Schere stutzte.

Wenn ich mit Juno zusammen war, fühlte ich mich ganz ruhig. Da musste ich mich nicht pausenlos selbst beobachten. Juno versuchte nie, eine boshafte Bemerkung zu machen. Weder wenn ich irgendwas Komisches sagte, noch wenn ich an der falschen Stelle lachte. Nicht einmal, als ich vom Eiskunstlauf erzählte.

Plötzlich schnitt eine Stimme durch die Ruhe.

»SIGGE, SIGGE, SIGGE!«

Draußen auf der Straße kamen Majken und ihr Waschbärkumpel auf Bobos rotem Dreirad angeradelt. Der Waschbärkumpel saß in seinem Waschbärkostüm hinten auf dem Gepäckträger. Majken strampelte sich ab wie verrückt, aber trotzdem bewegten sie sich nur im Schneckentempo vorwärts.

»ES GIBT ESSEN, SIGGE! OMA HAT SUPER KAPUTTE PFANNKUCHEN GEMACHT!«

Oma hatte Essen gemacht, das hieß, dass Mama bei der Arbeit war. Kaputte Pfannkuchen, das klang nach einem großen Fortschritt in Omas Kochkünsten. Die meisten Abende ohne Mama hatte es vor allem Hagebuttenpulversuppe, Tomatensuppe aus der Dose und Erbsensuppe aus Erbswurst gegeben.

So wäre es wohl weitergegangen, wenn Majken sich nicht beschwert hätte, in ihrem Bauch würde es immer so laut gluckern, wenn sie sich bewegte.

»Ich komme«, sagte ich.

»WOW, SO VIELE RUNDE BÜSCHE!«, rief Majken aus, während sie im Kreis radelte und in Junos Garten starrte.

Das Dreirad war so klein, dass Majkens Knie beim Radeln fast ihre Wangen streiften.

»ICH GLAUBE, SO RUNDE BÜSCHE HAB ICH NOCH NIE GESEHEN.«

Dann wendete sie und begann zurückzuradeln. Der Wäschbärkumpel auf dem Gepäckträger ließ mich nicht aus den Augen, während sie langsam Zentimeter um Zentimeter davonholperten.

»Okay«, sagte ich. »Ich sollte jetzt besser gehen.«

»Schon klar«, sagte Juno. »Aber vielleicht könnten wir uns morgen wieder treffen?«

Als sie das sagte, wurde mir ganz warm im Innern. Warm, leicht und weich. Flauschig wie hellrosa Zuckerwatte.

»Ja!«, sagte ich. »Gern!«

Ich winkte und machte mich auf den Weg. Nach zehn Metern merkte ich, dass ich immer noch ihre Brille aufhatte, darum lief ich zurück. Juno saß noch wie vorhin auf dem Stuhl.

»Ich hab vergessen, die hier zurückzugeben.«

Ich reichte ihr die Brille. Sie winkte abwehrend mit der Hand.

»Ach was, ist doch nicht nötig. Du kannst sie haben, wenn du willst.«

»Was? Wirklich? Aber ... die gehört doch dir.«

»Wenn sie dir gefällt, kriegst du sie. Ich brauche sie sowieso nicht mehr. Die ist mir immer in der Perücke hängen geblieben.«

»Oh! Danke, Juno, vielen, vielen Dank!«

»Ach was, das ist doch nichts.«

Doch, das ist es, dachte ich. Für mich ist es viel.

NOCH 19 TAGE

NUR ANDRASE IDIOT

Ich hatte soeben einen Riesenstrauß aus Löwenzahnblättern gepflückt, den ich in Carolinas Futterschüssel legen wollte, als Majken angerannt kam. Sie wedelte aufgeregt mit etwas Weißem. Einstein kam fröhlich hüpfend hinterher.

»BRIEFE, BRIEFE! WIR HABEN BRIEFE GEKRIEGT!«

»Was denn für Briefe?«

»VON DER MAUSDORFSCHULE!«

»So heißt die aber nicht.«

»MOSTDORFSCHULE?«

»Mosstorpschule.«

Briefe. Von der Schule. Jetzt dauerte es nicht mehr lange. Exakt neunzehn Tage. Beim bloßen Gedanken an den Schulanfang begannen sich meine Gedärme im Magen wie Schlangen umeinander zu winden. Einstein setzte sich auf meinen Fuß und stupste an meine Hand, damit ich ihn streichelte. Ich kraulte ihn hinterm Ohr, doch das genügte ihm nicht. Er stupste und stupste. Wie schon so oft dachte ich, dass ich gern mit ihm tauschen würde. Gestreichelt werden, wenn man darum bat. Sich keine angsterfüllten Gedanken wegen der Schule machen müssen. Allerdings – dann wäre Juno wahrscheinlich nie meine Freundin geworden.

Majken reichte mir den einen Brief und riss ihren eigenen auf. Er enthielt zwei Papiere.

»OH, EINE KLASSENLISTE!«

Sie fuhr mit dem Zeigefinger an den Namen entlang, bis sie ungefähr in der Mitte ankam, und da schrie sie vor Freude auf.

»NILS GEHT AUCH IN MEINE KLASSE!«

»Wer ist Nils?«, fragte ich.

»ABER DAS WEISST DU DOCH! NISSE!«

Sie deutete auf das Nachbarhaus, wo ihr Waschbärkumpel wohnte.

»Ach so.«

Nils hieß er also.

Da fiel mir etwas ein! Juno.

Womöglich hatte ich das Megaglück, in Junos Klasse zu landen!

Ich riss meinen Umschlag auf, fand einen Willkommensbrief und dann die Klassenliste. Las einen Namen nach dem anderen, von Anfang bis Ende, doch eine Juno Thelander kam nicht darin vor. Ich las die Liste noch einmal durch, vielleicht hatte ich sie ja übersehen. Aber nein. Ihr Name war nicht dabei. Ich kniff die Augen zu. Warum musste immer ich so ein beschissenes Pech haben! Das war mir jetzt zu viel! Majken kämpfte sich durch ihren Begrüßungsbrief:

MAJKEN WILDE, DU BIST AM 20. AUGUST IN DER MOSSTORPSCHULE HERZ… HERZLICH WILLKOMMEN!

SIGGE, ICH KOMME IN DIE KLASSE 2B. MEIN LEHRER HEISST AD… AND… ANDRASE.«

»Heißt er wirklich Adandandrase?«

»NUR ANDRASE, IDIOT!«

»Heißt er Nur Andrase Idiot? Schwieriger Name.«

Majken sah mich wütend an. Zwei Laserstrahlen schienen ihr aus den Augen zu schießen.

»DU BIST GEMEIN, SIGGE. GEMEIN!«

Damit rannte sie ins Haus zurück.

Ja. Das war gemein von mir gewesen. Aber Majken hatte immer so verdammt viel Glück! Alles lief immer genau so, wie sie wollte! Und nichts lief jemals so, wie ich es mir gedacht hatte!

Während Carolina langsam auf den Löwenzahnhaufen zuwanderte, zerriss ich den Begrüßungsbrief in winzige Fetzen. Die warf ich dann in die Luft. Hatte mir gedacht, dass der Wind sie davontragen würde. Stattdessen fielen sie wie Schneeflocken auf mich herab. Einstein sprang hoch und schnappte vergnügt nach ihnen. Für ihn war alles ein Spiel.

NOCH 17 TAGE

BONJOUR UND AUF WIEDERSEHEN!

Juno kam zur Tür hereingestürzt. Sie hatte einen schwarzen Kimono mit rosa Blumenmuster an, die türkisen Haare hingen ihr in einem Zopf über die Schulter. Weil ich gerade in der Diele hockte, um meine Schuhe zuzubinden, rannte sie mich fast um.

»Jetzt hat dieser Scheißkerl schon wieder eine Ansichtskarte geschickt!«

»Was für ein Scheißkerl?«, fragte ich.

»Hab ich das noch nicht erzählt? Kann doch nicht sein, dass ich das noch nicht erzählt hab? Also, da hat jemand unseren Gartenzwerg geklaut! Und… und jetzt schickt der Dieb Ansichtskarten aus verschiedenen Städten! Zuerst war es Paris, und jetzt, heute, als ich die Post hereingeholt hab, ist die hier aus Berlin gekommen!«

So ein Mist! Die Ansichtskarten, die Krille Marzipan schicken sollte! Daran hatte ich nicht gedacht! Seit ich beschlossen hatte, nichts mehr auf *Runawaygnome* zu posten, hatte ich die ganze Gartenzwerg-Geschichte fast vergessen.

Juno wedelte mit einer Ansichtskarte vor meiner Nase

herum. Ich packte ihr Handgelenk, um die Karte besser sehen zu können. Auf der Karte war ein schnurrbärtiger Mann mit gestreiftem Pulli und Baskenmütze zu sehen, der mit einem Baguette unterm Arm eine verkehrsreiche Straße entlangradelte.

»Zuerst kam die hier.«

Sie drehte die Ansichtskarte um, damit ich lesen konnte, was da stand. Krille Marzipans verschnörkelte Handschrift in blauer Tinte:

Bonjour! Paris hat all meine Erwartungen erfüllt. Das Essen, der Wein, die Menschen! Hab das Gefühl, hier klarer denken zu können. Je ne regrette rien. Au revoir! / Bilbo

»Und was bedeutet das?«, fragte ich unschuldig.

»Ich hab's gecheckt. Das hier …«

Sie deutete auf »Je ne regrette rien«.

»… bedeutet ›Ich bereue nichts‹. Und ›Au revoir‹ bedeutet ›Tschüss‹, glaube ich … oder nein, ›Auf Wiedersehen‹. Und jetzt schau dir mal die hier an, die ist heute gekommen.«

Sie gab mir die zweite Ansichtskarte, auf der ein hoher silbriger Turm mit einem großen schimmernden Ball in der Mitte zu sehen war. Unter dem Turm stand »Fernsehturm Berlin«. Ich drehte die Karte um und las:

Guten Tag! Ich freue mich, mitteilen zu können, dass ich spät gestern Abend in Berlin angekommen bin. Nachdem ich mich heute der Geschichte der Stadt widmete und daher sowohl die Berliner Mauer als auch den Fernsehturm besichtigt

habe (welcher auf der Vorderseite dieser Karte zu sehen ist),
konnte ich soeben eine großartige Mahlzeit beenden, beste-
hend aus einer Bratwurst mit Sauerkraut und Kartoffelsalat!
Und ich muss gestehen, dass ich dazu ein kleines schäumen-
des Bier trank. Aber das wird man sich als Gartenzwerg doch
gönnen dürfen? Mia jeht's juut. Bis denne! / Bilbo

»*Mia jeht's juut. Bis denne!*, ist das Deutsch, oder? Weißt
du, was das bedeutet?« sagte ich.

»Warte kurz, das google ich«, sagte Juno, nahm ihr Handy
und begann darauf herumzutippen. Gestresst biss ich mir
auf die Unterlippe. Obwohl ich durch *Blacka News* begriffen hatte, dass Juno sich über das Verschwinden des Gartenzwergs aufgeregt hatte, war mir doch nicht klar gewesen,
wie sehr sie sich die Sache zu Herzen nahm.

»Das ist Berlinerisch und heißt: ›Mir geht's gut‹. ›Bis denne‹ heißt auch so was wie ›Auf Wiedersehen‹«, sagte Juno.

»Na, ist doch echt gut?«, versuchte ich, sie zu trös-
ten. »Jetzt hat er ja schon zwei Mal ›Auf Wiedersehen‹ geschrieben. Das bedeutet sicher, dass er vorhat, zurückzu-
kommen.«

»Wer?«

»Der Gartenzwerg!«

»Du redest, als wäre es der Zwerg selbst, der abgereist ist!
Ich *muss* das der Polizei mitteilen. Das hier ist ein Beweis.
Jemand hat den Gartenzwerg ins Ausland entführt!«

Ich gab die Ansichtskarte zurück, und Juno steckte sie in die Schultertasche mit der Weltraumkatze.

»Aber hör mal, die Polizei … die haben doch eigentlich was anderes zu tun, oder?«

»Es geht hier um Diebstahl! Und Entführung!«

Ihr Gerede über die Polizei stresste mich allmählich ein wenig.

»Aber eigentlich hättet ihr den Diebstahl doch gleich anzeigen müssen? Das ist ja inzwischen über einen Monat her?«

»Ja, das wollte ich auch. Aber mein Papa fand, das sei unnötig«, sagte Juno. Sie senkte den Blick. Sah traurig aus. Sie tat mir echt leid. Ich fühlte mich supermies!

Dann hob sie wieder den Kopf, eine steile Falte zwischen den Augenbrauen.

»Aber woher hast du gewusst, seit wann der Zwerg verschwunden ist?«

Plötzlich schoss es mir wie ein heißer Lavastrom durch den Körper. Die absolute Panik!

»Woher? Das hast du doch vorhin selbst gesagt«, flunkerte ich. »Im selben Moment, als du hereinkamst!«

»Tatsächlich? Oh, Mann, ich bin ja so durcheinander.«

Sie setzte sich auf den Stuhl und stützte die Stirn in die Hände.

»Sag mal, hier ist es ja so still«, sagte sie dann und sah sich um. »Wo sind denn alle?«

»Meine Mutter ist mit Majken und Bobo in die Stadt, um Kleider für die Schule und so zu kaufen. Und Oma hat Einstein zu irgendeinem Treffen von Autofans mitgenommen. Einstein findet es toll, vorne in der Corvette zu sitzen, den Kopf rauszustrecken und die Zunge im Wind flattern zu lassen. Wie ein Hund in einem Comic!«

Ich laberte drauflos. Wollte sie unbedingt auf andere Gedanken bringen.

»Ich werd echt stinkwütend!«, sagte Juno und zupfte immer wieder an ihrem Zopf.

Nach kurzem Schweigen sagte ich dann: »Entschuldige die Frage – aber warum ist dir dieser Gartenzwerg so wichtig? Ihr könnt doch einfach einen neuen kaufen? Oder nicht?«

»Aber ist das dann etwa dasselbe?!«, entgegnete Juno empört.

»Nein, natürlich nicht, aber ...«

»Am Anfang, gleich nachdem er verschwunden war, verdächtigte ich meine Mutter. Sie hat nämlich einmal gesagt, am liebsten würde sie ihn rauswerfen. Weil er nicht in unseren Garten passt. Bei uns soll alles so megaperfekt sein. Das findet mein Vater auch. Aber ich hab protestiert! Der Gartenzwerg ist ja irgendwie das einzige bunte Ding bei uns! Oder vielmehr, *war* das einzige bunte Ding. Das will ich nicht! Überall nichts als beschissenes Beige und beschissenes Weiß. Ich will, dass es so ist wie bei euch! Wie hier!«

Wir sahen uns beide um. Da stand das Zebra neben der Treppe, mit seinem gelben Strohhut auf dem Kopf und Omas blutrotem Mantel wie einem Superheldenumhang über dem Rücken. Auf dem Boden verstreut lagen Bobos Spielsachen und Omas Werkzeug. Und das neueste Zeitungsprojekt von Majken und ihrem Waschbärkumpel (eine Zeitung mit Vogelwitzen) hatte das ganze Wohnzimmer in ein Chaos aus Papierstapeln verwandelt, die überall herumlagen. Wenn man die berührte, war man »DES TODES«! Von all den Schuhen gar nicht erst zu reden, über die man bei dem Versuch, die Eingangsdiele zu durchqueren, unweigerlich stolperte.

»Also, ich glaube kaum, dass du es so haben willst wie …« Juno unterbrach mich.

»Du kapierst das nicht, Sigge! Ich hab mir schon immer Geschwister gewünscht oder wenigstens ein Haustier, aber hab ich das etwa gekriegt? Nein, hab ich nicht! Dann hat irgendein Freund meinem Vater diesen Gartenzwerg zum Geburtstag geschenkt. Ich glaube, damals war ich vier Jahre alt oder vielleicht fünf. Und ab da hab ich gespielt, der Zwerg wär mein Bruder. Ich hab meinen Papa gezwungen, den Kinderstuhl vom Dachboden zu holen, und in dem durfte Tom dann beim Essen sitzen. Er hatte sogar einen eigenen Teller. Ich fuhr ihn in einem Kinderwagen spazieren und alles!« Sie lachte und sah mich verlegen an.

»Total bescheuert, was?«

»Nein, das finde ich nicht.«

Wenn ich mich davor schon mies gefühlt hatte, war das gar nichts, verglichen mit dem Klumpen, der jetzt in meinem Bauch immer größer wurde.

»Na ja, so war es eben. Dann ist da plötzlich so ein Instagram-Konto aufgetaucht, *Runawaygnome*, wo dieser Idiot laufend Bilder von dem Gartenzwerg postet. Und da hab ich natürlich kapiert, dass jemand ihn geklaut hat und dass es nicht meine Mama war. Oh Mann, Sigge, stell dir vor, wenn mein Tom Thelander nie mehr wiederkommt!«

Die Gedanken fuhren mir wie Flipperkugeln durch den Kopf. Wenn ich nur die lustige, einmalige Stimmung unserer letzten Tage wieder herzaubern könnte! Als Erstes musste ich Krille Marzipan sofort dazu bringen, keine weiteren Ansichtskarten im Namen des Gartenzwergs zu schicken. Und dann, wenn Krille zurückkam, würde ich irgendwann spät nachts zu Junos Haus raufschleichen und Bilbo wieder ins Beet stellen.

»Du musst mir dabei helfen, den Dieb zu finden«, sagte Juno.

»Auf jeden Fall, mach ich, ist doch klar!« Ich nickte übertrieben energisch.

»Jetzt schicke ich dem Instagram des Gartenzwergs eine Nachricht«, sagte Juno und holte ihr Handy wieder heraus.

Ich hörte das schnelle Klicken der Tasten. Während sie schrieb, redete sie laut vor sich hin.

»Wenn … du … den Zwerg … nicht … innerhalb … von … drei … Tagen … zurück … bringst … verständige … ich … die Polizei. So! Abgeschickt!«

Sofort darauf spürte ich ein Aufbrummen in meiner Hosentasche. Zum Glück merkte Juno nichts.

»Wirst du das wirklich tun? Die Polizei verständigen?«, fragte ich nervös.

»Mal sehen. Aber es schadet ja nichts, dem Dieb ein bisschen Angst zu machen.«

Angst hatte ich schon mehr als genug. Nicht unbedingt vor der Polizei. Aber davor, dass alles schiefgehen würde. Dass sie erfahren würde, was ich getan hatte.

Sie starrte weiterhin auf ihr Handy.

Da riskierte ich, mein eigenes Handy herauszuholen und Krille zu schreiben: *Bitte Zwerg ab sofort keine Ansichtskarten mehr schicken lassen. Es gibt Probleme.* Ich steckte das Handy wieder in die Tasche und sah Juno an.

»Jedenfalls hat der Dieb nichts Neues mehr auf *Runawaygnome* gepostet«, bemerkte sie.

Ich hörte ein leises Pling und checkte rasch mein Handy. Krille schrieb: *Lieber Sigge. Leider muss ich dir mitteilen, dass ich bereits eine Ansichtskarte aus London abgeschickt habe.*

Ich befühlte mein Handgelenk. Mein Puls musste mindestens bei hundertachtzig sein.

»Und was machen wir jetzt?«, fragte Juno mürrisch.

Ich überlegte angestrengt. Die Uhr in der Küche begann

laut ihre Big-Ben-Melodie zu spielen. Juno sah sich verwirrt um.

»Was war das?«

»Das war nur unsere Küchenuhr«, erklärte ich.

»Aha.«

»Wir könnten doch einen Besuch bei Carolina machen?«, schlug ich dann eifrig vor. »Die würde sich garantiert riesig freuen, dich zu sehen.«

Ich wollte Juno aus dem Haus bringen. Hier gab es zu viele Beweise. Die Nerze, mit denen Bilbo Party gefeiert hatte, die gelbe Badeschüssel für seine Wellness-Kur, Bobos Puppenbett. Ich durfte nicht vergessen, all das wegzuräumen, bevor Juno nächstes Mal kam.

»Meinst du wirklich?« Ihre Stimme klang hoffungsvoll.

»Ja, ganz klar. Und Tarzan und Frasse auch. Das sind unsere Wirbel-Meerschweinchen.«

Juno öffnete die Haustür, drehte sich um und sah mich an.

»Meerschweinchen habt ihr auch? Das wusste ich gar nicht! Sigge, du hast ja echt ein geniales Leben!«

»Well. Ja. Kommt wohl darauf an, wie man es sieht.«

NOCH 16 TAGE

VOLL COOL

Mama und ich waren mit dem Bus nach Norrköping gefahren. Dort würde ich beim Optiker einen Sehtest machen, dann wollten wir für den Schulstart neue Klamotten kaufen und hinterher ins Café gehen.

Majken und Bobo waren in Stockholm, wo sie ein paar Tage bei Svedrik bleiben sollten. Svedrik war sogar extra nach Skärblacka gefahren, um sie – zum ersten Mal seit dem Umzug – abzuholen. Das hatte Oma ein lautstarkes »Halleluja« und »Es geschehen noch Zeichen und Wunder!« entlockt.

Weil Oma alles andere als ein Pokerface hat, beschloss Mama, es sei besser, sie einen Ausflug mit der Corvette machen zu lassen, während Svedrik auf eine Tasse Kaffee bei uns vorbeischaute. Das solle möglichst ein harmonisches Treffen werden, sagte sie.

Oma hatte zwar mehrere Zigaretten nacheinander geraucht (das machte sie nur, wenn sie empört war) und eine gereizte Bemerkung darüber fallen lassen, was für ein Gefühl das sei, aus dem eigenen Haus verjagt zu werden, hatte sich aber trotzdem brav in die Corvette gesetzt und war mit quietschenden Reifen davongebrettert.

Es hatte ehrlich gesagt Spaß gemacht, Svedrik zu treffen. Erst als ich ihn und seinen Zottelbart wiedersah, wurde mir klar, dass er mir tatsächlich gefehlt hatte. Er sagte, er hoffe, dass ich auch irgendwann nach Stockholm mitkommen wolle, und als ich dann antwortete, das würde ich gern machen, grinste er mich breit an und drückte mich so fest, dass ich kaum noch atmen konnte.

Einen ganzen Tag allein mit Mama zu verbringen, war ein tolles Gefühl, das passierte sonst nämlich fast nie. Sie legte mir einen Arm um die Schultern, redete eifrig über neue Turnschuhe und Jeans und fragte, was ich von einem Eis an Halvars Kiosk hielte, oder ob ich lieber in ein Café gehen und Kuchen essen wolle? Lachend zeigte sie mir Orte, wo sie als Teenie oft gewesen war: ein Café, das »Kafé Kuriosa« hieß und wo sie und ihre Freundinnen jeden Tag nach der Schule stundenlang Kaffee getrunken hatten, einen Friseursalon, »Der Haardoktor«, wo sie sich die Haare hatte schneiden lassen, und einen Laden, in dem es hässliche Töpfe und Krüge, Lampen und Vorhänge gab und wo sie an den Wochenenden gejobbt hatte.

Unser erster Halt war bei »Zebra Optik«, dort stellte sich ein freundlicher dunkelhaariger Mann als Kim vor. Er trug eine Brille mit dickem schwarzem Kunststoffgestell und einen schwarzen Rollkragenpulli. Alle Optiker, die ich je getroffen hatte, hatten eine Brille getragen. Ob das wohl Pflicht war?

Kim ging voraus, eine Wendeltreppe hinunter, und führte uns in den Untersuchungsraum.

Ich nahm auf einem Stuhl Platz, der in der Höhe verstellbar war, Kim löschte das Licht und bat mich, die Buchstaben auf der beleuchteten weißen Tafel vorzulesen, die in einiger Entfernung an der Wand hing.

»Erkennst du, was ganz unten steht?«, fragte Kim.

»Ja … ich glaube schon. B, K, V, A und … äh … vielleicht C?«

»Sehr gut«, sagte Kim ermunternd.

Das hatte ich bisher schon hundert Mal gemacht, da ich schon mit anderthalb Jahren eine Brille bekommen hatte. Aber als ich klein war, hatte ich eine andere Art von Tafel zu sehen bekommen. Eine ohne verschiedene Buchstabenreihen, zum Glück, weil ich damals ja noch nicht lesen konnte. Auf der Tafel damals gab es nur lange Reihen mit dem Buchstaben E, das E zeigte aber immer in verschiedene Richtungen. Ein richtig gedrehtes E, ein spiegelverkehrtes E, ein E mit den drei Strichen nach unten oder eins mit den Strichen nach oben, als würde das E auf dem Rücken liegen.

Um zu zeigen, was ich sehen konnte, musste ich meine Hand in verschiedene Richtungen drehen und mit den Fingern zeigen, wie herum das E gedreht war.

Mama hatte erzählt, dass ich diese Aufgabe immer sehr

ernst nahm. Mit meinem braunen Strubbelkopf saß ich da und verrenkte mir fast die Hand, um deutlich zu machen, was ich sah. Aber mit dem Optiker geredet, das hätte ich nie. Und wenn er mich noch so fröhlich begrüßte, hätte ich ihn nur wütend angestarrt.

Aber das sei natürlich kein Wunder, meinte Mama. Wegen meiner Augen, der Augenklappe und der Augenoperation habe es so viele verschiedene Kontrollen und Arztbesuche gegeben, da sei es doch klar, dass ich nicht lachend hineingerannt kam und auf den Stuhl hüpfte.

Nach der Untersuchung erklärte Kim, meine Augen seien besser geworden! Nur ein bisschen, aber immerhin.

»Wie kommst du mit deiner alten Brille zurecht?«, fragte er und nahm sie vom Tisch auf.

Er fuhr fort:

»Wenn dir das Gestell gefällt, können wir einfach die Gläser auswechseln.«

Er klappte das hässliche beige Gestell auf und setzte es mir auf. Drückte es mit dem Zeigefinger fest auf die Nase. Ich nahm es sofort wieder ab.

Mama räusperte sich und sagte:

»Hm, also, Sigge benützt seine Brille ehrlich gesagt nur ungern. Darum geht er meistens ohne.«

»Bekommst du davon denn keine Kopfschmerzen?«, wollte Kim wissen.

»Nein, ist nicht so schlimm«, sagte ich.

»Ich könnte mir denken, dass es anstrengend ist, immer so schlecht zu sehen«, meinte Mama.

»Ich würde natürlich empfehlen, dass du sie regelmäßig trägst«, sagte Kim.

Da zog ich meinen Geldbeutel hervor. Und aus dem holte ich alles Geld heraus, das ich zusammengespart hatte. Das Taschengeld, das Geld, das ich von Oma bekommen hatte, als ich Frans Jägers Hinterteil und all die anderen ausgestopften Tiere repariert hatte, und das Pfand für die Bierdosen. Zusammen ergab das eintausendfünfhundertvierundsiebzig Kronen. Ich stülpte das Münzenfach um, damit jede einzelne Münze herauskam. Alle fielen klappernd auf den Tisch.

»Es ist so. Ich hab ein bisschen Geld gespart. Und dafür würde ich gern Kontaktlinsen kaufen.«

Mama starrte die Scheine und Münzen erstaunt an. Dann sah sie mich an.

»Aber Sigge!«, sagte sie. »Woher hast du denn so viel Geld?«

Ich zuckte die Schultern. »Hab ein paar Jobs gemacht«, erklärte ich. »Und dann hatte ich ja auch noch etwas gespart.«

Es wurde ganz still. Kim sah das Geld an, dann Mama und zuletzt mich. Mama stand auf, trat an den Tisch, nahm einen Schein in die Hand und legte ihn dann wieder hin.

»Aber Schatz«, sagte sie schließlich. »Du sollst doch nicht für dein eigenes Geld Kontaktlinsen kaufen!«

»Aber wo du doch immer so arm warst«, sagte ich. »Ohne Arbeit und so. Und jetzt ... also, ich meine, auch wenn du jetzt einen Job hast ... ich weiß, dass du gesagt hast, als Krankenpflegerin verdient man nicht besonders viel.«

Mama bekam ganz rote Wangen, und ich überlegte, ob das hier vielleicht eine von den Sachen war, über die man nicht so laut redete.

»Und außerdem will ich nicht wie ein schielender Volltrottel aussehen. Oder wie ein Minion«, fügte ich hinzu.

»Entschuldigung«, sagte Mama und warf Kim einen Blick zu. »Dürften wir uns vielleicht kurz unter vier Augen unterhalten?«

»Selbstverständlich«, sagte Kim und verließ schnell das Zimmer. Bevor er die Tür schloss, streckte er den Kopf herein und sagte: »Lasst euch ruhig Zeit!«

Mama setzte sich auf Kims Stuhl und sah mich unglücklich an. Sie sagte, es tue ihr leid, dass ich mir um das Geld Sorgen gemacht hätte. Das solle ich nicht tun. Das sei ihre Verantwortung. Als Mutter.

Und für eine Brille könne man außerdem einen Beitrag bekommen. Kontaktlinsen seien vielleicht teurer, aber wenn ich die wirklich haben wolle, würden wir das schon irgendwie hinkriegen. Sie dürfe sicher etwas von Oma leihen.

Dann nahm sie vorsichtig die Scheine in die Hand, einen nach dem anderen, sammelte sie zu einem kleinen Bündel und legte sie sorgfältig in meinen Geldbeutel zurück. Dann die Münzen.

»Hier, Sigge«, sagte sie. »Das ist dein Geld. Das sollst du für etwas ausgeben, was du haben willst.«

Sie reichte mir den Geldbeutel. Ich wollte ihn nicht annehmen, aber sie bestand darauf. Schließlich steckte sie ihn in die Tasche meiner Kapuzenjacke.

Als Kim nach einer Weile vorsichtig zur Tür hereinschaute, sagte Mama, dass wir *sowohl* ein neues Brillengestell anschauen als auch über Kontaktlinsen reden wollten. Das fand Kim vernünftig. Denn selbst wenn man Kontaktlinsen hätte, sei es gut, auch eine funktionierende Brille zu haben, sagte er. Falls man erkältet sei oder die Augen entzündet seien und sich erholen müssten. Ob ich wisse, was für eine Brillenfassung für mich infrage käme?

»Ich hab schon ein Gestell, das mir gefällt«, sagte ich, holte Junos Brille aus dem Rucksack und reichte sie ihm. Ich hatte sie sicherheitshalber mitgenommen – für den Fall, dass Zwölfjährige keine Kontaktlinsen haben durften oder irgendwas ähnlich Behämmertes.

»Wow«, sagte Kim. »Ist ja krass. Eine Markenfassung.«

»Woher hast du die?«, wollte Mama wissen, sie wurde aber von Kim unterbrochen.

»Und damit spart ihr natürlich eine Menge Geld. Oft ist die Fassung ja am teuersten.«

Er sah Mama an, die erleichtert wirkte.

»Man kann Gläser aus dünnerem Glas auswählen, die vergrößern die Augen nicht so stark. Mit deiner neuen Brille wirst du voll cool aussehen!«

* * *

Anschließend gingen wir langsam auf der Südlichen Promenade zu Halvars Eiskiosk. Die Sonne schien so schön, dass wir beschlossen, draußen zu sitzen, obwohl es nicht allzu warm war.

Mama bestellte ein Softeis und ich verschiedene Eissorten: Schoko, Stracciatella und Mango. Ich bekam drei supergroße Kugeln. Ganz so riesig wie die Kugeln, die man mit Opas Schneeballkelle bekam, waren sie allerdings nicht.

»Sigge«, sagte Mama und wischte sich den Mund mit der Serviette ab. »Ich möchte nicht, dass du so etwas über dich selbst sagst wie vorhin beim Optiker. Du bist kein schielender Trottel. Du hast die schönsten Augen in ganz Schweden und du bist schlauer als alle, die ich kenne.«

»Okay, von mir aus«, sagte ich.

Ich sah Mama an, wie sie mit ihrer Jeansjacke dasaß und mich in der Sonne anblinzelte. Sie hatte fast allen Lippenstift an der Serviette abgewischt und sah wieder aus wie sie selbst.

»Aber was ist, wenn andere so was über mich sagen?«, murmelte ich.

Zuerst glaubte ich, Mama hätte nicht gehört, was ich sagte, es dauerte nämlich etwas, bevor sie antwortete. Dann leuchtete plötzlich etwas in ihren Augen auf, und als sie sprach, klang es fast so, als würde sie knurren:

»Dann hau ich ihnen in die Fresse und sperre sie in den Keller und lasse sie nie wieder raus!«

Das kam so unerwartet, dass ich lachen musste. Zuerst sah Mama überrascht aus. Dann fing sie auch an zu lachen. Nach einer Weile verstummten wir.

»Sigge, macht dich der Gedanke an die Schule nervös?«, fragte sie schließlich.

»Mhmm.«

Ich seufzte und schaute auf meine Eiskugeln.

»Wovor hast du am meisten Angst?«

»Dass die anderen fies sind. Und dass niemand mit mir zusammen sein will.«

»Aber du hast doch Juno!«

»Die wird ja nicht einmal in meiner Klasse sein!«

»Wie willst du das wissen? Das ist doch durchaus möglich.«

Da erzählte ich alles.

Über den Brief von der Schule.

Und die Klassenliste.

Mama fand es wohl nicht unbedingt megaschlau von mir, dass ich alles zerrissen und ihr nichts gesagt hatte, aber sie begriff, dass ich enttäuscht war.

Sie legte ihre Hand auf meine und sah mir so intensiv in die Augen, als wollte sie mich hypnotisieren.

»Sigge, das wird alles gutgehen.«

Ihre Stimme war ruhig und bestimmt. Ich wollte ihr glauben. Ich wünschte so sehr, dass sie recht hatte. Aber wirklich wissen konnte sie das ja nicht.

NOCH 14 TAGE

MUSIKALISCHE SIAMKATZE
SUCHT HUMORVOLLES PFERD

Noch nie in meinem ganzen Leben hatte ich mich so gut mit jemandem unterhalten können wie mit Juno. Übrigens auch nicht so viel. Gleich von dem Moment an, als wir uns morgens sahen, bis zum letzten Moment am Abend, wenn wir uns trennten, quasselten wir pausenlos. Ich konnte ihr alles erzählen. Was ich dachte und fühlte, was ich alles gern machte.

Ich erzählte von Svedrik und dem Fußball, von meiner alten Schule und wie sehr ich mich dort als Außenseiter gefühlt hatte. Ich konnte sagen, dass ich mir Sorgen gemacht hatte, weil Mama kein Geld hatte, konnte zugeben, wie sehr ich Majken beneidet hatte, und mir laut darüber Gedanken machen, wie es Bobo einmal ergehen würde und ob sie wohl jemals lernen würde, mehr zu sagen als »Hallohallo!« und »Gujke«.

Das Einzige, was ich nicht erzählte, war die Wahrheit über meinen Vater. Dass der keineswegs bedrohte Tierarten in »Brass-Südafrika« rettete, sondern nur ein ausgeflippter Typ aus Australien war, der sich nicht einmal um seinen eigenen

Sohn kümmerte. Na ja, und den Gartenzwerg erwähnte ich natürlich auch nicht.

Juno erzählte auch – über ihre Eltern, die ihrer Meinung nach zu viel arbeiteten, über ihre eigenen Journalismuspläne und darüber, wie sie sich für ihre dünnen Babyhaare schämte.

Ich zeigte ihr Arrow sparrow und erzählte von Opa und dass ich davon träumte, ein Erfinder zu werden, genau wie er. Und Juno fand das kein bisschen komisch oder lächerlich, ganz im Gegenteil, sie ließ sich davon inspirieren, und schließlich entwickelten wir gemeinsam eine geniale Idee für eine neue Handyapp. Mit dieser App würden Leute, die sich unbedingt ein Haustier wünschten, aber aus irgendeinem Grund keines haben konnten (wie Juno), mit anderen Leuten Kontakt bekommen, die jemanden suchten, der ihnen mit ihren Tieren helfen wollte. Wie zum Beispiel ein paarmal die Woche nachmittags einen Hund ausführen oder sich vielleicht um ein Kaninchen kümmern, wenn der Besitzer im Urlaub war. Die App sollte *Funny Bunny* heißen oder *Happy Puppy* oder so ähnlich.

Die App könnte auch eine Möglichkeit für Tiere werden, einander zu treffen! Diese Idee kam uns, als wir uns fragten, ob Carolina wohl vor allem darum ausgerissen war, weil sie sich einsam gefühlt hatte? Zwar hatte sie zwei Meerschweinchen und einen Hund als Gesellschaft gehabt und auch noch unsere ganze Familie, aber vielleicht hatte sie ein

Tier vermisst, das mehr so war wie sie selbst? Eins, das die gleichen Interessen hatte?

Kichernd schrieben wir ins Notizbuch, was in dieser App stehen könnte:

Einsame Stabschrecke, die gern mit Tannenzapfen spielt und es liebt, Eiskunstlauf anzuschauen, sucht gleichgesinnte Schrecke für gemütliche Stunden daheim im Terrarium.

Oder:

Bin ein fröhlicher Hamster in den besten Jahren und liebe es, an Möhren zu nagen und in meinem Rad zu laufen. Würde mich gern mit einem Meerschweinchen treffen, um über gesunde Ernährung und Training zu reden.

Oder vielleicht:

Hallo! Langhaarige, musikalische Siamkatze, vier Herbste jung, sucht ein sympathisches, humorvolles Pferd für Reisen in sonnige Gegenden. Solltest du dich für Mäuse interessieren, wäre das ein großes Plus.

Vielleicht wäre die App auch für einsame Menschen geeignet, die Freunde finden wollten? Für Leute wie mich? Oder nein, für Leute, die so waren, wie ich gewesen war.

Wir untersuchten, was für Programme nötig waren, um eine App herzustellen, und ob es vielleicht irgendeinen Kurs gab, wo man das lernen konnte.

Die Tage flogen vorbei, schneller als jemals bisher in meinem Leben. Wir radelten und skateten, führten Einstein aus und fuhren zum Schwimmen an den See. Ich begleitete

Juno sogar bei ihren Aufträgen für *Blacka News*, wo sie über eine Katze berichtete, die in einem Baum feststeckte, und darüber, dass die Pizzeria drei neue Pizzas im Menü hatte. Als eine Dame, die ihren Rollator verloren hatte, interviewt werden sollte, ließ Juno mich vor der Kamera stehen! Alles war perfekt! Ab und zu vergaß ich fast, mir Sorgen um die Schule zu machen, die viel zu bald anfangen würde. Aber nur fast.

Das Einzige, was an mir nagte, war der Gartenzwerg, und als die Ansichtskarte aus London in Junos Briefkasten landete, flammte Junos Zorn über den Diebstahl des Zwergs erneut auf. Krille Marzipan hatte geschrieben:

Good morning! Hier kommt ein Gruß aus der Hauptstadt Englands! Gestern habe ich eine Riesenportion fish and chips gegessen, davon wären mindestens fünf Gartenzwerge satt geworden. Danach hab ich den Big Ben besucht (siehe Vorderseite) und danach Madame Tussauds Museum, wo ich Wachspuppen besichtigte, die bekannte Persönlichkeiten darstellten. Meine Favoriten waren Elvis und Madonna. Sie sahen total lebendig aus! Heute fahre ich zum Portobello Road, wo es sonntags immer einen interessanten Markt geben soll. See you soon! / Bilbo

Ich zählte die Tage bis zu Krilles Rückkehr, damit ich alles wiedergutmachen konnte.

NOCH 9 TAGE
INLINER MIT HACKFLEISCH

Als Krille von seiner Reise zurückkam, war er wie ausgewechselt! Er war braungebrannt, hatte sich eine dicke Armbanduhr zugelegt und warf beim Reden mit französischen und englischen Brocken um sich. Außerdem war er irgendwie… lebendiger. Wirkte energischer. Er brachte für jeden von uns ein Geschenk mit. Wir saßen in der Fliederlaube und aßen Marzipantorte, die Mama gebacken hatte, und als Krille die Geschenke verteilte, war es fast ein bisschen wie Weihnachten!

Oma bekam eine goldene Halskette mit einem echten roten Rubin und Mama eine Parfümflasche, die wie der Eiffelturm aussah, Majken bekam (leider) eine Trommel, die man sich an einem Band um den Hals hängen konnte, und Bobo einen Schmuse-Dachs. Mir hatte Krille eine dieser runden Schneekugeln aus Glas mitgebracht, in der aber kein Schnee schneite, sondern goldene Glitzerflocken! In der Kugel saß ein schwarzbrauner Plastikhund, der stark an Einstein erinnerte! Echt super! Lauter perfekte Geschenke. Krille Marzipan hatte gewusst, was jeden von uns freuen würde. Das fand ich toll!

Nach dem Kaffeetrinken bat Krille mich, in sein Zimmer mitzukommen, wo er gerade seinen Koffer auspackte. Dort bekam ich den Gartenzwerg zurück, der genauso gesund und munter aussah wie bei seiner Abreise. Ich bedankte mich bei Krille, dass er ihn auf die Reise mitgenommen hatte, und für die Ansichtskarten und die Fotos. Krille konnte ja nicht wissen, dass ich schon seit Langem keine Bilder mehr auf *Runawaygnome* gepostet hatte, und er konnte auch nichts dafür, dass die Ansichtskarten mehr Probleme als Freude bereitet hatten. Krille musste versprechen, keinem Menschen etwas von dem Zwerg zu erzählen, er gab mir die Hand darauf und erklärte feierlich:

»Versprochen! Dieses Geheimnis nehme ich mit ins Grab!«

Ich hatte vor, den Gartenzwerg spät in dieser Nacht zurückzubringen. Aber vorher musste ich ihn verstecken, weil ich ja nicht riskieren wollte, dass Juno ihn zu Gesicht bekam. Ihr Großvater war gerade zu Besuch, aber sie hatte gesagt, sie würde vielleicht später am Abend kurz vorbeischauen. Mein Zimmer war als Versteck zu gefährlich, weil wir dort die meiste Zeit verbrachten. Bobos Zimmer wäre wohl der sicherste Ort. Die Wahrscheinlichkeit, dass Juno ihn dort finden würde, war gleich null. Ich legte mich auf den Boden und schob den Zwerg so weit wie möglich unter Bobos Bett.

Als ich wieder nach unten wollte, streckte Krille Marzipan den Kopf aus seiner Tür und sagte:

»Hallo, Sigge. Würdest du mir vielleicht bei einer Sache helfen?«

»Klar«, sagte ich. »Bei was denn?«

Krille erzählte, er habe fast den ganzen Film fertig gedreht (innerhalb von nur drei Wochen, eine echte Leistung!), jetzt sei nur noch eine Szene übrig, nämlich die atemberaubende Schlussszene: Der Forscher, der den ganzen Raubtierpark aufgebaut hat, Ray Schwarzenuhler-Bernstein, dargestellt von Krille Marzipan persönlich, wird gejagt und schließlich von einem wilden Löwen aufgefressen.

Das sollte eine Szene voller Action und Spannung werden, darum sollte der Zuschauer die Jagd durch die Augen des Löwen zu sehen bekommen. Man sollte sehen, wie der Löwe hinter Ray Schwarzenuhler-Bernstein herstürzt, sich auf ihn wirft und ihn in blutige Fleischfetzen reißt. Um das richtige Gefühl davon zu vermitteln, musste die Kamera sich sehr schnell vorwärtsbewegen, aber gleichzeitig auch sehr nahe herankommen, sodass man praktisch miterlebte, wie Ray Schwarzenuhler-Bernstein von dem Löwen aufgefressen wurde.

Krille erklärte, er habe versucht, die Szene von einem Auto oder einem Fahrrad aus zu filmen, aber nichts habe geklappt. Jetzt überlege er, ob ich möglicherweise auf meinen Inlinern hinter ihm herfahren und gleichzeitig filmen könnte, wie er um sein Leben rannte. Das würde garantiert den gewünschten Effekt erzielen.

»Hm«, sagte ich, »das wird vielleicht schwierig. Auf den Inlinern muss man ja hin und her skaten. Dann bewegt sich die Kamera irgendwie im Zickzack, mal nach rechts, dann nach links und dann wieder nach rechts.«

Ich machte eine Wellenlinie mit der Hand. Krille sah enttäuscht aus.

»Veflixt aber auch«, sagte er. »Du hast recht. Hm, wie soll ich das nur lösen …? Ich muss gestehen, das bereitet mir Sorgen, jetzt sind es nämlich weniger als zehn Tage bis zur Premiere! Ich hab schon Anzeigen in die Zeitung gesetzt und das ganze Bürgerhaus gemietet.«

Wir sahen einander an. Krille Marzipan rieb sich das Kinn. Ich wollte Krille wirklich helfen, er hatte mir ja auch geholfen. Opas Worte fielen mir ein: »In der Fantasie sind alle Ideen erlaubt.«

Ich ließ den Gedanken freien Lauf. Ließ sie ungehindert durch meinen Kopf fliegen. Dann plötzlich! Eine fantastische Idee tauchte auf!

»Warte hier!«, sagte ich zu Krille und lief in mein Zimmer.

Ich zog meine Harpunenerfindung unter dem Bett hervor und rannte damit in sein Zimmer zurück.

»Was hast du damit denn vor?«, fragte Krille lachend. »Willst du mich abschießen?«

»Nein, nein, ich erklär's dir! Gestatte mir, dir Arrow sparrow vorzustellen!«

Anfangs war Krille eher unschlüssig, er bezweifelte wohl,

dass es funktionieren könnte. Doch als ich zur Demonstration den Pfeil direkt in die Wand schoss und danach auf den Knopf drückte und die Leine aufgewickelt wurde, erhellte sich sein Gesicht, er packte mich an den Schultern und schüttelte mich leicht.

»Sigge«, sagte er überwältigt, »du hast mich gerettet!«

* * *

Wir nahmen den Schotterweg zur Kullersta-Kirche, wo ich sonst immer mit Einstein Gassi gehe. Dort sollte es laut Krille eine Gegend geben, die an den Raubtierpark erinnerte. Krille hatte sich inzwischen umgezogen und trug jetzt die Sachen, die Ray Schwarzenuhler-Bernstein im Film anhatte: ein blau-weiß gestreiftes, ziemlich schmutziges Hemd, eine Hose mit Hosenträgern und eine alte Wildlederjacke.

Als wir bei der großen weißen Kirche ankamen, war Krilles Gesicht schweißnass und sein Hemd klebte ihm an der Brust. Kein Wunder, schließlich hatte er diese dicke Jacke an, und in der prallen Sonne waren es fast dreißig Grad. Während ich mir meine Inliner anschnallte, suchte Krille nach einem guten Drehort, und den fand er ein paar Meter vor der Kirche. Ein Baum, davor ein kleiner Rasenfleck, und rings um den Baum ebener Asphalt. Wie geschaffen fürs Inlinerfahren.

Jetzt bereitete Krille die Szene vor: Er spannte sich eine

Tüte Hackfleisch, mit Fake-Blut gemischt, unterm Hemd um den Bauch. Wenn der Löwe, also ich, über ihn herfiel, würde Krille die Tüte irgendwie so aufreißen, dass Blut und Hackfleisch herausquollen. Das würde dann wie Krilles Eingeweide aussehen.

»Aber wird man deine Hände denn nicht sehen, wenn du das Hackfleisch herausziehst?«, fragte ich.

»Das wird später weggeschnitten«, behauptete Krille selbstbewusst.

Dann zeigte er mir eine winzige durchsichtige Plastikampulle voller Fakeblut, die er im Mund haben würde. Wenn er die Ampulle in der Schlussszene durchbiss, würde ihm Blut aus dem Mundwinkel fließen! Das würden die allerletzten Sekunden des ganzen Filmes sein, also musste ich gut darauf vorbereitet sein: der Forscher Ray Schwarzenuhler-Bernstein, der in die Kamera starrte, während ihm das Blut langsam aus dem Mund sickerte.

Krille umwickelte mich zweimal mit Silbertape, um das Handy damit vorne an meinem Brustkorb zu befestigen. Ich hatte zwar angenommen, dass wir eine richtige, viel größere Filmkamera haben würden, aber schließlich war Krille ja der Fachmann. Und die Harpune, die mir vorne am Bauch hing, hatte immerhin ein ordentliches Gewicht, also war ich nur froh, dass ich nicht auch noch zusätzlich eine Kamera halten musste.

Wir machten dreimal einen Probelauf, aber ohne Blut,

um sicherzugehen, dass alles klappen würde. Wenn Krille seine Klamotten erst einmal vollgeblutet hätte, wäre es nämlich schwierig, sie wieder zu entbluten, sozusagen, und die Szene noch einmal zu drehen. Wir hatten einen einzigen Dreh, und der musste perfekt sein.

Der Plan sah folgendermaßen aus:

1. Ich schieße den Harpunenpfeil in den Baum, der ungefähr zwanzig Meter entfernt steht.
2. Krille stellt sich ungefähr zehn Meter vor mir hin.
3. Krille rennt los.
4. Ich drücke sofort auf den Knopf der Kapsel, damit die Leine aufgewickelt wird und mich auf meinen Inlinern zum Baum zieht.
5. Auf dem kleinen Wiesenfleck vor dem Baum bricht Krille Marzipan zusammen, und der Löwe, also ich, falle über ihn her und reiße große Fleischbrocken aus ihm heraus.
6. Krille stirbt einen langsamen, qualvollen Tod, und der Löwe schlabbert Krilles Eingeweide in sich rein.

Beim Probeschießen traf ich einmal daneben, aber das war nicht so schlimm. Das ließ sich leicht verbessern: einfach noch einmal schießen. Schlimmer wäre, wenn ich beim Aufwickeln der Leine hinfiele. Ich stellte mich möglichst breitbeinig hin, um diesem Risiko vorzubeugen.

Dann war es so weit. Krille sah mich mit ernstem Blick an. Er wischte sich mit einem Taschentuch den Schweiß aus dem Gesicht.

»Jetzt gilt es, Sigge. Bist du bereit?«

Ich nickte. Ich war bereit. Krille war bereit.

Ich stand regungslos da. Richtete meine volle Aufmerksamkeit auf den Baum. Holte tief Luft. Dann schoss ich den Harpunenpfeil ab und sah, wie er in einem perfekten Bogen losflog und sich mitten in die Rinde bohrte. Tief und fest. Die Leine spannte sich wie ein gerader Strich von mir zum Stamm. Krille schaltete das Handy auf meinem Bauch ein, damit es filmte, stellte sich dann zehn Meter vor mir hin, sah über die Schulter und schrie:

»ACTION!«

Und rannte los. Ich machte ein paar vorsichtige Schritte auf den Inlinern, um Starttempo zu gewinnen, und drückte dann auf den Knopf an der Dose. Sofort spürte ich, wie die Leine sich spannte, um mich dann heftig nach vorn zu zerren. Ich begriff, dass ich direkt in Krille reinfahren würde, lange bevor er den Rasenfleck erreicht hätte! Und ich hatte den Gedanken noch nicht einmal zu Ende gedacht, als ich schon in Krilles Rücken krachte. Krille schrie auf und stürzte auf den Asphalt, während ich hilflos über ihn stolperte. So war es ganz und gar nicht geplant gewesen! Krille sah mich entsetzt an, und ich weiß nicht, ob das echt war oder zu seiner Rolle als Ray Schwarzenuhler-Bernstein gehörte.

Ich versuchte aufzustehen, aber die Leine und Krilles Körper hinderten mich daran, stattdessen fiel ich sofort wieder hin. Da stieß Krille einen Schrei aus, ein angsterfülltes herzzerreißendes Gebrüll voller Panik, dann riss er sein Hemd auf, dass die Hemdknöpfe nur so flogen, und verschmierte das Hackfleischblut auf seinem Bauch. Ich wollte mich aufrichten, um das auf den Film zu bringen, doch da ging noch ein Ruck durch die Leine und zog mich auf Krille hinunter. Mein Gesicht wurde in das warme, stinkende Hackfleisch gedrückt.

Als es mir schließlich gelang, mich irgendwie zu befreien, zog die Leine mich unweigerlich auf den Baum zu, wo ich mit der Schulter voraus an den Stamm prallte. Dort riss ich mir die Riemen mit der Harpune vom Leib und fuhr zu Krille Marzipan zurück, der sich brüllend auf dem Asphalt hin und her wand. Ich beugte mich über ihn, damit die Kamera sein Gesicht filmen konnte.

Krilles Augen waren weit aufgerissen. Ich sah, dass er kaute. Er kaute und kaute. Schließlich war ein leises Knirschen zu hören, dann sickerten ihm ein paar Tropfen Blut aus dem Mund und übers Kinn, um zuletzt in einem kleinen roten Punkt auf dem Hemdkragen zu landen. Ich filmte immer weiter. Dann hörte er plötzlich auf, sich zu bewegen. Sein Körper wurde schlaff und sein Blick verwandelte sich in totes Starren. Ich filmte und wartete. So verging eine Sekunde, zwei vergingen, drei, vier, fünf. Und plötzlich schrie er:

»Aaaand cut!«

Krille sprang auf die Beine, spuckte alles aus, was von der Plastikampulle übrig war, und lächelte so breit, dass seine blutigen Zähne sowohl im Oberkiefer als auch im Unterkiefer sichtbar wurden, was ihn absolut lebensgefährlich aussehen ließ.

»Wuuuunderbar! Groooßartig! Einfach gigantisch!!«, schrie er, während er mich hochhob und mich einmal durch die Luft wirbelte. Mir blieb fast die Luft weg, und sein hackfleischiger Bauch verschmierte mein T-Shirt, doch das schien er nicht zu merken.

Als er mich wieder auf den Boden hinunterließ, fiel ein Klümpchen blutiges Hackfleisch auf einen meiner Skates hinunter.

»Tut mir leid, dass ich auf dich gestolpert bin!«, sagte ich. »Hat es wehgetan?«

»Nein, nein, oder doch, ja! Aber Schmerz ist ein weltliches Ding. Ist nicht wichtig! Wichtig ist, dass wir es im Kasten haben!«

»Glaubst du wirklich?«, sagte ich unsicher. Immerhin war ich nicht nur einmal, sondern zweimal auf ihn gefallen, als die Leine sich verheddert hatte. Da hätte ich schon erwartet, dass Krille mindestens ein bisschen unzufrieden sein würde.

»Na ja. Alles verlief vielleicht nicht ganz planmäßig, mit dem Aufprall und so, und diese Blutampulle, die wollte sich ja einfach nicht zerbeißen lassen, aber im großen Ganzen!

Ein fantastischer Einsatz, Sigge! Ich bin *zutiefst* von dir beeindruckt!«

Ich hatte Krille Marzipan bisher noch nie so froh und glücklich gesehen. Er lachte und gestikulierte. Dieses ganze Filmprojekt hatte ihn wirklich aufblühen lassen!

Als wir uns umwandten, um wieder nach Hause zu gehen, sah ich zehn oder zwölf Personen mit offenen Mündern und weit aufgerissenen Augen dastehen. Eine der Personen in typischem Pfarrersgewand. Vermutlich eine … ja, eine Pfarrerin.

»Ach, natürlich«, sagte Krille, »heute ist ja Sonntag. Vielleicht war da ein Gottesdienst?«

Ich schaute mich um. Sah das, was die Leute sahen – den Pfeil im Baum, Krilles blutiges Gesicht und seinen blutigen Bauch, meine hackfleischigen Inliner, das mit Silbertape an meine Brust geheftete Handy …

»Ist alles in Ordnung?«, rief die Pfarrerin plötzlich.

Ihre Stimme klang hell und besorgt.

»Alles in bester Ordnung. Ehrlich gesagt, in ganz kolossaler, fantastischer Ordnung«, rief Krille als Antwort, während ein weiterer blutiger Hackfleischklumpen auf den Asphalt fiel.

Krille machte ein paar Schritte auf die Leute zu, was zur Folge hatte, dass ein paar ältere Frauen zurückwichen. Krille bemühte sich, beruhigend zu lächeln, und zeigte dabei sein blutiges Gebiss. Da begann ein kleines Kind zu weinen.

»Es ist so, wir drehen nämlich gerade einen Film«, versuchte ich zu erklären.

»Ja, genau!«, schrie Krille. »Carnivore Park! Der Raubtierpark! Behalten Sie die Kinos in nächster Zeit im Auge! Komm jetzt, Sigge«, sagte er und nickte mir zu. »Wir müssen nach Hause, um unser Meisterwerk anzuschauen.«

Mit seiner blutigen Hackfleischhand winkte er der Pfarrerin und den Kirchgängern zum Abschied zu.

»Aber Arrow sparrow sollten wir lieber nicht vergessen«, sagte ich.

»Ach ja, natürlich!«, sagte Krille. Gemeinsam zogen wir den Pfeil aus dem Baumstamm und rollten die Leine der Harpune auf. Die Pfarrerin und ein paar weitere Leute blieben noch neugierig stehen und schauten zu. Aber niemand riskierte es, näher zu kommen.

Während wir zu Omas Haus zurückgingen, dachte ich daran, wie es gewesen war, als Krille mich hochgehoben und herumgewirbelt hatte. Wenn mir heute früh jemand gesagt hätte, dass ich von einem sechzigjährigen hackfleischverschmierten Mann umarmt werden würde, hätte ich wahrscheinlich gesagt: »Nein, bitte nicht!« Aber jetzt musste ich zugeben, dass es mir ehrlich gesagt gefallen hatte.

NOCH 8 TAGE

DIE KATASTROPHE!

Juno beugte sich über das Flipperspiel. Ihre weit offenen Augen bewegten sich hin und her und versuchten, allem zu folgen, was auf der Spielfläche passierte. Der Flipper klingelte und blippte, und wenn man Glück hatte, dann machte es »Bröööp«, was bedeutete, dass die Kugel eine ganz besonders gute Stelle getroffen hatte. Die Punkte tickten hörbar herein, mal hier ein Tausender und dann wieder dort ein Tausender. Aber ich führte mit vierzigtausend, und dies war Junos allerletzte Kugel, darum war ich überzeugt, dass ich gewinnen würde. Juno drückte unentwegt auf die seitlichen Knöpfe, damit die kleinen Flipper die silberne Kugel immer wieder erneut davonschlugen. Junos einzige Strategie war, so schnell wie möglich auf die Knöpfe zu drücken. Plötzlich fuhr die Kugel direkt in den kleinen Gang und traf auf den roten Knopf. Der machte »bong bong«, Juno erhielt fünfzigtausend Punkte, und dann prallte die Kugel noch weiter zwischen den verschiedenen Säulen hin und her, bevor sie zwischen die Flipper reinschlüpfte und ins Loch hinab verschwand. Wir starrten die Punkteanzeige an. Juno hatte mit über dreizehntausend Punkten Vorsprung gewonnen! Sie sah zuerst mich an und dann wieder die Punkte. Und plötzlich schien sie es zu kapieren.

»Whoaaah!«

Vor Freude hüpfte sie auf und ab. Die türkisen Haare tanzten. Ich wurde ganz happy, als ich sah, wie froh sie war.

»Ich hab gewonnen, Sigge!«

»Ja, das sehe ich. Glückwunsch!«

»Ich hab *gewonnen!* Du hast ja keine Ahnung, wie unglaublich das ist! Bei so was gewinne ich *nie!*«

»Freut mich echt für dich!«, sagte ich.

»Ich bin die Beste! Ich bin die *Beste!*«

Sie sah so glücklich aus und hüpfte genauso in meinem Zimmer herum, wie die Flipperkugel es noch vor ein paar Sekunden im Spiel gemacht hatte. Ich musste lachen. Sie lachte ebenfalls und ließ sich auf mein Bett fallen.

»Shit, ich bin total verschwitzt.«

»Komm, wir holen uns in der Küche was zu trinken«, schlug ich vor.

»Bin zu k.o., kann nicht aufstehen«, sagte Juno, aber ich trat zu ihr hin und zog sie an der Hand, bis sie sich aufrichten musste.

In dieser Sekunde tauchte jemand auf, jemand sehr Kleines. Bobo, mit einem Schnuller im Mund und einer gelben Sache unterm Arm.

»Hallohallo«, sagte sie fröhlich.

Gleichzeitig sah ich etwas Grauenhaftes. Das, was Bobo da unterm Arm trug, erkannte ich nur zu gut wieder. Es war der Gartenzwerg. Nur dass er in etwas eingewickelt war, das stark an Mamas gelbes Nachthemd erinnerte. Oben auf der spitzen Zipfelmütze saß eine weiße Babymütze.

So eine verdammte Megasuperscheiße! Am vorigen Abend hatte ich es nicht mehr geschafft, den Zwerg zurückzubringen, weil so schrecklich viel los gewesen war. Krille und ich hatten unsere Filmaufnahme bei der Kirche angeschaut, und dann hatte er mir gezeigt, wie man Film schneidet. Und als Juno vorbeikam, machten wir einen Kekskuchen und guckten mit Mama und Majken eine Fernsehserie. Und dann hatte ich Juno zu ihrem Gartentor begleitet, und als ich schließlich zurückkam und Mama klarzumachen versuchte, ich müsse noch einmal fort, war Mama sehr uneinsichtig gewesen und hatte mich sofort ins Bett geschickt, weil es bereits halb zwölf war. Also hatte ich mir gesagt, ich stehe morgen früher auf und bringe den Zwerg dann zurück. Doch das war mir heute morgen einfach aus dem Kopf gefallen. Aus meinem dummen beschissenen Kopf! Wie konnte ich nur so vergesslich sein?

»Bobo, verschwinde! *Raus aus meinem Zimmer!*«, brüllte ich.

Bobo sah mich mit ihren großen blauen Augen erstaunt an. Dann sah sie Juno an, die, wie ich zu meinem Entsetzen bemerkte, direkt hinter mir stand. Bobo saugte ein paarmal am Schnuller. Dann begann der Schnuller zu zittern. Bobo war es nicht gewohnt, von mir angeschrien zu werden. Ich fühlte mich total mies, aber das Einzige auf der Welt, worauf es jetzt gerade ankam, war, dass Bobo nicht mein Zimmer betrat.

»Aber das macht doch nichts«, sagte Juno freundlich. »Sie kann doch gern hier sein?«

»Nein!«, versetzte ich streng. »Du hast ein eigenes Zimmer, Bobo. Da musst du jetzt hin. Geh!«

Bobo begann zu weinen. Die blonden Locken standen ihr wirr vom Kopf ab, und sie weinte mit weit offenem Mund, behielt dabei aber auf wundersame Weise den Schnuller im Mund.

»Tut mir leid, Bobo«, sagte ich etwas freundlicher, »aber du musst wirklich in dein Zimmer gehen.«

Ich trat zu ihr und versuchte ihren molligen kleinen Körper umzudrehen, damit ich sie aus dem Zimmer schieben konnte.

Mein Kopf dröhnte vor Verzweiflung. Ein Wunder, dass Juno den Zwerg noch nicht entdeckt hatte. Glück im Unglück war, dass Bobo ihn in dieses Nachthemd gewickelt hatte. Jetzt stemmte Bobo die Fersen gegen den Boden und schrie:

»Neinnein!«

Ich wollte sie gerade hochheben, als die Katastrophe geschah.

Bobo ließ den Zwerg auf den Boden fallen. Ein deutliches »KRACK!« war zu hören.

»Was war das denn?«, fragte Juno.

»Neinnein!«

Bobos Weinen erreichte eine noch nie gehörte, durchdringende Lautstärke. Es klang wie eine Feuerwehrsirene.

Juno trat zu Bobo hin, um das Bündel aufzuheben, das der Kleinen aus den Armen gefallen war.

Das Nachthemd rollte sich auf und entblößte die braune Hose und den blauen Kittel des Gartenzwergs.

Das Einzige, was ihn noch ein bisschen unkenntlich machte, war die weiße Babymütze, die seinen Kopf schmückte. Das und die Tatsache, dass er inzwischen aus zwei Teilen bestand.

»Aber was …?«, sagte Juno.

Ich glaube, eigentlich vergingen nur ein paar wenige Sekunden. Aber es war, als würden wir viele Minuten lang nur dastehen und die Scherben des Gartenzwergs Bilbo anstarren. Oder die Scherben von Tom Thelander, wie er ja eigentlich hieß.

Dann drehte Juno sich langsam um. Und als ihre graublauen Augen auf meine trafen, war es, als würden sie Blitze schießen.

»*Du* warst das?!«

»Ich … ich kann das erklären«, sagte ich und wich zurück, als hätte ich Angst vor Schlägen.

»DU *hast ihn genommen?!* Wie konntest du nur? Wie konntest du nur so etwas tun?!«

»Juno, ich …«

»Du Mistkerl, Sigge! Du bist ein echter Mistkerl! Ich will dich nie mehr sehen! Hast du das verstanden? Nie mehr!«

Sie riss die beiden Gartenzwergscherben an sich und dabei versehentlich auch das Nachthemd, stampfte die Treppe nach unten und knallte unsere Haustür hinter sich zu.

* * *

Hinter den Augen drückten die Tränen. Hinter meinem schielenden Auge und dem anderen, dem normalen. Meine Augen schienen ein Beweis dafür zu sein, dass in meinem Kopf nicht alles stimmte. Ich war schief. Ich war falsch. Ich war blöd im Kopf. Ich wusste nicht, wie man sich unter Menschen benimmt. Warum waren Menschen nicht so wie Tiere? Wie Hunde? Hunde waren so einfach. Die verurteilten nicht. Die fanden nie, dass man etwas Blödsinniges sagte. Die fanden nicht, dass man ein Idiot war. Die scherten sich nicht darum, dass man einen ollen Gartenzwerg hatte mitlaufen lassen, ohne es eigentlich gewollt zu haben. Ich würde das mit den Menschen aufgeben. In Zukunft nur noch mit Tieren verkehren. Ich verkraftete es nämlich nicht mehr, immer nur zu versagen.

Ich verließ das Haus, ging an der Corvette und an der

Fliederlaube vorbei. Bog um die gelbe Hausecke und begann in die Tanne hinaufzuklettern. Die klebrigen scharfen Tannennadeln am Stamm stachen mir in die Handflächen, und plötzlich kamen die Tränen, sie strömten mir über die Wangen, vielleicht wegen der stechenden Nadeln, aber vielleicht auch nicht. Weiter oben waren die Äste dünner und bogen sich unter meinem Gewicht. Die Tanne schwankte leicht. Dann erreichte ich das Dach. Vorsichtig zog ich mich auf den flachen Teil. Kroch über die Dachziegel. Legte mich auf den Rücken. Die Sonne war hinter weißem Dunst versteckt. Der Himmel war graublau, ein helles Graublau, genau wie Junos Augen.

Die Tränen strömten immer noch. Und natürlich flossen sie extra reichlich aus meinem hässlichen, wertlosen Auge, ist doch klar, oder? Ich schlug mir mit der Faust direkt aufs Auge. Ich wollte, dass es sich anständig aufführte. Das löste einen Sternenregen an der Innenseite des Augenlids aus. Gelbe, rote, weiße Sterne, die explodierten und verschwanden. Es tat weh, aber nicht so sehr, wie ich gehofft hatte, darum schlug ich noch einmal zu.

Ich weinte und sah das Sternenall an, das sich in meinem Kopf befand.

Ich weiß nicht, wie lange ich dort lag. Aber ich lag dort, bis mein Körper nicht mehr zitterte, bis die Tränen aufgehört hatten zu fließen, bis keine schluchzenden Töne mehr aus meinem Mund drangen.

NOCH 6 TAGE

MEIN WERTLOSES LEBEN

Oma und ich fuhren mit der Corvette nach Norrköping, um meine neue Brille abzuholen. Dort warteten auch zwei Kontaktlinsen auf mich, die ich anprobieren sollte.

Mein Körper bewegte sich schwerfällig und langsam und meine Zunge schien gelähmt zu sein, ich konnte nämlich irgendwie nicht sprechen. Oma musste etwas gemerkt haben, denn sie fragte, was denn sei, doch ich zuckte nur mit den Schultern. Was hätte ich schon sagen können? Aber hinter der Sonnenbrille brannten mir Tränen in den Augen. Seltsam, dass die so brennen können, obwohl sie doch aus Wasser bestehen.

Optiker-Kim bog an dem neuen Gestell herum, bis es bequem und gut auf der Nase und hinter den Ohren saß, und dann zeigte er mir, wie man die Kontaktlinsen einsetzt. Ich durfte es ein paarmal üben, es fiel mir aber schwer, weil meine Augen immer wieder tränten.

Kim erklärte, das könne vorkommen, weil die Augen noch nicht daran gewöhnt seien.

Ich erklärte nicht, dass es auch vorkommen könne, weil

man einfach zu blöd sei. Kim fügte noch hinzu, viele hätten am Anfang Probleme damit, die Kontaktlinsen einzusetzen, ich solle zu Hause weiterüben. Dann wollte er wissen, ob ich noch Fragen hätte. Am liebsten hätte ich ihn, den Augenexperten, gefragt, wie viel man eigentlich weinen kann? Wie viele Tränen die Augen produzieren können? Seit gestern musste ich nämlich mindestens einen Liter geweint haben. Aber ich schüttelte nur den Kopf. So was konnte man nicht fragen.

Nachdem Oma bezahlt hatte und wir den Laden gerade verlassen wollten, rief Kim, ich solle mich ruhig melden, wenn irgendetwas geändert werden müsste. Ja, mein Leben, hätte ich am liebsten gesagt. Mein Leben muss geändert werden. Mein wertloses Leben. Aber auch da sagte ich nichts. Und er hatte natürlich die Brille gemeint.

Wir fuhren wieder nach Skärblacka zurück, und mit meiner neuen Brille sah die Welt anders aus. Alle Konturen waren schärfer, die Farben klarer und die Einzelheiten deutlicher. Aber wer wollte die Welt schon deutlicher sehen, wenn sie so hässlich war?

Oma schielte zu mir rüber, während ihre grauen Haare wild im Wind wirbelten, obwohl sie sich ein rotes Tuch um den Kopf gebunden hatte. Sie steckte sich eine Zigarette an, lächelte und sagte, mit meiner neuen Brille würde ich aussehen wie »a million bucks«. Aber ich dachte im Stillen, ich sehe nicht einmal wie fünfzig lausige Öre aus.

Ich wollte einfach immer weiterfahren, immer auf den Horizont zu, anstatt jemals wieder nach Hause zu kommen. Aber Oma bog bei der Abzweigung nach Skärblacka ab. Klar machte sie das. Nichts wurde jemals so, wie ich es wollte. Nichts wurde jemals so, wie ich es mir vorgestellt hatte.

NOCH 5 TAGE
EIN DREIFACHER WILDE

Ich saß im Liegestuhl auf der Terrasse, als Mama am nächsten Morgen von der Arbeit nach Hause kam. Es war erst acht Uhr, aber ich war schon seit drei Stunden wach. Am Abend davor hatte ich versäumt, das Rollo herunterzuziehen, darum war das Zimmer bereits in aller Frühe so hell wie die Bühne bei einem Beyoncé-Konzert. Einstein lag zu einem großen schwarzen Kringel zusammengerollt neben mir und schlief, ab und zu stiegen kleine Schnarchtöne aus der wolfsähnlichen Schnauze. Als Mama auf die Terrasse kam, stand er ausnahmsweise nicht sofort auf, sondern hob nur träge sein linkes Augenlid an, um dann weiterzuschlummern.

»Aber Schatz, sitzt du hier?«, sagte sie.

»Nein«, antwortete ich.

Sie lächelte. Das war mein üblicher alter Witz.

Sie hockte sich neben mich und strich mir übers Haar. Plötzlich lachte sie erfreut auf. Sie fasste mir ans Kinn und drehte mein Gesicht zu sich hin.

»Aber jetzt seh ich es ja! Deine neue Brille! Ganz toll!«

»Ja, die ist tatsächlich gut geworden.«

»Ja! Wirklich schön!«

Wir schwiegen kurz.

»Was machst du gerade?«

»Videos von Eiskunstlauf gucken. Bin früh aufgewacht und konnte nicht wieder einschlafen.«

Das tat ich jetzt schon seit drei Stunden. Aus irgendeinem Grund hatte das eine beruhigende Wirkung auf mich. Ich hatte verschiedene Videos von der Olympiade angeguckt. Einzelläufer, Paarläufer und Eistänzer. Immer wieder sah ich mir die Pirouetten und Sprünge an und wie die Eiskunstläufer sie miteinander kombinierten. Die Sprünge, die zum Beispiel Salchow, Lutz oder Rittberger hießen, nach ihren Erfindern. Ich fände es auch super, wenn ein Sprung nach mir benannt wäre. Ein Wilde. So ungefähr: »Wow, er hat einen dreifachen Wilde geschafft!« Aber wie sollte dieser dreifach Wilde dann aussehen? Eine Pirouette direkt in eine Corvette hinein, sodass der Alarm losging?

»Du, Sigge, ich hab gute Neuigkeiten!«

»Was denn für welche?« Ich konnte mir wirklich nicht vorstellen, was das sein könnte.

»Ich hab die Mosstorpschule angerufen und mit dem Rektor gesprochen. Mit dem Ergebnis, dass du *selbstverständlich* die Klasse wechseln kannst! Weil deine hartnäckige Mama den Rektor ein bisschen genervt hat! Jetzt darfst du in die Klasse von Juno gehen!«

Mama lächelte. Ich konnte sie fast nicht anschauen. Sie

sah so erwartungsvoll aus. Alles war zu spät. Aber das konnte sie ja nicht wissen.

»Sag mal … freust du dich denn gar nicht?«

»Doch, doch, klar freu ich mich. Es ist nur so, dass … ja. Aber es war echt lieb von dir, dass du angerufen hast.«

Ich wollte von dem Gartenzwerg erzählen, von allem, was passiert war, das wollte ich wirklich. Aber ich wusste nicht einmal, wo ich anfangen sollte. Wie erklärt man, dass man versehentlich einen Gartenzwerg geklaut hat? Dass man ein Instagram-Konto auf den Namen des Zwergs gestartet hat? Dass man dafür gesorgt hat, dass der Zwerg mit Krille Marzipan durch Europa gereist ist und aus verschiedenen Großstädten Ansichtskarten geschickt hat? Dass die einzige Freundin, die man hat, zufälligerweise die Besitzerin des Gartenzwergs ist, den sie außerdem zu lieben scheint? Und dass diese einzige Freundin sich jetzt verraten und enttäuscht fühlt? So verraten und enttäuscht, dass sie einen nie mehr sehen will? Wie erklärt man so etwas? Ich fühlte mich zu erschöpft, um es auch nur zu versuchen.

Mama räusperte sich. Als hätte sie plötzlich etwas begriffen.

»Sigge. Es ist doch klar, dass du vor dem Schulanfang nervös bist. Das ist kein Wunder. Aber ich glaube wirklich, dass es diesmal anders wird. Jetzt, wo du Juno hast, kannst du dich so viel sicherer fühlen, nicht wahr?«

Ich nickte Mama zu. Zwang mir ein Lächeln ins Gesicht.

Denn sie konnte ja nicht wissen, dass es mit Juno in der Klasse im Gegenteil viel *unsicherer* werden würde. Eine wütende Juno! Was würde sie den anderen nicht alles verraten können? Ich bereute, dass ich ihr alles über mich erzählt hatte. Ich bereute, dass ich ihr vertraut hatte.

Mama stand auf, gähnte und reckte die Arme in den Himmel.

»Gott, bin ich müde, Sigge. Es war eine stressige Nacht. Ich geh rauf und schlaf erst mal ein paar Stunden.«

»Schlaf gut, Mama«, sagte ich. Sie öffnete die Terrassentür und ging ins Haus.

Einstein blinzelte hinter ihr her, rührte sich aber immer noch nicht vom Fleck. Ich streichelte ihn, da wälzte er sich auf den Rücken und zeigte den Bauch, wo das Fell weicher und heller war. Dort sollte ich ihn streicheln!

»Bist du auch müde, du alter Faulpelz? Obwohl du keine stressige Nacht gehabt hast?«

Er schloss die Augen wieder. Und wenn er nicht so heftig mit dem Schwanz gewedelt hätte, dass es aussah, als würde er den Boden fegen, hätte man meinen können, er schlafe.

NOCH 3 TAGE

HUNDERT MÖGLICHKEITEN, WIE ICH ALLES ANDERS HÄTTE MACHEN KÖNNEN

Ich saß mit meinem Notizbuch oben auf dem Dach, obwohl es kalt war und der Himmel grau und wolkenverhangen. Die letzten beiden Tage hatte ich den größten Teil meiner wachen Zeit auf dem Dach verbracht. Das war der einzige Ort, wo ich in Ruhe gelassen wurde. Stundenlang hatte ich dort gesessen, ohne ein einziges Wort zu schreiben, ohne eine einzige Sache zu zeichnen, hatte nur müde die Seiten durchblättert. Hatte alle Erfindungen angeschaut, die ich skizziert hatte – von den ersten, die ich mir als kleiner Knirps ausgedacht hatte: Lautsprecher aus Plastikbechern und Zeitungshalter für die Badewanne, bis zur letzten: Arrow sparrow. Und dann hatte ich meine dämlichen Notizen über Beliebtheit gelesen. Das kam mir jetzt alles so kindisch vor. Ich strich ein Wort nach dem anderen durch, mit einem dicken schwarzen Stift, bis alle Worte unleserlich waren. Machte schwarze Rechtecke daraus, lange Reihen aus verschieden großen schwarzen Rechtecken. Dann sah ich plötzlich, was ich nach Krille Marzipans SMS aus Berlin geschrieben hatte.

Warum ist es so wichtig, beliebt zu sein? Eigentlich? Geht es nicht darum, dass man Freunde haben will? Denen man vertrauen kann und mit denen man reden kann?

Ich klappte das Notizbuch zu. Klar wollte ich Freunde haben. Freunde, denen man vertrauen und mit denen man reden konnte. Aber es hatte ja keinen Sinn, etwas zu vermissen, was man nicht hatte und auch nicht bekommen würde. *Oh Juno.* Wie ich alles bereute! Ich überlegte mir hundert Möglichkeiten, wie ich alles anders hätte machen können. Dabei starrte ich vor mich hin, ohne eigentlich etwas zu sehen.

Plötzlich tauchte in der einen Ecke meines Gesichtsfelds ein türkiser Farbklecks auf.

Zuerst meinte ich fast, ich würde halluzinieren. Dass das, was ich sah, ein Hirngespinst wäre, weil ich so intensiv an sie gedacht hatte.

Aber es *war* Juno.

Die türkisen Haare wippten in einem hochgebundenen Pferdeschwanz. Der rosa Kimono flatterte im Wind. Ich versteckte mich hinter der Tannenspitze. Juno glitt geschmeidig wie eine Ninja zwischen den Autos hindurch und drückte dann auf die Türklingel, obwohl die Tür offen war. Ich hörte, wie die Klingel diese hallende Kirchenglockenmelodie spielte. Und dann Omas Stimme:

»Juno, Darling! Wie nett! Willkommen zurück in The Royal Grand Golden Hotel Skärblacka!«

»Äh … Hallo. Haben Sie Sigge gesehen?«

»Nein, ehrlich gesagt nicht. Seit heute morgen nicht.«

Dort unten wurde es still. Ich atmete so leise wie möglich.

»Soll ich ihm etwas ausrichten?«, fragte Oma, und in der nächsten Sekunde hörte ich, dass sie eine Zigarette anmachte. Dabei blies sie auf eine besondere Art die Luft aus.

»Sie können sagen, dass … Sie können sagen, dass … ich weiß nicht. Sie können ihm sagen, dass ich gesagt hab … nein. Nichts Besonderes. Ich wollte nur das hier zurückbringen.«

»Was ist das?«, fragte Oma.

»Das ist … äh … das ist ein Nachthemd. Und eine Babymütze.«

»Ja, das hier muss Boels altes Mützchen sein«, sagte Oma erstaunt. »Und ist das da nicht Hannahs Nachthemd?«

»Hm, ich weiß nicht … Aber irgendwie hab ich die Sachen letztes Mal aus Versehen mitgenommen. Weiß gar nicht, wie das passiert ist. Tut mir leid.«

»Äußerst seltsam! Na ja, vielen Dank, dass du sie zurückgebracht hast.«

»Gern geschehen. Oder was man so sagt. Gut … ich muss jetzt gehen. Wir werden … ich muss … Tschüss.«

Ich sah, wie sie sich rückwärts von Oma entfernte. Dann drehte sie sich schnell um und rannte, wand sich zwischen den Autos durch und flitzte davon. Ich folgte ihr mit dem Blick, bis sie hinter einer hohen Hecke verschwand und ich sie nicht mehr sehen konnte.

Mein Herz klopfte heftig. Was hatte sie sagen wollen? Dass sie mich wegen eines Diebstahls angezeigt hatte? Dass sie mich hasste? Oder vielleicht etwas anderes? Etwas Gutes?

Ich kletterte an der Tanne nach unten und schlich leise ins Haus, vorbei am Zebra, auf dessen Kopf der weinrote Fez mit der goldenen Quaste prangte, und in mein Zimmer hinauf. Ich musste nachdenken.

Auf meinem Bett lag ein kleines Heft. Ein gezeichneter dicker Vogel mit großen verdrehten Augen und gelbem Schnabel schmückte die Vorderseite. Ein Zettel lag auch dabei. Ich sah sofort, dass er von Majken kam, weil Majken immer mit großen Druckbuchstaben schrieb – womit denn sonst! »SIGGE HIR KRIGST DU EINE ZEITUNG WEIL ICH WEIS DAS DU TRAURIG BIST ABER ICH WEIS NICHT WARUM ABER HIR IST SIE DA STEHN LUSTIGE WITSE DRIN NISSE UND ICH HABEN DIE ERFUNDEN DAMIT DU EIN BISCHEN LACHEN KANNST UND DICH FREUST«.

Ich schlug die erste Seite auf.

Was sitzt auf dem Baum und ruft Aha?
Ein Uhu mit einem Sprachfehler.

Dazu hatte Majken, oder vielleicht Nils, ein Bild gezeichnet, das wohl einen Baum mit einem Uhu darstellen sollte.

Welcher Vogel kann am besten lesen?
Der Buchfink.

Und dazu ein kleiner Vogel mit einer Brille auf dem Schnabel, der vor etwas Buchähnlichem hockte.

Da musste ich dann doch kurz grinsen. Majken. Ich durfte nicht vergessen, irgendetwas Nettes für sie zu tun. Vielleicht ein paar Colaflaschen kaufen und in den Automaten reinstellen. Schließlich konnte sie ja nichts dafür, dass sie so eine Nervensäge war.

Plötzlich machte es in meiner Hosentasche *Pling*. Ich holte das Handy herauf. Eine SMS. Von Juno.

Hallo Sigge. Können wir uns treffen und miteinander reden?

EIN FLATTERNDES VÖGELCHEN
IN MEINER BRUST

Wir trafen uns an Junos Gartentor. Juno schlug einen Spaziergang vor. Sie erklärte, ihre Mutter habe gesagt, so könne man leichter reden, weil man sich nicht andauernd anstarren müsse. Ich nickte. Traute mich kaum zu atmen vor Angst. Wir gingen los, und ich wartete die ganze Zeit darauf, dass Juno etwas sagen würde, über die Polizei oder darüber, was für ein Blödmann ich sei, doch das tat sie nicht. Stattdessen stieß sie alle zehn Meter einen schweren Seufzer aus. Ich schielte zu ihr rüber. Sie hatte die rechte Hand in den linken Kimonoärmel gesteckt und die linke Hand in den rechten Kimonoärmel, das sah aus, als hätte sie keine Hände.

Nachdem wir mindestens eine Viertelstunde nebeneinander hergelaufen waren, an Einfamilienhäusern, Spielplätzen und einer menschenleeren Vorschule vorbei, holte ich tief Luft und beschloss, die Angelegenheit selbst in die Hand zu nehmen. Ich blieb stehen und drehte mich zu ihr um, und genau in derselben Sekunde, als ich »Juno!« sagte, sagte sie »Sigge!«.

Wir mussten beide lachen. Und da flatterte ein Gefühl der

Hoffnung in mir auf, wie ein kleiner Vogel. Denn Lachen war ein gutes Zeichen, aber eigentlich traute ich mich nicht, an gute Zeichen zu glauben, und da verschwand der Vogel wieder.

»Sag du zuerst«, sagte ich.

»Nein, sag du's«, sagte sie.

»Okay.«

Ich holte Luft.

»Juno, mir tut alles so schrecklich leid. Dass ich den Gartenzwerg weggenommen hab. Das war so megamegasuperidiotisch von mir! Aber als das passiert ist, hab ich irgendwie nicht richtig darüber nachgedacht, was ich tat. Ich hab mich so über dich geärgert, weil du mich gefilmt hast, als ich über deine Hecke Inliner gefahren bin, und ja … Und dann bat ich Krille Marzipan, den Zwerg auf seine Reise mitzunehmen, und dann haben wir, du und ich, uns kennengelernt, und da wollte ich alles stoppen, aber da war es irgendwie schon zu spät.«

Sie hörte zu. Ein paar Strähnen ihres türkisen Pferdeschwanzes flatterten im Wind.

»Und ich wusste nicht, wie ich es sagen sollte«, fuhr ich fort. »Also, dass ich derjenige war, der ihn genommen hatte. Das war so unglaublich bescheuert und doof. Und es tut mir echt krass leid und ich kann gut verstehen, dass du mich nie mehr sehen willst.«

Sie räusperte sich.

»Ich … ich bin einfach stinkwütend geworden! Weil du nichts gesagt hast. Weil du mich angelogen hast, Sigge! Irgendwie kann ich ja kapieren, warum du ihn genommen hast, aber dass du hinterher nichts gesagt hast! Das ist fast das Schlimmste!«

»Ist mir klar, ich …«

Sie unterbrach mich.

»Und … es war so klasse, als wir nach deiner Schildkröte gesucht haben. Das hat echt Spaß gemacht! War wie ein spannender Auftrag! Ein bisschen so, als wären wir Detektive oder so. Und ich hatte mir überlegt, dass wir vielleicht … dass wir den Gartenzwerg vielleicht zusammen suchen könnten. Wie ein neues Abenteuer. Dann, als deine Schwester in dein Zimmer kam und … ja, als ich gecheckt hab, dass du es warst … da bin ich mir so unglaublich doof vorgekommen. Du musst wirklich darüber gelacht haben, wie dämlich ich war!«

Sie warf mir einen finsteren Blick zu. Ihre Augen, die sonst so hell waren, sahen fast schwarz aus.

»Nein! Nein … das hab ich nicht, auf keinen Fall. Ich schwör's – beim Grab meines Opas! Das hab ich nie gemacht!«

Ich schluckte.

»Hoffentlich kann man Bilbo wieder reparieren?«

»Tom Thelander, so heißt er!«, fauchte Juno und wiederholte nachdrücklich: »Tom Thelander!«

»Ja, entschuldige! Tom Thelander. Ist doch klar.«

Juno kniff die Augen zu und schüttelte den Kopf. Dann schob sie die Hände wieder in die Kimonoärmel zurück und atmete hörbar ein paarmal aus und ein. Es sah aus, als würde sie versuchen, ihre Wut wegzuzwingen, allerdings ohne großen Erfolg.

»Ja, doch, ich hab ihn zusammengeklebt. Meine Mutter meinte, das sei doch unnötig. Sie sagte, wenn so ein Gartenzwerg schon so wichtig sei, könnten wir einen neuen kaufen. Aber ich weiß genau, was sie dann kaufen würde! Irgend so einen ›edlen‹ Zwerg, ganz in Weiß und Beige. Aber ich will keinen Neuen! Ich will Tom Thelander! Klar, ich bin voll bescheuert. Denn was für eine Rolle spielt so ein Gartenzwerg schon? Wer fragt danach? Ich, natürlich! Ich mag diesen ollen Zwerg. Alles andere ist so *ekelhaft perfekt!* Ich ertrag das einfach nicht!«

Ich nickte. Juno senkte den Kopf. Ich holte das Brillenetui heraus, das ich in der Tasche gehabt hatte.

»Hier. Das willst du bestimmt zurückhaben. Dein Brillengestell. Da sind jetzt neue Gläser drin, die werd ich irgendwie rausnehmen müssen, aber jedenfalls …«

Ich reichte ihr die Brille, aber sie nahm sie nicht an, darum versuchte ich, sie ihr in den einen Kimonoärmel zu stecken. Da trat sie einen Schritt zurück.

»Hey, hör auf!«

»Nimm sie!«

»Die hab ich dir doch geschenkt! Die gehört dir.«

»Aber ich kann sie bezahlen. Ich hab ein bisschen Geld.«

»Nein, hab ich gesagt! Das war ein Geschenk! Bezahlst du etwa immer alles, was man dir schenkt?«

Ich sagte nichts. Juno starrte mich an. Ich wandte den Blick ab, sah auf meine Schuhe und dann rüber auf den Fußweg. Ich war mir sicher, dass ich schielte, und das sollte Juno nicht sehen.

»Setz die Brille doch einmal auf, damit ich weiß, ob sie dir steht«, sagte Juno plötzlich.

»Hm, ich weiß nicht …«

»Das ist wohl das Mindeste, was du tun kannst, nachdem du meinen Zwerg entführt hast?« Sie knuffte mich leicht an der Schulter.

Widerstrebend öffnete ich das Etui und setzte die Brille auf, voller Angst vor Junos Kommentar.

Schwuchtel, Affe mit Alzheimer, schielender Volltrottel.

Sie musterte mich ausgiebig.

»Echt perfekt«, sagte sie schließlich. »Du siehst aus wie eine Mischung aus einem Popstar und einem coolen Schriftsteller.«

Ich musste lachen. Wollte sie mich auf den Arm nehmen? Aber darauf deutete nichts hin.

»Das kann ich nicht glauben. Aber trotzdem vielen Dank.«

Ich wollte die Brille schon abnehmen und sie wieder ins Etui legen, als Juno sagte, ich solle sie aufbehalten. Eine

Brille sei doch völlig witzlos, wenn man sie nicht aufhabe. Dann machten wir uns auf den Rückweg, einfach so, ohne es vorher zu besprechen.

»Du hast mich angelogen, Sigge. Das finde ich nicht gut.«

Das sagte sie mit harter Stimme, wie eine Lehrerin, die einen unerzogenen Schüler zurechtweist.

»Ich weiß. Das war total idiotisch von mir. Tut mir echt leid.«

»Ich will nicht, dass du mich noch einmal anlügst.«

Und plötzlich brach die Wolkendecke auf und ein Sonnenstrahl fiel auf den Fußweg und beleuchtete ihn wie ein Scheinwerfer. Und mein Herz, das so schwer gewesen war, als wäre es in Blei getaucht worden, wurde leichter, schlug wieder schneller.

»Aber … willst du mich etwa noch weiter treffen?«, fragte ich und erwartete, dass sie sagen würde: Nein, wie kannst du so was glauben? Hast du sie nicht mehr alle, oder was?

Doch das tat sie nicht. Sie sagte:

»Ja.«

»Aber du hast doch gesagt, dass du mich nie wiedersehen willst?«

»Ja, ja, das hab ich vielleicht gesagt, und so hat es sich wohl auch angefühlt, aber das tut es jetzt nicht mehr. Und außerdem wurde alles so schrecklich langweilig, nachdem wir uns nicht mehr trafen.«

Ich konnte es kaum glauben.

Juno trat gegen einen Stein, der ein paar Meter wegrollte. Als wir ihn eingeholt hatten, kickte ich ihn an, sodass er davonflog, und so machten wir weiter, bis wir bei Junos Haus ankamen, wo ihr Vater einen der dreieckigen Büsche mit einer Schere zurechtstutzte, die nicht größer als eine Nagelschere war. Er sah total konzentriert aus.

»Magst du mit reinkommen und Tom Thelander Hallo sagen?«, fragte Juno.

»Nur wenn du es willst?«, sagte ich.

»Wär doch krass komisch, das zu fragen, wenn ich es nicht wollte, oder?«

»Ja, schon«, sagte ich.

Wir gingen in ihr Zimmer. Da stand Tom Thelander mit seiner roten Zipfelmütze und dem blauen Kittel auf dem Schreibtisch und lächelte uns an. Juno zeigte mir den Sprung, der wie ein dünner Rand genau oberhalb des Gürtels verlief, und sagte, der Klebstoff sei inzwischen bestimmt trocken und nachher könnten wir Tom Thelander in den Garten hinausstellen.

Während sie das sagte, fiel mir etwas Fürchterliches ein. Es war, als hätte ich einen Schlag auf den Kopf bekommen. Ich hatte ja noch etwas gelogen. So ein Mist! Sollte ich den Mund halten oder es gestehen? Damit würde ich riskieren, dass alles jetzt, wo es gerade gut geworden war, zum Teufel ging. Allerdings bestand auch die Gefahr, dass alles zum Teufel ging, *nachdem* Juno erfuhr, wie es wirklich war. Und das wäre vielleicht noch schlimmer. Käme ihr wie ein noch schlimmerer Verrat vor.

Ich musste es hinter mich bringen. Egal, was passierte.

»Juno! Ich muss etwas sagen!«, schrie ich fast.

Juno drehte sich zu mir um, und als sie meinen Gesichtsausdruck sah, verschränkte sie die Arme vor der Brust.

»Was ist denn jetzt los? Hast du noch etwas gestohlen?«

»Nein… aber mein Vater arbeitet nicht mit bedrohten Tierarten in Afrika.«

»Oh Mann, Sigge! Als ob ich das nicht kapiert hätte!«

»Wirklich? Wann denn?«

»Wahrscheinlich in derselben Sekunde, als du gesagt hast, er würde in dem fantastischen Land Brass-Südafrika arbeiten.«

Mein Gesicht wurde ganz heiß.

»Aber gut, dass du die Wahrheit gesagt hast. Komm, wir gehen mit Tom Thelander in den Garten und stellen ihn ins Beet.«

NOCH 0 TAGE

HALLO, SIGGE, HALLOHALLO!

Jetzt war der Tag also da. Der erste Schultag.

Mama würde Majken begleiten und Majkens neuen Lehrer kennenlernen. Aber ich wollte alleine zur Begrüßung gehen. In der Sechsten bringt man seine Mutter doch nicht zur Begrüßung in die Klasse mit?

Oma kam die Treppen aus dem Obergeschoss herunter. Sie war gerade aufgestanden und trug immer noch ihren Sushi-Schlafanzug.

»Darling! Der erste Schultag! Ja, eine anständige Ausbildung hat schon was für sich...«, bemerkte sie nachdenklich, steckte sich eine Zigarette an und stieß den Rauch in einer großen grauen Wolke aus.

Ich wedelte mir den Rauch mit der Hand aus dem Gesicht. Oma stützte sich mit dem Ellbogen auf das Zebra und fuhr fort:

»Aber vergiss nie, dass alles Wesentliche hier im Leben sich nicht unterrichten lässt. Es sind die Erfahrungen, die uns wachsen lassen!«

»Vielen Dank, Charlotte, das heißt also, ich kann genauso

gut auf die Schule pfeifen?«, sagte ich und presste meine Füße in die Inliner.

»Nein, tu das bloß nicht, das würde deine Mutter schrecklich aufregen!«

Ich sagte Tschüss und schlug die Haustür hinter mir zu.

Ich zitterte vor Nervosität. Dass Juno mir auf dem Schulweg Gesellschaft leistete, war zwar hilfreich, aber meine Beine fühlten sich dennoch an wie schlabbrige Spaghetti, als ich auf den Inlinern dahinsauste, während Juno mit ihrem löwenzahngelben Helm neben mir Fahrrad fuhr.

Seit wir die Kontaktlinsen beim Optiker abgeholt hatten, hatte ich immer wieder versucht, sie einzusetzen, aber ohne Erfolg! Erstens war es fast unmöglich, nicht zu blinzeln, wenn man versuchte, sie reinzupulen, und zweitens fühlte es sich an, als hätte ich Kies im Auge, wenn es mir irgendwann endlich gelungen war, eine der Linsen reinzupopeln. Ich hatte aufgeben müssen. Wenigstens vorläufig. Juno sagte, ich brauche das auf keinen Fall zu bedauern, meine Brille sei sowieso viel cooler. Und auch wenn ich ihr das nicht so ganz glaubte, hatten ihre Worte wenigstens erreicht, dass ich mir inzwischen fast normal vorkam.

Als wir auf dem Schulhof der Mosstorpschule ankamen, wimmelte es dort von Leuten. Vereinzelte Erwachsene natürlich, aber vor allem Kinder und Teenies. Sie standen in Grüppchen beisammen und redeten und schrien und lachten. Mein Herz klopfte wie wild, als ich an ihnen vorbeifuhr.

Ich fuhr dicht hinter Juno her, folgte den türkisen Haaren, die sich über ihren Rücken ringelten.

Juno parkte ihr Fahrrad vor einem flachen Holzbau. Während sie es am Fahrradständer anschloss, zog ich die Inliner aus und schlüpfte in meine neuen kreideweißen Turnschuhe, die ich mit Mama gekauft und jetzt im Rucksack mitgebracht hatte.

Da kamen plötzlich zwei Mädchen angerannt. Kurz bildete ich mir ein, sie wiederzuerkennen, schlug mir den Gedanken dann aber aus dem Kopf. Woher denn auch?

Die eine hatte braune Locken, sie kicherte und sagte:

»Ach, du bist das? Der Stockholmer!«

»Fängst du jetzt hier an?«, fragte die andere eifrig.

Ihre blonden Haare waren oben auf dem Kopf zusammengebunden, sie trug eine weiße Jacke und ein T-Shirt, auf dem mit glitzernden rosa Pailletten »Party!« stand.

Da ging es mir auf! Das waren ja die Mädchen aus dem Laden! Die den Schlüsselring mit dem Scheißhaufen-Emoji bekommen hatten. Oh no, dachte ich. Schlimmer hätte es nicht anfangen können. Die mussten mich ja jetzt schon für den letzten Trottel halten. Das hier hatte so wenig mit Party zu tun, wie es überhaupt ging. Als ich nicht sofort antwortete, sprang Juno ein.

»Ja, das tut er!«

»Kommst du in unsere Klasse, oder?«, fragte die mit den braunen Locken.

Ich traute mich nicht zu antworten. Konzentrierte mich lieber darauf, meinen Schuh zuzubinden.

»Ja, genau«, sagte Juno ruhig.

»Wie heißt du?«, fragte die Blonde.

»Sigge«, sagte ich und sah zu ihr hoch, voller Angst, was sie darauf antworten würde.

Würde sie über meinen Namen Witze machen? Würde sie eine Bemerkung darüber machen, dass ich mich im Laden so dusslig benommen hatte? Würde sie mich wegen meiner Brille auslachen? Aber nichts von all dem geschah. Sie lächelte nur.

»Ich heiße Maja. Und das hier ist Miriam.«

Sie deutete auf ihre Freundin, die sofort wieder zu kichern begann.

Maja kramte in ihrer Jackentasche und holte eine Packung Kaugummi heraus.

»Möchtest du?«, fragte sie und hielt mir die Packung hin.

»Ja«, sagte ich zögernd und befürchtete, dass sie die Kaugummis schnell wieder wegziehen würde, aber das machte sie nicht.

Ich nahm die Packung und schüttelte sie vorsichtig über meiner offenen Hand. Zwei Stück fielen heraus.

»Oh, tut mir leid«, sagte ich.

»Das macht nichts, nimm zwei, das mache ich immer.«

Das Mädchen, das Maja hieß, lächelte und hielt Juno die Packung hin. Juno schüttelte den Kopf und riss den Mund auf, um zu zeigen, dass sie bereits an einem Kaugummi kaute.

Während wir auf die Tür zugingen, prasselten die Fragen nur so auf uns herab.

»Kennt ihr euch schon?«

»Ja.«

»Wie habt ihr euch kennengelernt?«

»Er ist über meine Hecke geflogen.«

»Fährst du schon lange Inliner?«

»Ja.«

»Wie heißt du noch außer Sigge?«

»Wilde.«

»Seid ihr zusammen?«

»Nein.«

»Hast du dir die Haare gefärbt, Juno?«

»Nein, das ist eine Perücke.«

Ich wollte irgendetwas zurückfragen, schließlich hatte ich gelernt, dass man das tun sollte, aber irgendwie war keine Zeit dazu.

Als wir ins Klassenzimmer kamen, sah ich, dass die Lehrerin Namensschilder auf die Bänke gestellt hatte. Vor Erleichterung wäre ich fast zusammengebrochen, als ich feststellte, dass sie mich direkt neben Juno ans Fenster gesetzt hatte.

Die Lehrerin kam zu mir her, gab mir die Hand und sagte, sie heiße Agneta. Sie war wohl ungefähr so alt wie Oma,

sah aber eher so aus, wie Frauen in diesem Alter eben aussehen – mit halblangen Locken, einem geblümten Kleid und
einer hellgelben Strickjacke.

Als alle saßen, klatschte Agneta in die Hände und wandte sich zu mir um.

»Bevor ich euch im neuen Schuljahr willkommen heiße,
möchte ich mitteilen, dass wir einen neuen Mitschüler in
der Klasse haben! Sigge Wilde.«

Alle drehten die Köpfe zu mir um. Ich traute mich nicht,
sie anzuschauen, sondern sah nur geradeaus auf das White-
board, auf das Agneta mit verschnörkelten grünen Buchstaben »Willkommen« geschrieben und rote und blaue Blumen darumherum gemalt hatte.

»Sigge ist aus Stockholm hierhergezogen. Und jetzt möchte ich, dass ihr alle Hallo zu Sigge sagt und …«

Sie wurde von einem schwarzhaarigen Jungen mit einem
lila T-Shirt unterbrochen, der aufstand und zu meiner Bank
rannte, um mir die Hand zu geben.

»Hallo, Sigge, Hallohallo!«

Sein Doppelhallo erinnerte mich an Bobo, darum lächelte ich, was er mit einem breiten Lächeln beantwortete.

»Nun, ganz so hatte ich mir das zwar nicht gedacht, Adrian«, sagte Agneta, »aber okay.« Sie wartete, bis Adrian wieder Platz genommen hatte. »So, genug gerannt jetzt? Gut.
Also. Ich hab mir gedacht, es wäre gut, wenn jemand von
euch sich ein bisschen extra um Sigge kümmern könnte?

Ihm zeigen, wo alles ist? Die Turnhalle, der Speisesaal und solche Sachen.«

Juno streckte die Hand hoch und drehte sich dabei zu mir um und flüsterte:

»Wo der Speisesaal ist, weißt du ja schon! Direkt davor haben wir damals Carolina gefunden!«

»So viele Hände! Wie schön!«, bemerkte Agneta. »Dann sagen wir mal, dass Juno es übernimmt, dich herumzuführen, Sigge? Und mit Adrian als Extrahilfe, falls es nötig sein sollte? Spitze! Also dann. Willkommen im neuen Schuljahr, Klasse 6A!«

Ich konnte mich nicht erinnern, mich jemals in einem neuen Schuljahr willkommen gefühlt zu haben. Aber diesmal war es tatsächlich so.

GALA-PREMIERE

Dies war ein großer Tag. Am Vormittag war die Begrüßung in der Schule gewesen, und am Abend sollte im Bürgerhaus von Skärblacka die Gala-Premiere von Krille Marzipans Film »Carnivore Park« stattfinden. Gala-Premiere, das bedeutete, dass der Film zum allerersten Mal in einem Kino gezeigt wurde, und darum hatten wir uns alle in Schale geworfen. Ich hatte ein weißes Hemd an und eine Fliege, die Krille mir umgebunden hatte. Majken hatte Nisses Waschbärkostüm ausleihen dürfen, und Bobo trug drei Tüllröcke übereinander und dazu ein T-Shirt mit einem Einhorn. Mama, elegant in einem hellgelben Kleid, reihte uns vor dem Haus auf der Treppe auf und machte ein Foto von uns.

»Das hier werde ich einrahmen!«, sagte sie und drückte mir einen Kuss auf den Kopf.

Oma und Krille Marzipan waren schon mit der Corvette vorausgefahren. Eigentlich sollten wir mit Mama zu Fuß zum Bürgerhaus gehen, aber ich wollte lieber skaten. Also kurvte ich am Waldwiesenweg vorbei, um Juno abzuholen, aber niemand kam an die Tür, als ich klingelte. Ich stapfte über den Rasen, um an die Terrassentür zu klopfen. Als ich Tom Thelander sah, der wieder an seinem Platz stand, musste ich grinsen. Der Sprung über seinem Bauch war fast unsichtbar. Nickte er mir etwa zu, nur ganz leicht, wie ein kleiner Gruß? Nein, natürlich nicht, aber es sah trotzdem so aus, als würde er das tun. Vielleicht war ihm langweilig? Vielleicht wollte er wieder auf Reisen gehen? Oder was Neues erleben? Jedenfalls wünschten sich seine Follower auf *Runawaygnome* das für ihn. Das zeigten die vielen Kommentare, die sie geschickt hatten. Aber nächstes Mal würde ich Juno vorher fragen.

Von innen klopfte jemand an die Fensterscheibe. Juno! Ihre türkise Mähne war oben auf dem Kopf zu zwei Kugeln frisiert, die fast wie Micky-Maus-Ohren aussahen. Sie beeilte sich, die Terrassentür zu öffnen, rief »Tschüss!« ins Zimmer hinein und kam heraus.

Mama, Majken und Bobo hatten wir schnell eingeholt. Bobo saß im Kinderwagen. Majken und Mama befanden sich mitten in einer erregten Diskussion.

»WO ICH DOCH DIE KÜRZESTEN BEINE VON ALLEN HABE! DAS IST NICHT GERECHT!«

»Ich würde schon sagen, dass Bobo die kürzesten Beine hat«, sagte Mama.

»ABER VON ALLEN, DIE ZU FUSS GEHEN! BOBO SITZT JA BLOSS DA! FÜR MICH IST ES AM ANSTRENGENDSTEN!«

»Aber Majken, mein Schatz, du bist heute Morgen fünfzig Mal ums Haus gerannt. Wie kann es dann so schlimm sein, zwei Kilometer zu Fuß zu gehen?«

»WEIL ICH SO VIEL GERANNT BIN! JETZT BIN ICH MÜDE!«

»Ich muss mich für meine Familie entschuldigen«, sagte ich zu Juno.

»Ich finde es interessant, wie laut die sein können. Bei mir daheim ist es immer so still.«

»Ich weiß. Genau das liebe ich!«, sagte ich und sah Majken an, die sich soeben direkt auf Bobos Schoß geworfen hatte.

Bobo haute ihr auf den Rücken und stieß ein langgezogenes *Neeein-neeein!* aus. Mama hielt den Kinderwagen an und wartete geduldig, bis Majken ausgestiegen war.

»Daran hättest du vielleicht ein bisschen früher denken sollen«, sagte Mama zu Majken. »Bevor du deinen Marathon gerannt bist. Du hast ja gewusst, dass wir zum Bürgerhaus gehen würden.«

»WIE HÄTTE ICH EIN BISSCHEN FRÜHER DARAN DENKEN KÖNNEN? WIE SOLL MAN JEMALS EIN BISSCHEN FRÜHER AN ETWAS DENKEN KÖNNEN, ALS WENN MAN TATSÄCHLICH DARAN DENKT?«

Mama drehte sich zu mir und Juno um.

»Ich tu so, als würde ich sie nicht hören. Dann hält sie vielleicht irgendwann den Mund.«

»ICH HÖRE DICH, MAMA!«, sagte Majken.

»Ja, mein Schatz, und ich höre *dich*. Ich glaube, ganz Skärblacka hört dich. Aber jetzt gerade ist es mir einfach egal, was du sagst. Zwei Kilometer zu Fuß zu einer Gala-Premiere zu gehen, das ist kein Trauma.«

»DAS IST EIN TRAUMA!«

»Hat jemand Oropax dabei?«, flüsterte Mama. »Das hier wird ein langer Spaziergang.«

*   *   *

Als wir beim Bürgerhaus ankamen, wimmelte es auf dem Platz davor schon von Menschen. Sie standen in Grüppchen herum und redeten. Es waren sicher hundert oder vielleicht hundertzwanzig Personen. Hinter einem Tisch mit roter Tischdecke stand ein Mann, der ein weißes Hemd anhatte und Sekt und Limonade ausschenkte, und auf dem Tisch daneben stand eine große Schüssel voller Erdbeeren. Majken, die den ganzen Weg getrödelt hatte, wurde sofort munter, rannte auf die Erdbeerschüssel zu und stopfte sich so viele Beeren wie möglich in den Mund.

Juno und ich besorgten uns je eine Fanta.

Krille Marzipan stand inmitten einer Gruppe von Damen auf der Treppe, ein Sektglas in der Hand, lachend und redend. Ein Mann mit einer großen Kamera fotografierte. Krille trug ein weißes Hemd, eine weinrote Bügelfaltenhose und eine dazu passende Weste mit goldenen Knöpfen. Er stellte sich bereitwillig in Positur. Als er mich sah, strahlte er übers ganze Gesicht.

»Sigge! Komm her! Das hier ist ein Journalist von der Norrköpings Zeitung!«

Ich bereute, dass ich meine Inliner angezogen hatte, denn so kam ich nur stolpernd die Treppe hinauf. Aber Krille lief mir ein paar Stufen entgegen, packte mich fest an der Hand und am Unteram und half mir nach oben. Dann drehte er sich zu dem Jornalisten um, der seinen Notizblock zückte.

»Sigge hat eine der Schlussszenen gefilmt. Er war mir eine unschätzbare Hilfe. Ja, ich möchte behaupten, ohne Sigge wäre der Schluss des Films gar nicht gut geworden, überhaupt nicht gut! Und der Schluss ist das Allerwichtigste an einem Film, das habe ich schon immer gesagt. Ja, Sie dürfen mich gerne zitieren. Nächstes Mal wird er garantiert auch vor der Kamera zu sehen sein! Sigge Wilde, so heißt der Junge, denken Sie daran, das in dem Artikel zu erwähnen. Wird W-I-L-D-E geschrieben.«

Krille legte mir einen Arm um die Schulter, und der Journalist fotografierte eifrig drauflos. Wir mussten uns auf die Treppe setzen und dann vor das Filmplakat stellen. Dann sollten wir miteinander anstoßen, Krille mit seinem Sekt und ich mit meiner Fanta. Und dank meiner neuen Brille riskierte ich es, direkt in die Kamera zu schauen, anstatt das eine Auge hinter Haarsträhnen zu verbergen.

Plötzlich rief uns jemand vom Eingang. Der Film würde jetzt anfangen.

* * *

Als der Film zu Ende war und der rote Samtvorhang sich schloss, war es ein paar Sekunden lang mucksmäuschenstill. Wir hatten soeben den blutigen Schluss gesehen, wo der Forscher Ray Schwarzenuhler-Bernstein, also Krille, von dem wilden Löwen aufgefressen wird. Das war die Szene, auf die ich mich am meisten gefreut hatte, und ich muss gestehen, sie hat mich nicht enttäuscht! Krilles Eingeweide außen am Hemd, der einmontierte Löwe, der Krille angreift, und dann Blut, Blut, Blut. Ich war sehr von Krilles Schnitt-Technik beeindruckt. Nur ein Mal war die Leine von meinem Arrow sparrow sichtbar geworden und eine kurze Sekunde lang waren meine Inliner im Bild gewesen. Doch das störte den Gesamteindruck fast gar nicht!

Krille Marzipan, der in der ersten Reihe saß, drehte sich mit erwartungsvoller Miene zum Publikum um. Ein paar Zuschauer standen jetzt auf, ihre Stühle scharrten laut über den Boden.

Neben mir saßen Mama und Oma. Die zwei sehen sich sonst nicht unbedingt ähnlich, aber jetzt hatten beide genau den gleichen Gesichtsausdruck, irgendwie verwirrt und gleichzeitig schockiert – mit weit aufgerissenen Augen und halboffenen Mündern. Bobo lag quer über Omas und Mamas Knien und schlief mit dem Kopf auf Mamas Schoß. Sie hatte ein bisschen gesabbert und ihr Schnuller war auf den Boden gefallen. An meiner anderen Seite saßen Juno und Majken, Majken in dem inzwischen erdbeerrot gefleckten Waschbärkostüm. Majken hatte sich den ganzen Film hindurch kaputtgelacht. Einmal hatte sie mir »zugeflüstert«: »DAS HIER IST DER WITZIGSTE FILM, DEN ICH JE GESEHEN HAB!«

Dabei war der Film ja gar nicht als Komödie geplant. Und Juno hatte vielleicht ein bisschen zu oft auf ihr Handy geguckt, wenn ich ehrlich sein soll. Ich begegnete Krilles Blick. Er sah verwundert aus. Ich war genauso verblüfft. Warum gab es keinen Beifall? Der Film war doch ganz fantastisch gewesen! Klar, manche Tierattacken hatten möglicherweise etwas gestellt ausgesehen, und ein paar Schauspieler hatten ein erstaunlich schlechtes Englisch gesprochen, aber immerhin, das hier war doch Krille Marzipans allererster Film! Ich stand auf, applaudierte so fest ich konnte und nickte Majken, Juno, Oma und Mama zu, es mir nachzutun. Für Krille Marzipan! Majken und Juno begannen sofort zu klatschen, Oma und Mama gleich darauf ebenfalls. Ein paar Zuschauer in der Reihe vor uns auch. Ich steckte zwei Finger in den Mund, um Majken aufzufordern, so laut wie möglich zu pfeifen. Und das tat sie auch. Ich selbst konnte das nicht, aber Majken pfiff lauter als alle anderen. War ja klar. Dann begannen noch mehr Zuschauer, ebenfalls zu pfeifen. Bobo hob verschlafen den Kopf.

Ich drehte mich um. Ein junger Mann und seine beiden Begleiterinnen, die direkt hinter uns gesessen hatten, schienen offensichtlich den Saal schon verlassen zu wollen. Ich starrte sie auffordernd an und applaudierte übertrieben fest und deutlich, damit sie begriffen, was von ihnen erwartet wurde. Sie begannen brav zu klatschen. Plötzlich hörte ich Jubelgeschrei und das Geräusch von zahllosen klatschenden Händen. Das Geräusch wurde lauter. Es kam von Juno. Sie hatte ein Video mit Beifallklatschen auf YouTube heruntergeladen! Ich sah Krille an. Er lächelte mir zu. Ich erwiderte sein Lächeln und applaudierte noch fester, so fest, dass mir die Hände wehtaten. Krille stand auf und kletterte ungeschickt auf die Bühne, obwohl es seitlich eine Treppe gab. Hinter ihm liefen immer noch die Nachtexte über die Leinwand. In dem Licht, das jetzt auf ihn fiel, flimmerten sie auch über sein Gesicht.

Er sah in den Saal hinaus, den die meisten inzwischen verlassen hatten, verbeugte sich und bedeutete uns mit einer Handbewegung, dass wir aufhören sollten zu klatschen. Es wurde still, bis auf Junos Video, das noch kurz weiterlief, bevor es ihr gelang, auf die Stopptaste zu drücken.

»Liebe Einwohner von Skärblacka! Ich möchte euch allen dafür danken, dass ihr heute hergekommen seid, um meinen Debütfilm Carnivore Park anzuschauen. Ihr habt dieses

Erlebnis mit mir geteilt und euch in das grausame Schicksal von Ray Schwarzenuhler-Bernstein eingelebt. Das bedeutet mir sehr viel. Ich freue mich darauf, diesen Film in die Welt hinausreisen zu lassen! Ihr müsst wissen, dass ich immer …«

Krille verstummte und räusperte sich. Es klang fast so, als müsste er weinen.

Ich sah mich um. Im Saal waren nur noch ungefähr zwanzig Personen, die aber alle zuzuhören schienen. Krille hob leicht seine Brille an und fuhr sich vorsichtig mit dem Finger unter ein Auge. Doch dann lächelte er, schob die Brille wieder auf die Nase und fuhr fort:

»Mein ganzes Leben, mein ganzes sechzigjähriges Leben schon habe ich den Traum gehabt, einen Film zu drehen. Und das habe ich jetzt getan! Ich habe einen Film gedreht! Ich habe das Manuskript geschrieben, ich habe Drehorte und Schauspieler in ganz Europa gesucht, ich habe gefilmt, ich durfte sogar selbst auf der Leinwand erscheinen, sogar in einer Hauptrolle. Und ich bin so … ich bin so unglaublich glücklich. So dankbar. Darum möchte ich euch eines sagen: Wenn ihr einen Traum habt, dann folgt ihm. Gebt nicht auf. Auch wenn es vielleicht einige Zeit dauert, auch wenn es viel Arbeit bedeutet. Gebt nicht auf! Ich bin so froh, dass ich das nicht getan habe. Und jetzt kann ich euch sogar mit der freudigen Nachricht überraschen, dass ich die Arbeit an meinem nächsten Film schon in Angriff genommen habe, er hat den Arbeitstitel *Die Rache am Rattenmann*. Er handelt von ...«

Ich sah, wie Mama gestresst auf die Uhr schaute und dann Omas erstarrtem Blick begegnete. Wir wussten alle, dass dies noch lang dauern würde.

»SUPER TITEL«, unterbrach Majken ihn. »ABER HEUTE KANN ICH NICHT LÄNGER SITZEN. KOMM JETZT, KRILLE, WIR MÜSSEN NACH HAUSE.«

Mama lächelte und warf Majken, die schon nach draußen unterwegs war, einen warmen Blick zu. Der Waschbärschwanz hüpfte bei jedem von Majkens Schritten.

Oma holte schon mal eine Zigarette aus der Schachtel, um sie draußen sofort anstecken zu können. Die Armbänder klirrten, als sie Mama den Arm um die Schulter legte und sagte:

»Hannah, Darling! Jetzt ist diese fürchterliche Stimme doch noch zu etwas gut gewesen. Wer hätte das jemals gedacht?«

EPILOG

EIN HÖLLISCHES WIEGENLIED

Ein paar Tage später wachte ich mitten in der Nacht durch einen höllischen Lärm auf:

YOU AIN'T NOTHING BUT A HOUNDDOG!
CRYING ALL THE TIME!

Ich fuhr im Bett hoch und starrte entsetzt um mich. Das Zimmer war dunkel. Der Schreibtisch, die Harpune, der Flipper – alles nur Schatten. Woher kam die Musik? Es war so laut, als kämen die Töne direkt aus meinem Kopf. Aha, Bobo natürlich! Ich warf die Bettdecke zurück und lief auf den Flur. Dort war es noch lauter.

YOU AIN'T NOTHING BUT A HOUNDDOG!
CRYING ALL THE TIME! WELL, YOU AIN'T
NEVER CAUGHT A RABBIT AND YOU AIN'T NO
FRIEND OF MINE!

Plötzlich ging die Tür des Nachbarzimmers auf. Majken trat

mit zerzaustem Haar heraus, ein Kissen unterm Arm. Sie sah verdattert aus und sagte ausnahmsweise nichts. Dann hörte ich laute Schritte. Mama kam die Treppe fast heraufgeflogen, sie hatte ein altes T-Shirt an und die Haare oben auf dem Kopf zusammengebunden.

»Du lieber Himmel, was ist denn hier los?«, rief sie.

WELL THEY SAID YOU WAS HIGH-CLASSED.
WELL, THAT WAS JUST A LIE.

Mama lief zu Bobos Zimmer und öffnete die Tür, blieb aber so abrupt auf der Türschwelle stehen, dass Majken und ich von hinten auf sie prallten.

»Aber Bobo! Was *machst* du denn?«

Es gelang mir, mich neben Mama zu quetschen und ins Zimmer zu linsen. Dort war es blendend hell. Außer der Deckenlampe waren auch die Nachttischlampe, die rotgelbe Lavalampe und die glitzernde Discolampe an. Strahlen aus rotem, blauem und grünem Licht wirbelten über Wände, Fußboden und Decke. Die Jukebox schien zu vibrieren.

YOU AIN'T NOTHING BUT A HOUNDDOG!
CRYING ALL THE TIME!

Bobo saß im Bett. Die hellen Locken standen ihr wie ein heller Schein um den Kopf.

»Hallohallo!«, rief sie fröhlich durch den Lärm.

YOU AIN'T NOTHING BUT A HOUNDDOG!
CRYING ALL THE TIME!

»Kann jemand den Krach ausmachen?«, brüllte Mama.

Ich zwängte mich an ihr vorbei und warf mich auf den Boden, um den Stecker herauszuziehen. Doch der saß so fest, dass meine Finger an seiner glatten Oberfläche abrutschten.

WELL, YOU AIN'T NEVER CAUGHT A RABBIT
AND YOU AIN'T NO FRIEND OF MINE!

Der letzte Akkord verklang, und es wurde still. Endlich gelang es mir, den Stecker herauszuziehen, worauf die ganze Jukebox erlosch. Mama machte ein paar Schritte ins Zimmer. Sah Bobo verwirrt an. In Bobos Bett drängten sich sechs ausgestopfte Tiere unter der Bettdecke. Ich erkannte Frans Jäger wieder, den Vielfraß, den Fischotter, Pavlov das Wiesel, den Biber und dann noch die Nerze Gujko und Minko.

Inzwischen waren auch Krille Marzipan und Oma hinter Majken in der Türöffnung aufgetaucht.

»Bobo«, sagte Mama und setzte sich auf die Kante von Bobos Bett. »Du hast uns fast zu Tode erschreckt! Du weißt doch, dass du die Jukebox abends nicht anmachen darfst.«

Da geschah es. Ganz plötzlich passierte es. Bobo machte den Mund auf und sprach:

»Die Tiere konnten nicht schlafen. Da hab ich ein Wiegenlied angemacht. Elvis gefällt ihnen.«

Und sie sprach total perfekt. Absolut perfekt! Nur das R wurde in ihrem Mund zu J. *Die Tieje konnten nicht schlafen.*

Mama sah aus, als hätte sie ein Gespenst gesehen – ihre Augen waren weit aufgerissen, ihr Mund formte sich zu einem O. Sie starrte Bobo an und dann mich, danach Krille, Oma und Majken, die alle in der Türöffnung feststeckten. Schließlich sah sie wieder Bobo an und fasste sie an der Hand.

»Aber… aber…«, stotterte Mama. »Du sprichst ja? Kannst du denn sprechen?«

»Ja, klar«, sagte Bobo.

»Seit wann… seit wann denn?«

Bobo antwortete nicht, zog nur die Decke über Frans Jäger zurecht.

»Also, das verstehe ich nicht«, sagte Mama. »Wie ist das passiert?«

»JA, UND WIE SOLL MAN JETZT WIEDER EINSCHLAFEN KÖNNEN?«, fragte Majken, die offensichtlich weder wissen wollte, woher Bobos plötzliche Sprachfähigkeit kam, noch darüber zu staunen schien.

Bobo lächelte vergnügt:

»Ich kann ein Wiegenlied für dich anmachen, Majken!«

Sie befreite sich von Mamas Hand und lief zur Jukebox,

um den Stecker wieder anzuschließen, aber ich blockierte die Steckdose mit meinem Körper.

»BLOSS KEIN HÖLLISCHES WIEGENLIED MEHR«, protestierte Majken.

»Aber warum hast du bisher nichts gesagt?«, wollte Mama wissen, während das Licht der Discolampe durchs Zimmer wanderte und Mamas Gesicht in regelmäßigen Abständen in grüne, blaue und rote Flecken tauchte.

»Sie hatte vielleicht bisher nichts zu sagen?«, schlug Oma vor.

»Vielleicht hast du es in der Vorschule gelernt?«, überlegte Mama.

»Ich hab's von Elvis gelernt«, sagte Bobo und gab den Versuch auf, das Kabel hinter meinem Rücken hervorzugraben.

Dann kletterte sie auf meinen Schoß, und ich legte die Arme um sie und bohrte meine Nase in ihren warmen Nacken.

»Aber Boel, Elvis singt doch auf Englisch«, wandte Krille ein.

Bobo sah unbekümmert zu ihm hoch. Dann wand sie sich aus meinem Griff und kroch wieder ins Bett. Dort bekamen Frans Jäger, der Otter, Pavlov das Wiesel, der Biber und die beiden Nerze der Reihe nach je einen Kuss auf die Schnauze. Schließlich drehte Bobo sich zufrieden zu mir um und sagte:

»Guck mal, Sigge! Es hat geklappt! Jetzt schlafen sie!«

ZITATE IM TEXT

S. 61/62   *Jailhouse Rock,* Elvis Presley

S. 113   *Don't Be Cruel,* Elvis Presley

S. 160/161   *Timber,* Pitbull

S. 212   *Wouldn't it Be Nice,* The Beach Boys

S. 353–355   *Hound Dog,* Elvis Presley

Jenny Jägerfeld

Comedy Queen

247 Seiten, gebunden

Kurz vor ihrem 12. Geburtstag macht Sasha eine Liste. Um nicht zu werden wie ihre Mutter, muss sie sieben Dinge tun. Denn sie will Leute zum Lachen bringen, und ihre Mutter brachte Leute zum Weinen. Wenn ihr das gelingt, verschwindet das andere vielleicht – das, was hinter den Augen quillt und droht die Wangen herabzufließen.
Und Sasha ist wirklich unglaublich witzig! Doch dann? Was passiert, als Sasha es wirklich schafft, alle zum Lachen zu bringen?
Jenny Jägerfeld hat die seltene Gabe, mit spritzigem Humor und heilsamer Wärme über das Allerschwerste zu schreiben.

»Der Tod ist ein großes und schweres Thema, aber besser als die schwedische Autorin kann man nicht davon erzählen, zumal Lachen und Weinen bei ihr ganz nah beieinander sind.«

Karin Hahn, MDR Kultur

URACHHAUS